Von Mary Scott liegen als Goldmann-Taschenbücher außerdem vor:

Das waren schöne Zeiten. Mary Scott erzählt aus ihrem Leben (2782)
Es ist ja so einfach. Heiterer Roman (1904)
Es tut sich was im Paradies. Heiterer Roman (730)
Flitterwochen. Heiterer Roman (3482)
Fremde Gäste. Heiterer Roman (3866)
Fröhliche Ferien am Meer. Heiterer Roman (3361)
Frühstück um sechs. Heiterer Roman (1310)
Geliebtes Landleben. Heiterer Roman (3705)
Hilfe, ich bin berühmt! Heiterer Roman (3455)
Das Jahr auf dem Lande. Heiterer Roman (3882)
Ja, Liebling. Heiterer Roman (2740)
Kopf hoch, Freddie! Heiterer Roman (3390)
Macht nichts, Darling. Heiterer Roman (2589)
Mittagessen Nebensache. Heiterer Roman (1636)
Na endlich, Liebling. Heiterer Roman (3913)
Oh, diese Verwandtschaft! Heiterer Roman (3663)
Onkel ist der Beste. Heiterer Roman (3373)
Tee und Toast. Heiterer Roman (1718)
Truthahn um zwölf. Heiterer Roman (2452)
Übernachtung — Frühstück ausgeschlossen. Heiterer Roman (6316)
Und abends etwas Liebe. Heiterer Roman (2377)
Verlieb dich nie in einen Tierarzt. Heiterer Roman (3516)
Wann heiraten wir, Freddie? Heiterer Roman (2421)
Zärtliche Wildnis. Heiterer Roman (3677)
Zum Weißen Elefanten. Heiterer Roman (2381)

Von Mary Scott und Joyce West sind als Goldmann-Taschenbücher erschienen:

Das Geheimnis der Mangroven-Bucht. Roman (3354)
Lauter reizende Menschen. Roman (1465)
Das Rätsel der Hibiskus-Brosche. Roman (3492)
Tod auf der Koppel. Roman (3419)
Der Tote im Kofferraum. Roman (3369)

Mary Scott

Das Teehaus im Grünen

Heiterer Roman

Wilhelm Goldmann Verlag

Ungekürzte Ausgabe

Aus dem Englischen von Nora Wohlmuth
Titel der Originalausgabe: Strictly Speaking
Originalverlag: Hurst & Blackett, London

Made in Germany · 5. Auflage · 5/85

Umschlagentwurf: Atelier Adolf & Angelika Bachmann, München,
unter Verwendung einer farbigen Zeichnung von Ulrik Schramm, Feldafing
Satz: IBV Lichtsatz KG, Berlin
Druck: Elsnerdruck GmbH, Berlin
Verlagsnummer: 3758
Lektorat: Hans-Ulrich Göhler · Herstellung: Harry Heiß/Str.
ISBN 3-442-03758-1

I

Lucy Every war niedergeschlagen. Es war ein trüber Tag, und die Straßen der großen Stadt sahen grau und langweilig aus. Die meisten Leute bieten einen höchst unerfreulichen Anblick, dachte sie. Bis auf dieses Mädchen da. Die ist reizend. Sie erinnert mich an...

Dann blieb sie so plötzlich stehen, daß der Mann hinter ihr auf sie prallte. Er entschuldigte sich brummend. Lucy hörte ihn gar nicht. Sie hielt die Hände des hübschen Mädchens fest. »Vicky! Wie ist das möglich?... Oh, Vicky!« rief sie, fast zu stürmisch für sie, die sie sonst eine sehr ruhige und beherrschte junge Frau war.

Vickys große schöne Augen strahlten; sie hatte sich nicht verändert. Sie war so bezaubernd wie eh und je. Es war zu schön, daß sie wieder in Neuseeland war. »Ach, Lucy!« rief sie fröhlich. »Seit ewigen Zeiten...«

Aber ihre Freundin erwiderte streng: »Genau vor zwei Jahren bist du fortgefahren, und in den letzten drei Monaten hast du nur Postkarten geschrieben. Weshalb bist du eigentlich nicht mehr in Melbourne?«

»Ach, das war eine schreckliche Zeit. Ich hatte es einfach satt. Das war auch der Grund, weshalb ich nicht mehr geschrieben habe. Es gab überhaupt nichts Nettes zu berichten.«

»Seit wann bist du zurück?«

»Seit zehn Tagen.«

»Du bist seit zehn Tagen hier und hast mich noch nicht einmal angerufen?«

Lucy war empört, aber dann bemerkte sie, daß Vickys Kleid ziemlich abgetragen war, daß ihre Schuhe alt und ihre Stoff-Handschuhe durchgescheuert waren. Dabei hatte Vicky für schöne Kleider immer sehr viel übrig gehabt! »Ich bin auf dem Heimweg«, fuhr sie fort. »Komm, setzen wir uns noch ein bißchen in diese Teestube!«

Sie nahmen an einem Tisch in einer ruhigen Ecke Platz. Dann begann Lucy Vicky auszufragen, mit einer Offenheit, die sich aus ihrer

Schulfreundschaft und dem noch innigeren Verhältnis der folgenden zwei Jahre ergab.

»Jetzt erzähl mir alles. Warum hast du mich nicht gleich nach deiner Ankunft angerufen?«

Vicky machte große und ungeheuer treuherzige Augen. Aber Lucy kannte diesen Blick, und als Vicky begann: »Na ja, genau gesagt...«, schnitt sie ihr das Wort ab. »Hör auf damit! Mit ›genau gesagt‹ hast du immer angefangen zu lügen. Ich sehe, du hast dich nicht verändert. Ich will die Wahrheit wissen.«

Vicky lachte ungeniert. »Lügen! Was für ein häßliches Wort! Ich erzähle keine richtigen Lügen. Nur kleine, harmlose Ausflüchte.«

Das war die schwache Seite dieses reizenden Mädchens. Ihr übermäßig weiches Herz machte sie unfähig, die Gefühle anderer Menschen zu verletzen. Hinzu kam ihre unglückselige Neigung zur Romantik. Lucy hatte das schon durchschaut, als sie erst vierzehn waren, und offensichtlich hatte sich in den verflossenen acht Jahren nichts geändert. »Also bitte: Keine Geständnisse, die mit ›genau gesagt‹ beginnen.« Lucy seufzte. Sie war ein nüchterner Mensch, und Vickys zartbesaitetes Gemüt machte die Sache manchmal schwierig. Wenn die Wahrheit unangenehm war, mußte man sie ihr geradezu abringen. Damit begann Lucy nun.

Nachdem sie den Tee eingeschenkt hatte, ermunterte sie Vicky: »Jetzt fang am Anfang an. Warum hattest du Melbourne satt? In deinen Briefen hast du nichts davon berichtet.«

»Ich wollte nicht klagen.«

Lucys Ausdruck gab zu verstehen: Wann haben wir jemals etwas voreinander verborgen? Aber laut fragte sie bloß: »Hattest du denn Streit mit deiner Tante und deinem Onkel?«

»Sie konnten mich nicht leiden. Sie waren so entsetzlich trocken, Lucy. Sie hatten nicht das geringste Verständnis für mich und besaßen keinen Funken Humor. Sie hatten eine schreckliche Art, der Wahrheit auf den Grund zu gehen, schon in den frühen Morgenstunden. Du weißt, wie fad solche Leute sind.«

»Jedenfalls hat das nicht zu dir gepaßt.«

»Es waren lächerliche Kleinigkeiten. Zum Beispiel: ›Wer hat den wertvollen Strauch abgebrochen?‹ Nun, ich hatte natürlich gesehen, wie der Zeitungsjunge ihn abgeknickt hatte, aber warum sollte ich ihn in Ungelegenheiten bringen? Also erklärte ich, es müßte wohl ein streunender Hund gewesen sein. Doch am nächsten Tag kam die Nachbarin und sagte, der Zeitungsjunge wär's gewesen, und ich hätte ihn beobachtet. Dann waren da zwei reife Pfirsiche – weshalb sollte ich das kleine Mädchen anschwärzen, die sie geklaut hatte? Sie hatte solchen Appetit darauf gehabt! Natürlich sagte ich, ich hätte gesehen, wie die Vögel sie gefressen hätten. Ich konnte doch nicht ahnen, daß die Mutter der Göre sie herschicken würde, um alles zu gestehen. Solche Vorfälle gab's in Massen.«

Lucy lachte. »Du hast dich wirklich nicht verändert!« Gleichzeitig wußte sie: Sie war froh, daß Vicky die alte geblieben war, trotz ihrer komischen Vorstellungen vom Wert der Wahrheit.

»Na ja. Was für einen Vorteil hat denn die Wahrheit, wenn sie die Menschen nur in Schwierigkeiten bringt? Außerdem ist es doch ganz lustig, wenn man in einer plötzlichen Eingebung einen netten kleinen Schwindel erfindet. Aber Tante Ellen dachte anders darüber. Es war eine elende Zeit!«

»Aber hast du denn nicht irgendeine Schule besucht? Das war doch der eigentliche Anlaß, daß sie dich eingeladen haben!«

Vicky besaß flinke und geschickte Hände und einen ausgezeichneten Verstand.

»Das wollte ich ja auch. Ich fing dies und das an, aber ich kam nirgends zu einem Abschluß. Immer wieder wurde meine Tante krank und brauchte mich. Ich glaube freilich, der wahre Grund war der, daß sie in Aufregung waren wegen eines albernen Mannes.«

Das glaubte Lucy auch. Vicky war immer von albernen Männern umschwirrt gewesen. »Dann hast du eigentlich überhaupt nicht gearbeitet?«

»Nicht für meine Ausbildung; aber sonst hart genug. Meine Tante spielt gern die Leidende, und sie kann nie eine Hilfe finden. So war ich in erster Linie ihre Krankenschwester und Gesellschafterin. Dann kam die Todesnachricht von Daddy, und das machte alles noch komplizierter. Und niemand wollte mich erlösen.«

Lucy nickte. Sie hatte von Tim O'Briens Tod gehört und wußte, daß das ein harter Schlag für Vicky gewesen war. Als sie sieben gewesen war, war ihre Mutter gestorben, und sie war das einzige Kind. Sie und ihr Vater waren gute Freunde gewesen, und als sie die Schule verlassen hatte, hatte sie ihm den Haushalt versorgt. Tim war ein charmanter Mann, fröhlich, aber unzuverlässig, und als er nach einer langen Party bei einem Autounfall ums Leben kam, wunderte sich niemand. Er hatte immer zuviel getrunken.

»Arme kleine Vicky! Und da hast du dich entschlossen, nach Haus zurückzufahren?«

»Ja, aber es war furchtbar schwierig, dort wegzukommen. Tante Ellen fiel von einer Krise in die andere. Mir blieb nichts übrig, als ein paar Briefe meines hiesigen Rechtsanwalts zu fälschen, des Inhalts, man brauche mich hier dringend, um Vaters Nachlaß zu ordnen. Zum Glück kannte ich einen Mann in einem Anwaltsbüro, und der hat sie für mich getippt. Sie sahen famos aus und taten ihren Dienst. Selbstverständlich gibt es gar keinen Nachlaß. Nur ein Haus, das nicht zu verkaufen ist.«

»Warum hast du nicht einfach gesagt, du möchtest nach Hause?«

»Das hätte sie doch gekränkt, und sie waren überzeugt, mich mit Liebe zu überschütten. Jedenfalls bin ich wieder da, und wir beide sind nicht länger getrennt.«

»Und du bist schon seit zehn Tagen hier und hast mich nicht angerufen?«

Vicky sah schuldbewußt drein. »Ich wollte es gerade tun.«

Aber Lucy wußte, daß das nicht stimmte. Sie wartete wahrscheinlich auf einen guten Job, um sich anständige Kleider zu kaufen. Sie wollte sich Lucy nicht in ihren schäbigen Sachen zeigen und sie merken lassen, daß sie finanziell am Ende war.

Lucy ging nicht weiter darauf ein und fragte: »Was machst du jetzt?«

»Jobs verlieren«, erwiderte Vicky heiter. »Wenigstens habe ich heute morgen einen verloren.«

»Was war das für eine Arbeit, und warum bist du sie losgeworden?«

»Ich habe in einer Bücherei ausgeholfen. Wenig Gehalt, aber sehr viel Spaß. Bloß die erste Bibliothekarin war sehr streng und ernst.«

»Und deshalb hast du nicht weitergemacht?«

»Es gab viel Lärm um nichts. Ich hatte Mitleid mit einer Frau. Sie sah so arm aus, und es ging um ein teueres Buch. Ihr junger Hund hatte den Umschlag angeknabbert, und Mrs. Walsh verlangte, sie

Achevé d'imprimer
en mars 2000
à Milan, Italie, sur les presses
de Lito 3 Arti Grafiche s.r.l.

Dépôt légal : mars 2000
Numéro d'éditeur : 6383

sollte ein ganzes Pfund bezahlen. Ich merkte, daß sie einfach nicht so viel hatte, und ich sollte an diesem Nachmittag mein Gehalt bekommen. Ich wollte das Geld dann gleich in die Geldschublade legen.«

»Ich nehme an, du hast gesagt, sie hätte bezahlt?«

»Warum nicht? Aber das blöde Weib zählte das Geld in der Kasse nach, ehe ich das Pfund hineintun konnte. Sie war fuchsteufelswild und faselte etwas von Rechtschaffenheit und so. Ich hasse solche Leute.«

Lucy seufzte. Natürlich hätte Vicky das Geld ersetzt, statt die so dringend benötigten Handschuhe zu kaufen. Und sie hätte irgendeinen kleinen Schwindel erzählt, damit sich niemand aufregte. Deshalb stellte sie nur fest: »Du bist ein Idiot. Aber sie hätte dir eine Chance geben sollen.«

Vicky lachte. »Das tat sie auch. Es war aber schon die zweite. Beim erstenmal hatte es sich nur um wenige Pence gehandelt. Es war ein goldiger alter Herr, der ums Leben gern ein bestimmtes Buch hatte haben wollen; er hatte aber keinen Pfennig Geld dabei. So ein paar Pennys fallen doch bei einer Bücherei nicht ins Gewicht.«

»Es hat wohl keinen Sinn, so wie Miss Walsh zu sagen, das sei eine Frage der Rechtschaffenheit.«

»Dieses blödsinnige Wort! Fang nicht auch du noch damit an, Lucy! Was das Pfund betrifft, so tut's doch nichts zur Sache, woher es stammt, wenn sie's nur überhaupt bekommen. Jedenfalls zahlte sie mir mein Gehalt aus, und damit war Schluß.«

»Das kann ich mir denken. Und was nun?«

»Ich denke an Krankenpflege. Ich habe eine Vorliebe für kranke Leute.«

Lucy hatte Bedenken. Was Vicky ihre »netten kleinen Schwindeleien« nannte, konnte in einem Krankenhaus ernste Folgen haben. Außerdem gab es da männliche Patienten, von den jungen Ärzten gar nicht zu reden. Vicky war für Männer stets unwiderstehlich gewesen, und sie war bezaubernder denn je mit ihrem rosigen Teint (das einzige, was sie anscheinend von ihrem Vater geerbt hatte), den grauen Augen mit den schwarzen Wimpern und der aparten Schönheit ihres schmalen Gesichts. Nein, das Krankenhaus war nichts für sie.

»Da steh ich nun mit meinen zweiundzwanzig Jahren«, erklärte Vicky theatralisch. »Ohne Kenntnisse und ohne Anhang.«

Diese letzte Bemerkung überraschte Lucy. In jenen aufregenden Jahren nach der Schulzeit, als die beiden Mädchen dauernd beisammen gewesen waren, hatte es immer einen Schwarm von Männern um Vicky gegeben. Aber sie meinte nur: »Wir werden schon was finden.« Ihr fiel ein, daß bei ihr im Büro das junge Mädchen gekündigt hatte; man würde dort jemanden brauchen, der das Telefon bediente, Aufträge entgegennahm und freundlich zu den Kunden war. Das mochte für den Augenblick das richtige sein.

Vicky hatte ihre Freundin genau beobachtet. Lucy sah müde und ein wenig blaß aus, aber sie wirkte nach wie vor sehr anziehend. Doch irgendwie schien die Schönheit ihrer Freundin, an der sie so hing, zu verblassen. Sie dachte: Sie hat ein gut geschnittenes Gesicht, und das schöne dunkle Haar ist voll und glänzend. Sie besitzt eine tadellose Figur – ein bißchen größer als ich und ganz schlank. Warum ist sie eigentlich nicht so schön wie ihre Mutter? »Wie geht es deiner Mutter?« fragte sie unvermittelt. »Ist sie noch so schön, und sieht sie immer noch wie fünfundzwanzig aus?«

»Bestimmt. Dafür ist ihr nichts zu teuer. Du weißt, daß sie vor drei Monaten wieder geheiratet hat und nach England gezogen ist?«

»Ja, das stand in deinem letzten Brief. Hat sie einen netten Mann?«

»Godfrey Henderson? Sehr nett und sehr reich. Sie fordern mich dauernd auf, hier aufzuhören und sie zu besuchen.«

Daß sie eine solche Reise ernsthaft plante, aber nicht lang bei ihren Eltern bleiben würde, sagte sie nicht. In Gegenwart ihrer Mutter spürte sie immer ein Minderwertigkeitsgefühl. Ihre Mutter war so schön und so erfolgreich! Zur Zeit kam sich Lucy wie ein Versager vor. Aber daran war natürlich Gordon schuld.

Als sie ihren Tee getrunken hatten, blieben sie noch ein bißchen sitzen.

»Daß du momentan keinen Verehrer hast, überrascht mich«, meinte Lucy endlich. »Du hattest doch immer so viele Verehrer, und du bist nun schon zehn Tage da. Das langt doch eigentlich.«

»Wie drollig, daß du das sagst. Ich bin nämlich in der Klemme wegen Alec.«

Also gab es doch ein männliches Wesen. »Was ist mit Alec?«

»Es ist so schwierig. Ich habe schreckliche Angst, ihm zu begegnen.«

»Warum? Ist er so stürmisch?«

»Ach nein, er ist nett, aber ich möchte nicht, daß er erfährt, daß ich noch hier bin. Es war nicht meine Schuld, weißt du. Ich hätte nie gedacht, daß er mir so bald einen Antrag machen würde, und mir fiel so schnell nichts ein.«

»Keine Zeit, um eine gute Lüge zu erfinden? Was hast du ihm denn gesagt?«

»Ich habe ihm erklärt, ich könnte ihn nicht heiraten, weil ich gleich zurück nach Australien müßte. Ich wollte seine Gefühle schonen – und jetzt linse ich um jede Ecke, damit ich ihm nicht begegne.«

»Das paßt zu dir! Weshalb hast du nicht gesagt, daß du ihn nicht heiraten willst?«

»Aber Lucy, das wäre grausam gewesen, und er ist so sensibel! Schimpf nicht! Erzähl mir lieber von dir. Bist du verlobt, oder hast du einen Freund?«

»Weder verlobt noch sonstwas. Ach, die eine oder andere Möglichkeit hätte es schon gegeben. Einer arbeitete in unserm Büro. Kein besonders tüchtiger Mann, er verdiente weniger als ich. Aber er dachte, wenn ich nach der Heirat weiterarbeitete, könnten wir uns ein nettes Haus zusammensparen. Als ich nicht ja sagte, war er eine Woche lang niedergeschlagen. Dann machte er sich an die neue Stenotypistin heran.«

»Das war doch nicht der einzige?«

»In Wirklichkeit waren es drei. Der nächste war ein Witwer mit vier kleinen Kindern. Er sagte, er traute mir zu, ich könnte sie aufziehen.«

»Frechheit! Aber weiter – was war mit dem dritten?«

Doch Lucy konnte nicht einmal Vicky von Gordon erzählen, von der Seligkeit, von der Kameradschaft, von der Aussicht auf eine glückliche Ehe. Schon daran zu denken tat weh. Der plötzliche Streit, der aus einem Nichts heraus entstanden war und sich ins Maßlose ausgewachsen hatte, war so töricht gewesen. Sie hatte ihn bös angefahren, und er hatte sich umgedreht und sie verlassen. Sie konnte nicht von den schlaflosen Nächten erzählen, von den frühen Morgenstunden, als sie gedacht hatte: Heute kommt er bestimmt, und dann werde ich ihm sagen, daß das alles Blödsinn war; daß ich kein Wort ernst gemeint habe; daß es mir gleichgültig ist, ob ich berufstätig bin oder nicht; daß ich zu Hause vollkommen glücklich sein werde, wenn es nur sein Haus ist... Das alles werde ich ihm sagen, wenn er zur Tür hereinkommt.

Aber er war nicht gekommen. Sie hatte ihn nicht gesehen, und sie wußte nicht, was geschehen war. Hatte er den Auftrag erhalten, der ihn womöglich in den Süden rief, oder mied er die Orte, wo sie sich sonst so gern getroffen hatten?

Wie auch immer, es war vorbei, und sie war so unglücklich, daß sie sich in eine oberflächliche Freundschaft mit Brent Windro gestürzt hatte, einem Mann, dem sie stets ausgewichen war und der nun lästig zu werden drohte. Von Brent würde sie Vicky gleich berichten, aber von Gordon konnte sie nicht sprechen. Sie sagte nur: »Das war auch ein Mißgriff. Wir konnten uns nicht vertragen... Aber es wird spät. Wir müssen fort. Wo wohnst du, Vicky?«

»Ach, ich habe vorläufig nur ein Wohn-Schlafzimmer«, antwortete Vicky. »Wenn ich etwas Besseres finde, ziehe ich um. Aber die Mieten sind enorm hoch, findest du nicht auch?«

Lucy merkte, daß sie auswich, und sagte streng: »Wir fahren hin und essen bei dir. Unterwegs kaufe ich ein paar Sachen in einem Delikatessengeschäft. Wir müssen noch soviel bereden, und das können wir besser in deinem Zimmer tun als in einem Restaurant.«

Vicky zögerte, und dann platzte sie heraus: »Ich glaube nicht, daß es dir gefällt. Es ist ziemlich eng.« Und endlich gestand sie auf Lucys drängende Fragen, daß das Wohn-Schlafzimmer nur eine winzige Schlafstelle in einem Logierhaus war. »Das Stadtviertel würde dir auch nicht zusagen, obwohl es genau gesagt riesig interessant ist.«

Lucy lachte. »Dann werden wir halt bei mir essen, und später bringe ich dich heim. Dann kann ich mir die interessante Gegend anschauen. Mutter hat mir ihren kleinen Wagen dagelassen, als sie nach England ging. In der Nacht ist das angenehmer, als mit dem Bus zu fahren.«

Vicky war dankbar für diese Atempause und stimmte zu. Lucy kaufte das Abendbrot ein; sie war so heiter wie seit langem nicht mehr. »Es war richtig öde ohne dich«, sagte sie. »Ein alberner Mann ärgert mich. Aber das erzähle ich dir alles später.«

»Lucy, ich glaube, du bist unglücklich.«

»Unglücklich? Quatsch... Aber das Leben ist ziemlich kompliziert. Ach, es geht mir gut. Ich habe einen guten Job. In demselben Anwaltsbüro, in dem ich angefangen habe. Aber jetzt bin ich die Sekretärin des Chefs. Ich habe es angenehm, und meine Wohnung ist recht nett – dank meiner Mutter, die die Hälfte der Miete zahlt. Ich gehe ins Theater und ins Kino. Alles in Ordnung, aber langweilig.«

Vicky seufzte. Seit einer Ewigkeit war sie nicht im Theater oder im Kino gewesen. In einer jähen Aufwallung ihres Vertrauens sagte sie: »Ich mußte einfach von Australien zurückkommen, Lucy! Ich habe dich ja so vermißt. Ich hätte dich gleich angerufen, aber ich wollte doch warten, bis ich einen guten Job gefunden hätte.«

»Du bist wirklich eine dumme Gans! Nach all den gemeinsamen Jahren!« Ernst fuhr sie fort: »Jetzt sag endlich die Wahrheit. Du wohnst sehr ärmlich, und du hast kein Geld, nicht wahr? Wieviel hast du auf der Bank?«

Vicky nahm diese Frage nicht übel; sie und Lucy hatten niemals Geheimnisse voreinander gehabt. Aber sie wollte natürlich auch nicht die Wahrheit sagen, deshalb antwortete sie obenhin: »Du weißt ja, mit meinen Finanzen habe ich nie viel Geschick gehabt. Ich sollte wahrhaftig ein Bankkonto haben. Aber es geht mir trotzdem ganz gut, wenn ich nur wegen Alec kein so schlechtes Gewissen hätte. Es ist so anstrengend, immer aufpassen zu müssen.«

Lucy dachte: Sie hat keinen Pfennig auf der Bank, aber soviel gelacht wie heute abend habe ich seit einer Ewigkeit nicht mehr. Wenn sie in unser Büro kommt, gefällt es mir dort vielleicht auch wieder besser. »Ich habe den Eindruck, dieser Alec macht dich reichlich nervös«, meinte sie.

»Eigentlich nicht. Er ist schrecklich lieb und sagt dauernd: ›Bitte verzeih.‹ Nicht um alles in der Welt möchte ich ihn kränken; ich weiß genau, er würde mich nicht verstehen.«

»Du meinst wohl, er möchte nicht gern angeschwindelt werden! Vicky, warum mußt du nur immer so etwas machen? Seit ich dich kenne, hast du das getan – und wahrscheinlich vorher auch schon.«

»Ach, schon lange vorher. Es ging los, als ich ungefähr sieben Jahre war; ich dachte immer, das würde ein bißchen Romantik in mein Leben bringen. Aber das stimmte nicht. Es kommt wohl daher, daß ich vor lauter Romantik alles falsch sehe. Wenn ich nur dunkelhaarig und ruhig und tiefgründig wäre, mit langen, glatten, schwarzen Haaren! Blondes Haar ist so gewöhnlich, und meines lockt sich noch dazu, obgleich ich es so lang wachsen lasse. Du bist fein dran, Lucy, mit deinem glänzend schwarzen Haar und deinen großen dunklen Augen. Du siehst fabelhaft aus.«

»Na, das hat mir auch nicht viel geholfen.«

Sie gingen die Straße hinab; da zog plötzlich etwas ihre Aufmerksamkeit auf sich, im Rinnstein lag ein schmutziges, zerknittertes Stück Papier. Lucy zögerte und wollte stehenbleiben, und im gleichen Augenblick rief Vicky: »Schau, Lucy! Ich glaube, das ist ein Dollar-Schein! Den muß jemand verloren haben.« Rasch hob sie das Papier auf und versuchte es glattzustreichen.

»Wahrhaftig, ein Dollar«, bemerkte Lucy gelassen. Sie beschloß, nicht zu sagen, daß sie ihn ebenfalls gesehen hatte; denn sie fühlte, daß ein Dollar viel für Vicky bedeutete. Aber schon wandte Vicky ein: »Du hast ihn zuerst gesehen. Erst als du stehenbleiben wolltest, habe ich ihn entdeckt. Er gehört dir, außer«, und sie blickte sich aufgeregt um, »außer wir finden den Verlierer.«

»Das ist aussichtslos. Vermutlich war es jemand, der aus der Hotelbar kam. Es hat keinen Zweck, nach ihm zu forschen.«

»Sollen wir ihn auf der Polizei abliefern?«

»Doch nicht einen Dollar. Die würden dich schön auslachen! Wenn es noch eine Zehn-Dollar-Note wäre! Behalte ihn und kauf dir etwas, was du eigentlich nicht brauchst.« Im Grunde meinte sie: Nimm ihn für ein Paar neue Handschuhe.

Vicky drängte ihn ihr auf. »Er gehört dir. Was wirst du damit anfangen?« Ihr gespannter Ton verriet, wieviel Geld ein Dollar für sie war.

»Ich will ihn nicht haben.«

Kurze Zeit stritten sie sich, und jede versuchte, den Schein der anderen in die Tasche zu schieben. Dann meinte Vicky: »Das ist doch albern. Ich weiß, was wir machen. Hier ist ein Kiosk. Wir kaufen zwei Lose für die nächste Lotterie. Wir nehmen sie jetzt gleich... Lucy, an unserm ersten gemeinsamen Tag... Das muß uns doch Glück bringen! Ist das nicht aufregend?«

Lucy hielt nicht viel von der Lotterie und sah auch nichts Aufregendes darin; aber wie immer willigte sie ein, um Vicky eine Freude zu machen. »Also gut«, sagte sie. »Für jeden ein Los?«

»Ach nein, eins zusammen für uns beide. Dann können wir das Geld teilen, wenn wir gewinnen.«

»*Wenn*... Sag mal, wie viele Lose hast du schon gekauft?«

»Ein einziges. Du siehst, ich bin noch nicht lange hier.«

Und du hattest keinen Dollar übrig! dachte Lucy. Um Vickys Optimismus etwas zu dämpfen, sagte sie: »Eins muß ich dir erzählen: Fünf Jahre lang habe ich jeden Monat ein Los gekauft, und ich habe nicht ein einziges Mal etwas gewonnen.«

»Aber wir kaufen es doch *zusammen*!« In diesem Wort lag etwas Magisches. »In Australien habe ich immer in der Lotterie gespielt, solange mein Geld reichte. Ich hatte viel Spaß dabei.«

»Und hast du einmal was gewonnen?«

»Eigentlich nicht, aber die Möglichkeit war doch da. Ich dachte mir immer die verrücktesten Sachen aus, was ich mit dem Geld anfangen könnte. Komm, wir wollen den Dollar auf den Kopf hauen!« Sie lief in den kleinen Laden und begann, den Los-Schein auszufüllen. »Bitte zwei... Na, wie sollen wir uns nennen? Wir brauchen einen romantischen Namen, zum Beispiel ›Die Wiedervereinten‹. Und wenn wir den Haupttreffer ziehen...«

Der alte Mann hinter dem Ladentisch lächelte nachsichtig. Sie war wirklich sehr hübsch und sah ganz so aus, als ob sie mit dem Preis etwas anfangen könnte. Auch ihre Freundin war nett anzuschauen, aber mit der Kleinen nicht zu vergleichen. Die Freundin erklärte ernsthaft: »Nein, wir wollen uns nicht in romantische Träumereien verlieren. Wir wollen bei der Wahrheit bleiben. Wir wollen uns ›Das Wahrheitssyndikat‹ nennen.«

Lachend stimmte Vicky zu.

Der Tabakhändler nahm den Dollar freundlich in Empfang und zeigte volles Verständnis, als Vicky ihm alles über ihren Fund berichtete. »Zurückgeben? Machen Sie sich nur darüber keine Gedanken, Miss. Was ist ein Dollar heutzutage schon wert? Wahrscheinlich hat der frühere Besitzer nicht einmal gemerkt, daß er ihn verloren hat... Ihnen aber wünsche ich viel Glück!« Und sie verabschiedeten sich sehr herzlich.

2

Lucys Wohnung war klein, aber gemütlich. Vicky entsetzte sich bei dem Gedanken an den Mietpreis. Sie hoffte, ihre Freundin würde nie das Zimmer zu Gesicht bekommen, in dem sie selbst wohnte. Da sie aber Lucy kannte, war ihr klar, daß das nur eine Frage der Zeit wäre.

Sie feierten ihr Wiedersehen, indem sie mit dem hervorragenden Sherry anstießen. Dann kam die köstliche Mahlzeit, die Lucy rasch in der kleinen Küche zubereitet hatte. Anschließend hockten sie sich vor der Heizung auf den Fußboden und redeten und redeten, bis es war, als hätten sie sich nie getrennt. Um zehn Uhr seufzte Vicky tief auf und sagte: »Es ist schade, aber ich muß jetzt gehen. Du sollst mich nicht heimbringen, Lucy. Ich fahre wirklich lieber mit dem Bus.«

»Und ich soll dich zweimal umsteigen lassen, bis du in deinem Vorort bist? Wofür hab ich denn ein Auto? Aber mußt du wirklich schon gehen?«

»Ich glaube schon, denn ich muß doch morgen früh aufstehen und wieder auf Stellungs-Jagd gehen. Ich komme bestimmt allein nach Hause.«

Es war ihr ziemlich unbehaglich zumute; Lucy würde entsetzt sein über ihr Zimmer. Aber Lucy gab nicht nach.

»Das kommt gar nicht in Frage. Du sollst mir nicht wieder entschwinden. Ich will selbst sehen, wo ich dich erwischen kann.«

Sie ging, um ihren kleinen Wagen aus der Garage in der Nähe zu holen.

Von Zeit zu Zeit gestand sie sich ein, daß sie ein Auto eigentlich nicht brauchte. Dieser Besitz war fast eine Verschwendung, aber sie liebte nun einmal ihren kleinen Wagen; sie hatte ihn ja auch geschenkt bekommen. Sie verfügte über anständiges Gehalt, doch sie sparte, freilich mit Widerstreben, für die große Reise. Daß sie mit so geringer Begeisterung an den Besuch bei ihrer Mutter dachte, beschämte sie etwas.

»Mit dem Auto geht es schneller. Wir fahren quer durch die Stadt«, sagte sie.

Als sie die City hinter sich hatten, ging es durch einige kleinere Seitenstraßen, und dann waren sie schon am Ziel. Mit Bestürzung stellte Lucy fest, daß das hier fast schon zu den Slums gehörte. Nur ein schmaler, vertrockneter Rasenstreifen trennte die Häuser von der Straße. Die meisten waren »Logierhäuser«, die nicht für diesen Zweck gebaut waren; man ließ sie verkommen, bis der Stadtrat sie eines Tages abreißen lassen würde.

Die Stufen zur Eingangstür waren schmutzig; als Vicky öffnete, schlug ihnen eine stickige Luft entgegen. Als sie die Treppe hinaufgingen, trat eine Frau aus einem Zimmer im Erdgeschoß. Es war eine stämmige Person mit einem unangenehmen Gesicht. Auf Vickys freundlichen Gruß brummte sie eine undeutliche Antwort, verschwand wieder in ihrem Zimmer und schlug die Tür hinter sich zu.

Vicky schnitt eine Grimasse. »Das ist die Hausbesitzerin. Die ist vielleicht grimmig, was?«

In diesem Augenblick faßte Lucy einen Entschluß: Vicky durfte hier nicht eine Nacht mehr verbringen. Auf Grund dieser Entscheidung konnte sie der Anblick des Zimmers nicht mehr erschrecken. Es war klein, keine zwanzig Quadratmeter groß. Ein Vorhang in der einen Ecke ersetzte den Kleiderschrank, ein anderer sollte die primitive Kochgelegenheit verdecken. Es war, wie sie erwartet hatte, ein abscheulicher Raum.

Vicky gab sich heiter. »Entschuldige, daß es hier so schlecht riecht. Das kommt wahrscheinlich von all den Leuten, die hier gelebt haben oder gestorben sind. Gerüche statt der Geister. Geister wären mir lieber.«

Lucy erwiderte gar nichts; sie sah sich nur alles an. Eine Freundin, die Essen für eine Großküche ausfuhr, hatte ihr von solchen Wohnungen erzählt; sie hatte erklärt, sie würde die Hausbesitzer, die auf so abscheuliche Weise ihr Geld scheffelten, am liebsten abschießen. Vicky redete wie ein Wasserfall. »Ich weiß schon, daß es scheußlich bei mir ist. Ich warte ja nur, bis ich woanders ein Zimmer finde. Genau betrachtet, ist es hier aber auch recht romantisch.«

»Genau betrachtet, ist es furchtbar, und du bleibst hier keine Stunde länger. Die Couch in meinem Wohnzimmer ist sehr bequem und genügt, bis du einen anständigen Job und ein anständiges Zimmer gefunden hast. Hör nur mal den Mann draußen auf der Treppe! Der ist betrunken!«

Vicky lachte. »Darüber mußt du dich nicht aufregen, Lucy. Er ist wirklich ein ganz netter Mann; aber manchmal hat er Depressionen, und dann trinkt er zuviel. Das kommt davon, wenn einem die Frau weggelaufen ist.«

»So? Ich weiß nur das eine: Du packst jetzt augenblicklich deine Siebensachen und übernachtest heute bei mir auf der Couch. Das ist wirklich das Beste.«

Vicky wurde rot und zog ein unglückliches Gesicht. Sie fand es zwar herrlich, wieder von Lucy am Gängelband geführt zu werden und auf ihrer Couch zu schlafen, aber… Sie schluckte und meinte: »Ich möchte das, glaub ich, lieber nicht tun. Ich meine, ich kann's nicht tun. Nicht gleich heute abend. Ehrlich, Lucy, versuche nicht, mich zu überreden!«

»Lächerlich! Warum kannst du nicht? Bist du dieser habgierigen Person noch die Miete schuldig?«

Schweigen. Und dann: »Das nicht gerade. Ich hätte schon genug, um die Miete bis heute zu bezahlen. Aber sie wird die Miete für weitere vierzehn Tage haben wollen, weil ich doch nicht rechtzeitig gekündigt habe.«

»Wieviel macht das? Ach, stell dich doch nicht so an! Du kannst es mir ja wiedergeben… Waaas?? Du willst doch nicht etwa sagen, daß sie soviel für dieses Zimmer verlangt? Die hat vielleicht Nerven! Macht nichts. Hier ist meine Brieftasche. Jetzt geh und gib ihr das Geld für die nächsten vierzehn Tage. Wir wollen mit der Person keinen Streit anfangen. Ich werde einstweilen packen. Wo sind deine Koffer?«

Vicky zog drei Koffer unter dem Bett hervor; Lucy machte sie auf und sagte nur: »Jetzt halt dich nicht auf und bemitleide nicht den Mann auf der Treppe wegen seines Schicksals. Geh sofort hinunter zu der Frau, gib ihr das Geld und sage, daß du ausziehst. Und hab keine Angst, du könntest ihre Gefühle verletzen.«

Sie legte die Kleider in den einen Koffer und räumte die Kommode aus. Sie war betroffen über das wenige, was Vicky besaß. Als Vicky zurückkam, fragte sie: »Weshalb haben dich deine australischen Verwandten ohne Geld auf die Reise gehen lassen? Sie sind doch vermögend, nicht wahr?«

Eifrig entschuldigte Vicky ihre Familie. »Sie haben das Fahrgeld bezahlt, und sie hätten mir noch mehr gegeben, wenn ich es gewollt hätte. Weißt du, ich konnte sie eigentlich nicht leiden. Deshalb habe ich gesagt, der Notar hier hätte genügend Geld für mich.«

»Wenn du natürlich so anfängst! Komm, wir wollen sehen, daß wir fertig werden und hier rauskommen!«

Rasch trugen sie die Koffer die schmutzige Treppe hinunter. Die Hausbesitzerin kam aus ihrem Zimmer und sah sie böse an. Sie wollte etwas sagen, aber sie begegnete Lucys eiskalten Blicken und zog sich wieder in ihre Höhle zurück. Vicky hatte durch die Anwesenheit ihrer Freundin so viel Mut gefaßt, daß sie die Haustür mit einem kleinen Freudenschrei öffnete. Lachend wandte sie sich Lucy zu. »Gerade wie in alten Zeiten. Immer hast du gesagt, was ich machen sollte. Es ist einfach herrlich, daß wir wieder beisammen sind!«

Mit ihr wird alles ganz anders sein, dachte Lucy. Wie töricht hab ich mich Don gegenüber verhalten! Aber Schwamm drüber – nicht mehr dran denken. »Ich wollte, ich hätte ein Fremdenzimmer«, sagte sie zu Vicky. »Aber ich kann den einen Schrank leer machen für deine Sachen.«

Vicky protestierte; sie sei es gewohnt, aus dem Koffer zu leben, und sie fände das eigentlich viel praktischer. »Und ich bleibe ja nur ein paar Nächte. Ich möchte dir nicht im Wege sein.«

»Du bist mir nicht im Wege; du bist der einzige Mensch, mit dem ich meine Wohnung teile.«

Die Wohnung teilen? Vicky entschied, daß dieser Ausdruck nur zufällig gefallen sein konnte. Die letzten Jahre hatten sie gelehrt, daß man nicht zuviel vom Schicksal erwarten durfte. Aber mit Lucy an ihrer Seite fühlte sie sich sicher und getröstet. Augenblicklich verdrängte sie die Vergangenheit; sie vergaß das abscheuliche Zimmer samt der unfreundlichen Vermieterin, und am nächsten Morgen beschloß sie, einen Job zu finden, koste es, was es wolle.

Als sie aus dem Badezimmer kam, lächelte Lucy über die kleine Gestalt in dem billigen Pyjama, mit den zerzausten blonden Haaren und dem feinen Gesicht, von dem jetzt alle Schminke abgewaschen war.

»Du siehst immer noch aus, als ob du vierzehn wärst! Du könntest dich in der Aufbauschule einschreiben lassen, und kein Mensch würde dich nach deinem Alter fragen.«

»Ich weiß«, erwiderte Vicky kleinlaut. »Es ist eben ein Kreuz.

Aber wenn ich tüchtig Make-up benutze, Lidschatten auftrage und meine Haare hochtoupiere, ist es gleich besser. Jetzt will ich als erstes die Zeitungsanzeigen durchsehen und dann meine Kriegsbemalung auflegen.«

Lucy erwähnte einstweilen nichts von der bescheidenen Stellung in ihrem Büro. Aber bei der erstbesten Gelegenheit schlug sie Mr. Sheldon vor: »Sie könnten es vielleicht mit ihr versuchen. Sie hat keine abgeschlossene Ausbildung, weil sie erst ihren Vater und später eine schwierige Tante versorgt hat. Aber sie hat eine angenehme Stimme und weiß sich sehr gewandt auszudrücken. Außerdem hat sie tadellose Manieren.«

Da die vorige Bürokraft diese Vorzüge nicht hatte vorweisen können, meinte der alte Herr: »Schön. Sagen Sie ihr, sie soll sich möglichst bald bei mir vorstellen. Sie ist eine Freundin von Ihnen, nicht wahr?«

»Eine sehr gute Freundin.«

Daraufhin hatte Mr. Sheldon die Vorstellung von einer hochgewachsenen, ruhigen und würdevollen jungen Dame. Vielleicht nicht so attraktiv wie Miss Avery, aber doch so ähnlich. Seine Sekretärin war so tüchtig, daß er auch mit ihrer Freundin einen Versuch machen wollte.

Er war deshalb sehr überrascht, als ein zierliches, hübsches junges Mädchen sein Büro betrat. Ihr etwas zu auffälliges Make-up konnte ihre Jugend nicht verdecken. Er hielt sie für vier Jahre jünger als seine unvergleichliche Miss Avery. Doch immerhin, die Schule hatte sie anscheinend hinter sich, und schließlich war es ja kein Schade, ein so hübsches Gesicht im Büro zu haben. Wahrscheinlich war sie nicht besonders intelligent, aber das niedrige Gehalt, das er ihr anbot, würde sie schon wert sein.

»Können Sie morgen anfangen?«

»O ja, sehr gern!«

Sie antwortete so schnell, daß sich der Rechtsanwalt beinahe genierte, die Höhe des Gehalts zu nennen. Aber das junge Mädchen schien entzückt zu sein und dankte ihm mit einem bezaubernden Lächeln. Später meinte er zu Lucy: »Ihre kleine Freundin ist wohl noch sehr jung?«

Lucy lächelte etwas ungnädig. »Sie ist genauso alt wie ich.« Mr.

Sheldon wechselte schleunigst das Thema. Er versuchte, sich Miss Averys Alter ins Gedächtnis zu rufen. Zweiundzwanzig? Oder dreiundzwanzig? Das neue Mädchen konnte doch unmöglich schon so alt sein!

Am Abend meinte Lucy: »Es ist doch albern, von zwei oder drei Tagen zu reden, es sei denn, du kannst auf meiner Couch nicht schlafen. Wollen wir nicht zusammenziehen?«

Vicky war überwältigt. »Deine Couch ist wunderbar, und ich fände es wunderbar, wenn ich bleiben könnte. Aber ich möchte meinen Anteil bezahlen. Die Hälfte von der Miete und von allem. Einverstanden?«

Nicht um alles in der Welt hätte Lucy den Mietpreis genannt. »Was die Wohnung betrifft«, sagte sie, »so schickt mir meine Mutter die Hälfte der Miete, und dabei bleibt's, ob du nun hier wohnst oder nicht. Wenn du dich am Essen beteiligen willst, so steht dem nichts im Wege.« Im stillen beschloß sie, alle Rechnungen durchzusehen, ehe sie sie Vicky zeigte.

Sie blieben also beisammen, und Lucy war glücklicher, als sie es seit ihrem Streit mit Gordon je gewesen war. Die Geschichte mit Brent Windro blieb freilich ärgerlich, und eines Abends, als es wieder mal ein Hin und Her am Telefon mit ihm gegeben hatte, berichtete sie Vicky von jener Unbesonnenheit in ihrem sonst so ordentlichen Dasein.

»Wenn er einmal in meiner Abwesenheit anrufen sollte, dann bleib bitte fest und laß ihn nicht herkommen. Brent geht mir auf die Nerven. Erinnerst du dich an ihn?«

»Nur dunkel. War er nicht einer der Verehrer deiner Mutter?«

»Ja. Und als sie heiratete, meinte er, er könnte seine Aufmerksamkeit mir zuwenden. Eine verrückte Idee – er ist verheiratet und lebt von seiner Frau getrennt, mußt du wissen. Es war mir klar, daß er sich nur amüsieren wollte, aber eines Tages war ich – na, ich war ein wenig deprimiert, und so ging ich mit ihm aus. Ehrlich gesagt, zweimal. Er dachte, er wäre schon am Ziel seiner Wünsche, und eines späten Abends kreuzte er hier auf. Seitdem habe ich nur noch telefonisch mit ihm gesprochen. Er ist zu langweilig. Laß ihn ja nicht herkommen, wenn du mit ihm sprichst.«

Vicky überlegte, ob das wohl die Nummer drei sei, über die Lucy sich so beharrlich ausschwieg. Nein – nicht jener ältere, charmante Schürzenjäger!

»Natürlich war es meine Schuld! Es war dumm von mir, zweimal seiner Einladung zu folgen, aber ich hatte ihn nicht für einen solchen Optimisten gehalten, daß er daraufhin gleich nachts um elf Uhr an meiner Wohnungstür erschien. Das wird er nicht noch einmal probieren!«

Nein, dachte Vicky, Brent Windro ist es bestimmt nicht. Aber es gibt irgend etwas, was Lucy traurig macht.

Wie auch immer – eines war sicher: Vicky war ein lustiger Kamerad. Wahrscheinlich war sie der einzige Mensch, mit dem Lucy zu dieser Zeit so eng zusammen leben konnte. Sie saßen übrigens nicht dauernd beieinander. Morgens gingen sie gemeinsam ins Büro, aber sie hatten verschiedene Mittagspausen, und abends kam Vicky meist als erste heim. Lucy war Chef-Sekretärin, sie hatte eine Vertrauensstellung inne und hatte abends oft noch länger im Büro zu tun. Es war schön, sich dann in einer gemütlichen Wohnung gleich an den gedeckten Tisch setzen zu können.

Sie war auch sehr erleichtert, daß Vicky ihren neuen Chef zufriedenstellte. Sie verhielt sich gewandt am Telefon, richtete gewissenhaft und korrekt alle Aufträge aus und war durchaus in der Lage, ihren bescheidenen Job auszufüllen. Zum Glück gab es keine Gelegenheit, ihrer Phantasie oder ihrer Neigung zur Romantik freien Lauf zu lassen. »Kein Anlaß für deine lieben kleinen Schwindeleien«, bemerkte Lucy spöttisch.

Vicky lachte. Sie genierte sich nicht im geringsten. Es war unmöglich, sie davon zu überzeugen, daß die nackte Wahrheit unbedingt eine Tugend sei. »Solange man keinem damit ein Leid antut, soll's mir recht sein«, sagte sie, »vor allem wenn man die Menschen damit glücklich macht.« Lucy beendete die Diskussion jedesmal mit einem verzweifelten Achselzucken.

Auf ihrem Weg in die Kanzlei verschwand Vicky eines Morgens urplötzlich von der Seite ihrer Freundin. Lucy hörte einen lauten Seufzer, und dann war das Mädchen wie vom Erdboden verschluckt. Unmittelbar darauf redete ein netter junger Mann mit einem drolligen Akzent Lucy an, und Lucy wußte sofort, daß es Alec war.

»Verzeihung, das war doch bestimmt Miss O'Brian? Ich sah sie neben Ihnen, aber jetzt scheint sie verschwunden zu sein. Kann ich mich so getäuscht haben?«

Das war peinlich, doch Lucy hatte mehr Respekt vor der Wahrheit als ihre Freundin. »Ja, das war Vicky O'Brian. Wollten Sie sie sprechen?«

»Ja... ja, gern. Aber ich dachte, sie wäre nach Australien gereist.« Sein Gesicht drückte ungläubiges Erstaunen aus, und Lucy war wütend auf die gewissenlose Vicky.

»Nein, sie hat sich's anders überlegt. Sie fährt nicht. Sie bleibt jetzt hier.«

»Oh... oh, vielen Dank! Dann werde ich sie doch sehen können.«

Er sah so verliebt aus, daß Lucy noch wütender wurde. Als er fort war und Vicky wieder an ihrer Seite auftauchte, meinte sie: »Wie kannst du nur so albern sein! Wo warst du denn auf einmal?«

Vicky lief feuerrot an. »In dem Geschäft da«, kicherte sie. »Ich habe ein scheußliches Tuch gekauft, das ich nie werde tragen können. Teuer war es auch noch.«

»Das geschieht dir recht. Du machst mich wahnsinnig. Ich kann dich überhaupt nicht verstehen. Warum tust du das?«

Vicky seufzte nachsichtig. »Ich habe dir doch erklärt, daß ich ihn nicht kränken will.«

»Wenn du auch nur ein bißchen weiter dächtest, wäre dir klar, daß du ihm früher oder später doch wieder begegnest und daß du ihn auf diese Weise letzten Endes noch viel mehr kränkst. Ich habe ihm jedenfalls gesagt, daß du nicht nach Australien fährst.«

»Das ist gemein. Du hättest ganz leicht so tun können, als ob ich jemand anders gewesen wäre.«

»Ich erkläre dir ein für allemal, daß ich für dich nicht lüge.«

»Das finde ich kleinlich. Du hast einen richtigen Wahrheitspieps, Lucy! Und man tut so selten etwas Gutes damit! Wahrscheinlich bist du so, weil ich gerade immer umgekehrt war.«

»Darüber wollen wir nicht diskutieren. Es tut mir nur leid, daß ich ihm nicht erzählt habe, daß du bei mir wohnst, und daß ich ihm die Adresse nicht gegeben habe. Jetzt wird der arme Kerl wieder in das gräßliche Haus gehen und von der Vermieterin deine Adresse haben wollen; und die hat keine Ahnung!«

»Ach, das tut mir ebenfalls leid! Ich hätte doch da bleiben und dir heraushelfen sollen. Aber eines ist doch gut: Er wird seine Bemühungen jetzt aufgeben, und das wäre ein Segen.«

Doch sie hatte Alec Renton unterschätzt. Drei Tage später war er wieder da, an derselben Stelle, an der er sie das vorige Mal getroffen hatte; er musterte jeden Vorübergehenden ganz genau.

Lucy legte ihre Hand auf den Arm ihrer Freundin. »Da ist er, und du läufst mir jetzt nicht davon. Diesmal wirst du den Dingen nicht ausweichen.«

Der junge Mann blieb stehen, er errötete und brach los: »Entschuldige, Vicky, aber wo warst du denn? Ich bin in deine alte Wohnung gegangen, aber die Vermieterin wußte nicht, wo du jetzt wohnst. Warum hast du mich nicht wissen lassen, daß du nicht nach Australien fährst? Das einzige, was ich tun konnte, war, hier zu warten, um dich vielleicht zu erwischen.«

Vicky sah Lucy an, als wollte sie sie um Verzeihung bitten, und sagte nach einer kurzen Pause: »Es tut mir leid, Alec. Aber genau gesagt, es ging alles so schnell. Ich meine, der Tod meiner Tante.«

Lucy fiel ihr ins Wort. »Vicky wohnt in meiner Wohnung.« Sie gab ihm die Adresse und fügte hinzu: »Und wir arbeiten in demselben Büro.« Als Dreingabe nannte sie ihm die beiden Telefonnummern und sagte dann: »Aber jetzt müssen wir uns beeilen, sonst kommen wir zu spät.«

Sie hatten den erstaunten Jüngling kaum verabschiedet, da brach Vicky los: »Lucy, wie konntest du nur so boshaft sein! Jetzt hat er die Adresse und die Telefonnummer. Es klang fast wie eine Einladung.«

»So war es auch gemeint. Jetzt wird er kommen, und du kannst ihm alles erklären.«

»Ich mag aber nicht. Es wäre zu hart für ihn. Ich verstecke mich in deinem Schlafzimmer; du kannst ihm dann sagen, ich wäre nicht da.«

»Das tue ich bestimmt nicht. Vielmehr werde ich ihm genau sagen, wo du zu finden bist, und du wirst dem armen Teufel die Wahrheit sagen: daß du ihn nicht heiraten willst.«

Das Ende war, daß doch Lucy diese Aufgabe zufiel. An dem Abend, an dem sie Alec über die Sachlage aufklärte, erkannte sie, daß er zwar kein Romantiker, aber ein Mann der Tat war. Er machte keine Umstände. Zweifellos waren seine Absichten ehrlich gewesen – nicht wie bei Brent, dachte sie mit einem schmerzlichen Lächeln.

Als er erschien, sagte sie schnell: »Ich habe etwas zu besorgen; Sie müssen mich entschuldigen.« Sie ignorierte Vickys flehende Blicke und ließ die beiden allein.

Sie glaubte, eine halbe Stunde würde genügen, um einen Mann abzuweisen; aber als sie nach dieser Zeit zurückkam, bewirtete Vicky den Jüngling gerade mit einer Tasse Kaffee und lächelte ihn freundlich an; man war der großen Frage also aus dem Wege gegangen.

Kaum hatte ihre Freundin das Zimmer betreten, schien Vicky es furchtbar eilig zu haben: »Ich muß schleunigst fort! Du weißt doch, Lucy, diese Verabredung – es ist ganz wichtig...« Und ehe Lucy auch nur ein Wort zu sagen vermochte, war sie mit einem freundlichen: »Ade!« aus der Wohnung verschwunden.

Zu Lucys Überraschung und Enttäuschung machte der junge Mann keine Anstalten, ihr zu folgen. Die peinliche Aufgabe blieb also doch ihr überlassen. Nun, sie würde es kurz machen.

Verdutzt sagte er: »Sie müssen mir verzeihen, Miss Avery, manchmal habe ich den Eindruck, daß ich Vicky überhaupt nicht verstehe.«

»Das kann ich mir denken«, antwortete sie gelassen. »Ich verstehe sie ganz gut. Ich kenne sie seit ihrem vierzehnten Lebensjahr.«

»Warum gibt sie mir keine klare Antwort, wenn ich sie frage, ob sie mich heiraten will?«

»Weil sie nicht daran denkt, Sie zu heiraten. Aber sie wagt es nicht, Ihre Gefühle zu verletzen. Sie hat eben ein weiches Herz, und deshalb erzählt sie, was ihr gerade einfällt, lauter kleine Flunkereien. Sie hatte gar nicht die Absicht, nach Australien zu gehen, und ihre Tante lebt heute noch.«

Wenn das nicht reicht, kann ich dir auch nicht helfen! dachte sie im stillen.

Er wurde krebsrot. »Dann, zum Teufel – warum sagt sie's nicht?«

»Weil sie gern aus Gutmütigkeit schwindelt. Sie will überhaupt nicht heiraten, aber sie dachte, Sie wären vielleicht gekränkt darüber. Deshalb hat sie Ihnen etwas vorgemacht.«

»Sie ist also eine Lügnerin!«

So ist's recht, dachte Lucy, endlich wird ihm alles klar. »Ja, ja, so ist das nun einmal. Sie würde niemals lügen, wenn sie selbst etwas Dummes angestellt hat, auch nicht, um jemandem Kummer zu machen. Aber sie kann an diesen harmlosen Schwindeleien einfach nichts Schlimmes finden. Sie lacht bloß und meint, das sei doch nicht bös gemeint.«

Jetzt war Alec Renton wirklich wütend. »Sie meinen, sie hat diese alberne Geschichte von Australien nur erfunden, weil sie mir nicht die Wahrheit sagen wollte?«

»Ja.« Dann kam Lucy plötzlich ein Einfall. »Sie müssen zugeben, daß es schwierig ist, mit ihr verheiratet zu sein. Sie meint es gut, aber es gibt auch viele Aufregungen.«

»Den Eindruck habe ich auch!« fauchte er wütend. »Lügen kann ich nicht ausstehen. Man weiß nie, wie man dran ist.«

»Das stimmt«, erwiderte Lucy, wobei sie auch nicht ganz aufrichtig war; denn sie selbst wußte immer genau, wie sie mit Vicky dran war. »Im ganzen sind Sie doch noch ganz gut davongekommen.«

Das war natürlich Unsinn; denn Lucy war überzeugt, daß der Mann, der Vicky einmal heiraten würde, auch glücklich werden würde. Vorausgesetzt freilich, daß sie ihn liebte und ihm deshalb stets die Wahrheit sagen würde.

Aber sie war doch erleichtert, als der junge Mann nach einer langen Pause erklärte: »Ich glaube, Sie haben eine gute Tat getan, Miss Avery. Ich danke Ihnen. Ich möchte jetzt gehen, und Sie können Vicky ausrichten, daß sie sich für mich keine weiteren Lügen auszudenken braucht.«

Mit dem größten Vergnügen überbrachte Lucy diese Botschaft, als Vicky von ihrem, wie sie sagte, sehr anstrengenden Spaziergang zurückkehrte. Zu ihrer Überraschung und Enttäuschung war Vicky nicht im mindesten beleidigt. Sie lachte erleichtert und meinte: »Wie klug du doch bist, Lucy! So ehrlich und gerade! Ich bewundere dich!«

»Und warum machst du's nicht ebenso?«

»Ach, ich könnte das einfach nicht. Sicherlich bist du meinetwegen so auf die Wahrheit versessen. Ich habe wirklich einen sehr guten Einfluß auf dich.«

»Na gut, Alec hätten wir also geschafft. Er war noch nicht einmal allzu tief gekränkt. Er fühlte sich vielmehr abgestoßen.«

Das würde Vicky doch wohl treffen? Kein Mädchen möchte, daß sich ein Mann abgestoßen fühlt! Aber Vicky meinte nur: »Ist das nicht fein? Um alles in der Welt hätte ich es nicht über mich gebracht, ihn zu verletzen, weil er doch so sensibel ist. Jetzt wollen wir aber essen. Nach all diesen Aufregungen habe ich einen Wolfshunger.«

3

Lucy war mit sich selbst unzufrieden: trotz Vickys Gesellschaft konnte sie ihre innere Harmonie nicht wiederfinden. Noch schlimmer – sie, die an ihrer Arbeit stets so interessiert gewesen war, fühlte sich jetzt gelangweilt. Fünf Tage in der Woche, von neun bis nachmittags um fünf oder noch länger, die gleiche Beschäftigung; immer dieselben Straßen mit den hohen Häusern, die einen nur hier und da ein kleines Stück Himmel sehen ließen; täglich die gleichen Geschäfte, die gleichen Gesichter! Eines Tages machte sie sich über sich selber lustig: »Ich kann doch wohl nicht gut ins Land meiner Kindheit flüchten, auf unsere Farm! Aber ständig sehne ich mich nach den weiten Flächen, die ich damals nur zu gern verließ.«

»Seit ich dich kenne, hast du doch immer in der Stadt gelebt«, meinte Vicky. »Du hast mir zwar einmal erzählt, daß du bis zum Tod deines Vaters auf einer Schaffarm gelebt hast; aber ich konnte mir dich nie auf dem Lande vorstellen.«

»Ein richtiger Stadtfrack. Dafür habe ich mich auch immer gehalten. Und jetzt merke ich erst, wie schön und friedlich es da draußen war. Wahrscheinlich wäre ich kreuzunglücklich, wenn ich wieder dort leben müßte; aber wenn es im Büro so stickig ist und das Telefon pausenlos klingelt, habe ich doch Sehnsucht danach. Aber weißt du, was wir machen? An einem schönen Wochenende fahren wir aufs Land. Übernachten können wir in einem Motel.«

»Das wäre herrlich. Wo soll's denn hingehen?«

»Irgendwohin. Es ist höchste Zeit, daß ich aus meinem Alltagstrott herauskomme. Du hast inzwischen eine Unmenge Abenteuer erlebt; ich nicht. Wir fahren einfach der Nase nach und finden dann schon eine Bleibe für die Nacht.«

Das klang verheißungsvoll, und als am nächsten Wochenende die Sonne schien, fuhren sie los. Sie rollten durch das weite Land, dem Süden zu, kamen durch fruchtbares Bauernland und verbrachten die Nacht in einer kleinen Stadt; tagsüber picknickten sie abseits von den großen Straßen. Erfrischt von der guten Luft und schläfrig kam Lucy heim. Aber am Montag darauf war sie genauso unlustig wie zuvor. »Am nächsten schönen Wochenende probieren wir's nochmal«, sagte sie, beunruhigt von ihrer Rastlosigkeit.

»Heute fahren wir nach Norden«, schlug sie vor. Nach einer Fahrt von hundert Meilen trafen sie auf ein uraltes, altmodisches Haus, ein Bauernhaus mit einer großen Veranda und niedrigen Fenstern. Es stand abseits der Straße. Ein besonderer Schmuck waren die alten Bäume; sie standen auf dem großen Rasen, wo das Gras seit langem nicht gemäht war. Das Haus war leer; die Fenster waren staubig und voller Spinnweben; es machte einen ungepflegten Eindruck.

An dem Torpfosten hing, von Efeu und Kletterrosen fast verdeckt, ein Schild: »Zu verkaufen.«

»Was für ein entzückendes Haus!« rief Vicky. »Schau, es ist nicht bewohnt. Laß uns unter den Bäumen Rast machen. Da sieht uns keiner.«

»Das ist verboten. Das Haus steht zum Verkauf. Was sollen wir tun, wenn jemand kommt und es anschauen will?«

»Na, da sagen wir einfach, wir wollten es ebenfalls ansehen und es gegebenenfalls kaufen.«

»Das sagst *du!* Aber ich glaube auch, daß es nicht so schlimm ist. Es sieht nicht so aus, als ob sich die Leute darum reißen würden. Ich möchte wetten, daß sich seit Monaten keiner darum gekümmert hat.«

Sie fuhren den Wagen durch das Tor und stellten ihn auf der kurzen Auffahrt ab. Lucy stieg aus und betrachtete das Haus. Es sah wie das Farmhaus aus, in dem sie als Kind gelebt hatte. Alle die Kindheitserinnerungen, die sie in letzter Zeit so bedrängt hatten, wurden wieder in ihr lebendig. Doch dann wandte sie sich achselzuckend ab. Es gab unzählige solcher alten Häuser, die zu altmodisch waren, um das Interesse moderner Käufer zu finden. Doch sie waren so solide gebaut, daß sie dem Zerfall trotzten.

Vicky war außer sich vor Entzücken. »Ist das nicht ein wonniges altes Haus? Es ist so romantisch! Völlig anders als die Dinger, die sie heutzutage bauen. In so einem Haus möchte ich wohnen.«

Lucy dachte entschieden praktischer. »Du würdest dich sehr bald nach dem modernen Komfort sehnen.«

Vicky spähte durch die Fenster ins Innere. »Sieh doch, sie haben sogar elektrisches Licht. Wahrscheinlich führt eine Überlandleitung in der Nähe vorbei. Da wollte das nette alte Ehepaar, das hier wohnte, auch modern sein.«

»Welches alte Ehepaar?«

»Ganz bestimmt wohnten hier eine Art Philemon und Baucis. Sie hatte weißes Haar und hellblaue Augen. Er hinkte ein wenig, weil er im Ersten Weltkrieg verwundet wurde. Sie liebten dieses Haus und...«

»Und wovon lebten sie? Man braucht ein ganz nettes Einkommen, um so ein Haus zu unterhalten.«

»Na ja, sie hatte etwas Vermögen, und er bezog eine Pension. Aber als sie starb, mochte er hier nicht allein bleiben. Er zog in die Stadt, zu seiner verheirateten Tochter, doch...«

»...er grämte sich allzu sehr und starb«, beendete Lucy kaltherzig die Geschichte. Es war zu komisch, wie schnell sich Vickys Phantasiegeschöpfe in Personen von Fleisch und Blut verwandelten. Kein Wunder, daß sie sich so gern in kleinen Schwindeleien erging! Sie glaubte an ihre eigenen Geschichten.

»Ja«, stimmte Vicky betrübt zu. »Und deshalb steht das Haus zum Verkauf.«

Sie machten es sich in einer Ecke der breiten Veranda gemütlich und verzehrten ihren Lunch. Die Frühlingssonne hatte schon viel Kraft, aber die hohen Bäume spendeten einen flirrenden Schatten, und die jungen Blätter schienen zu tanzen.

»Man möchte nicht glauben, daß wir so nahe an der Autostraße sind, so still ist es unter diesen schönen Bäumen«, meinte Vicky. »Man fühlt sich wie auf dem tiefsten Land, statt nur zehn Meilen von der Stadt, wie wir am letzten Straßenschild gesehen haben... Was ist das für ein Geräusch?«

»Das sind die vorbeifahrenden Autos«, erwiderte Lucy kurz. Sie war entschlossen, sehr kritisch zu sein; denn das alte Haus hatte für sie etwas seltsam Rührendes. »Man kann sie nicht sehen, und auf dem Asphalt machen sie auch keinen Staub. Nein, ich glaube, du hast recht; das ist ein anderes Geräusch. Es klingt wie Wasserrauschen. Es muß ein Fluß in der Nähe sein.«

»Laß uns das rasch untersuchen. Allzu lange können wir uns ja nicht aufhalten. Gegessen haben wir; jetzt könnten wir um das Haus herumgehen und durch die Fenster gucken, wie es drin aussieht.«

Das Haus war im sogenannten Kolonialstil gebaut. Die Veranda führte um das ganze Haus herum; man konnte sie von den meisten

Zimmern aus betreten. An der Vorderseite befand sich ein sehr großer Raum. »Da durften die Enkelkinder tanzen«, bemerkte Vicky. Dahinter lagen zahlreiche kleinere Zimmer. »Verschwenderisch viel Platz«, mokierte sich Lucy. »Deine zwei Alten müssen hier umhergerollt sein wie die Erbsen in einer Büchse.«

»Nachdem ihre beiden Söhne im Zweiten Weltkrieg gefallen waren, schlossen sie einige Zimmer ab. Sie benutzten nur ein Schlafzimmer, die Küche und das Wohnzimmer. Lucy, komm doch her und schau in die Küche! Kaum zu glauben!«

Überraschenderweise war die Küche groß und modern eingerichtet, mit einem schönen Elektroherd, großen Arbeitstischen und einem Spülbecken aus verzinktem Blech. »Das hat er alles renovieren lassen für seine Frau, um ihr die Arbeit zu erleichtern, als sie alt wurde«, erklärte Vicky. »Schau nur all die Schränke und den großen Kühlschrank. Eine Prachtküche!«

»Das ist merkwürdig in so einem Haus... Zum Glück scheint er auch an alles andere gedacht zu haben, zum Beispiel an Milchglas-Fenster, obwohl ich mir nicht vorstellen kann, wer da hineinschauen sollte.« Die Rückseite des Hauses war nämlich genauso hinter Bäumen verborgen wie die Vorderfront, und von einem Nachbarn war weit und breit nichts zu sehen.

Sie verließen die Veranda und gingen nur zögernd weiter.

»Es ist das hübscheste Haus, das ich je gesehen habe«, stellte Vicky traurig fest. »Aber wir müssen gehen, wenn wir noch die Stadt ein wenig anschauen und bis zum Abend daheim sein wollen. Ich werde bestimmt noch oft daran zurückdenken und auch an die lieben alten Leutchen, die hier gelebt haben.«

Sie fuhren in Richtung der Stadt, doch sie waren noch nicht weit gekommen, als Vicky rief: »Sieh, da ist ein Wegweiser! Dort muß der Wasserfall sein, den wir vorhin rauschen hörten. Laß uns hingehen und ihn anschauen.«

Ein Schild am Wege besagte, daß hier ein Landschaftsschutzgebiet war. Es sei verboten, Farnkräuter zu pflücken und den Weg zu verlassen.

Sie ließen den Wagen stehen und stiegen durch einen dichten Wald hindurch einen steilen Hügel hinan. Das Rauschen wurde immer lauter. Endlich langten sie bei dem Wasserfall an. Sie standen und betrachteten die schäumenden Wassermassen, die sich über die hohen Felsen in die Tiefe in einen See stürzten.

Es war kein besonders großer Fluß, aber der Anblick war so eindrucksvoll, daß sie eine längere Zeit verharrten, um zu staunen und zu lauschen, ehe sie den steilen Weg zurück zu ihrem Wagen gingen.

»Das macht alles nur noch schöner«, fand Vicky. »Stell dir vor, man könnte immer hier in der Nähe dieses Waldes wohnen und abends beim Einschlafen das Wasser rauschen hören.«

»Freilich auch das Geräusch der vorbeifahrenden Autos.« Lucy genierte sich ein wenig, daß sie der tiefe Friede und die Schönheit der Landschaft so tief ergriffen hatten. »Jetzt müssen wir eine Tankstelle suchen. Wir haben fast kein Benzin mehr.«

Kurz darauf kamen sie an einem Geschäft vorbei. Auf dem prächtigen, in die Augen fallenden Schild stand: »Kaufhaus. Inhaber: Swales.«

»Am liebsten würde ich mir das auch ansehen«, meinte Vicky. »Ich möchte wetten, daß es mit den seltsamsten Dingen vollgestopft ist.«

Wenig später trafen sie auf eine Tankstelle, die anscheinend umgebaut und vergrößert wurde. Vicky fragte den Tankwart nach dem Haus, das ihnen so gut gefallen hatte.

»Das hinter den Bäumen? Steht schon lange zum Verkauf. Gehört irgendeinem Rechtsanwalt in der Stadt.«

Diese Stadt Homesward lag nur wenige Meilen entfernt. »Das Haus ist ein alter Besitz seiner Familie. Er wollte dort wohnen, als sein Bruder fortzog, aber er hat es dann wieder aufgegeben und sich ein modernes weiter drüben gebaut. Er ist gern auf dem Land und fährt alle Tage hin und her. Ein ruhiger Mensch, ein Einzelgänger; für Nachbarn scheint er nicht viel übrigzuhaben. Er lebt ganz allein.«

»Das Haus zu verkaufen dürfte schwierig sein«, meinte Lucy. »Es liegt weit abseits der Stadt und paßt eigentlich nur für Leute, die sich zur Ruhe gesetzt haben; und für die ist's wieder zu weitläufig.«

»Ja, heutzutage wollen die Leute so etwas nicht haben. Der Besitzer ist sehr heikel. Er will es nicht vermieten. Hier wird jetzt viel gebaut. Wenn meine Tankstelle fertig ist, kommt eine Stadthalle dran. Der Bauunternehmer wollte das Haus für seine Arbeiter mieten; für die wäre es praktisch gewesen, wenn sie dort mit einem Koch hätten hausen können. Das hätte ihnen eine Menge Fahrerei erspart. Aber Mr. Seymour, so heißt der Besitzer, wollte nicht darauf eingehen. Er sagte, das Haus würde dabei höchstens ramponiert. So müssen die Männer immer von Homesward hin und her fahren, und das ist recht lästig.«

Vicky hatte Verständnis für den unbekannten Besitzer. Eine schreckliche Vorstellung: Eine Horde von Arbeitern, die in dem schönen Bau hausten, in dem vornehmen großen Raum ihr Bier tranken, ihre Zigarettenstummel auf den Boden fallen ließen und ihren Abfall zum Fenster hinauswarfen... Sie fragte: »Sie errichten hier einen großen Komplex. Wollen Sie auch einen Tea-Room und eine Service-Station einrichten?«

»Auf keinen Fall. Aber ich brauche dringend eine Reparatur-Werkstatt. Reparaturen gibt es hier viele, und ich habe einen ausgezeichneten Mechaniker. Sogar aus Homesward bringen die Leute ihre Wagen zum Überholen. Aber einen Tea-Room richte ich nicht ein, obgleich oft genug Leute reinkommen, die ein Eis haben möchten oder eine Limo, wenn sie droben bei den Wasserfällen gewesen sind.«

»Werden die Wasserfälle viel besucht? Sie sind wundervoll!«

»Freilich, wenn man für solches Zeug Interesse hat. Ich komme aus Australien, und ich finde euern Wald ziemlich düster. Aber es gehen eine Menge Leute hin, und nachher kommen sie hier herein und möchten einen Tee trinken. Aber ich bin Junggeselle. Was sollte ich mit einem Tea-Room anfangen?«

Als sie zurückfuhren, warfen sie noch einen sehnsüchtigen Blick auf den schattigen Steig, der zu den Wasserfällen führte, und als sie das Haus hinter den Bäumen passierten, fuhr Lucy ganz langsam. Vicky meinte: »Wenn einer ein bißchen Unternehmungsgeist hätte, würde er hier einen Tea-Room einrichten. Die Leute, die von dem beschwerlichen Aufstieg zurückkommen, würden bestimmt gern unter den Bäumen oder auf der Veranda sitzen.«

»Es dürfte ziemlich schwierig sein, hier draußen eine Hilfe zu finden«, stellte Lucy fest. »Trotz der vielen Leute, die hier in der Nähe arbeiten, ist es bestimmt recht langweilig.« Aber sie hielt doch für einen Augenblick den Wagen an. Mit einem ungeduldigen Seufzer sagte sie dann: »Homesward wollen wir uns ein andermal anschauen. Laß uns jetzt lieber heimfahren und uns auf die Tretmühle von morgen vorbereiten.«

Das war schließlich ihr Leben. Es hatte keinen Sinn, sich nach verlassenen Häusern in verwilderten Gärten zu sehnen. Ihre Mietwohnung war hübsch und bequem, und an den Stadtlärm unter den Fenstern konnte man sich gewöhnen. Aber das Rauschen der Wasserfälle ist doch schöner, gestand Vicky sich unterm Einschlafen.

»Lucy, wenn ich Geld hätte, würde ich das Haus kaufen.«

»Und wovon würdest du leben?«

»Ich würde einen Tea-Room einrichten. Der Mann an der Tankstelle würde uns Gäste schicken. Wir könnten auch ein Schild am Gartentor anbringen mit einer großen Teekanne drauf.«

»Und uns daruntersetzen und die Leute hereinlocken? Wir *haben* aber kein Geld; vielleicht ist das ein Glück. Und du kommst heute zu spät ins Büro, wenn du dich nicht beeilst.«

Doch zwei Wochen später, als die Frühlingssonne so warm und verlockend schien, fuhren sie wieder nach Norden. Lucy murrte zwar, es wäre nicht besonders interessant, einen Ort zweimal aufzusuchen, aber das Haus hatte für beide eine seltsame Anziehungskraft. »Ich glaube, es freut sich, wenn wir kommen«, erklärte Vicky gefühlvoll. »Schließlich hat seit ewigen Zeiten niemand seinen Spaß daran gehabt.«

Dieses Mal waren sie schon kühner; sie parkten vor der Veranda und fühlten sich ganz wie zu Hause.

Nach dem Lunch holte Lucy ein Buch hervor, setzte sich hinter dem Haus ins Gras, lehnte sich an einen Baum und versuchte zu lesen. Sie kam nicht sehr weit, sondern blickte durch die Zweige zum Himmel hinauf und faßte neue Entschlüsse. Sie wollte diese blödsinnige Depression abschütteln und Gordon aus ihren Gedanken verbannen, da er aus ihrem Leben verschwunden war; sie wollte sich wieder in ihre Arbeit stürzen, mit Vicky ins Kino und ins Theater gehen und nicht mehr hierherkommen, um unter den Bäumen Trübsal zu blasen und sich nach einem alten Haus zu sehnen.

Vicky hingegen verlor ihre Zeit nicht damit, ernste Beschlüsse zu fassen; das tat sie höchst selten. Sie legte sich im Gras in die warme

Sonne, um zu schlafen. Es war angenehm warm, das Rauschen des Wassers klang wie Musik, wenn man den Verkehr überhörte. Hoch droben trillerte eine Lerche. Das Leben war herrlich. Bald war sie eingeschlafen.

Keine von beiden hörte, wie ein Wagen durch das Tor fuhr und neben dem ihren hielt. Ein hochgewachsener Mann stieg aus, blickte in das leere Auto, murmelte etwas und ging rasch über den Rasen. Beinahe wäre er auf die schlafende Vicky getreten. »Was zum Teufel...«, sagte er so laut, daß Vicky die Augen aufschlug und ihn anstarrte. Sie sah besonders reizend aus, mit ihren schlafheißen Wangen, dem langen blonden Haar und den großen, lächelnden grauen Augen. Aber den Mann schien das nicht zu beeindrucken. Er hätte wohl eher erwartet, daß sie erschrocken und verlegen ausgesehen hätte. Schließlich hatten sie etwas Verbotenes getan! Wieso schlief sie da auf dem Rasen in seinem Garten? Sie blieb liegen, lächelte ihn an und sagte versonnen: »Ist das heute nicht ein herrlicher Tag?«

Als er sie aber weiter böse anstarrte und nicht geneigt schien, über das Wetter zu reden, plauderte sie munter weiter: »Das ist ein bezauberndes Haus, finden Sie nicht auch? Wollen Sie es kaufen?«

James Seymour machte ein sehr ernstes Gesicht. »Ganz im Gegenteil! Es gehört mir. Darf ich fragen, was Sie hier tun?«

Vicky machte immer noch keine Miene, sich zu erheben. »Natürlich dürfen Sie das. Schließlich ist es ja Ihr Haus. Wie glücklich müssen Sie sein! Es gefällt uns riesig!«

»Das ist noch keine Entschuldigung dafür, daß Sie hier ungebeten einfallen.«

»Aber das tun wir doch nicht. Nur eine Horde kann irgendwo einfallen. Wir sind aber nur zu zweit. Wir haben hier gepicknickt. Sie tun so, als ob wir Vandalen wären! Dabei würden wir nicht um alles in der Welt an Ihrem netten alten Haus etwas kaputt machen.«

Jetzt hatte auch Lucy die Stimmen gehört und kam eilig um die Ecke. Sie wollte Vicky noch rechtzeitig daran hindern, von Kaufabsichten zu sprechen. Der große Mann mit seinem würdevollen Gesicht und dem strengen Mund schien für Scherze wenig übrigzuhaben. Er blickte auf Vicky keineswegs mit dem Entzücken hernieder, das sie sonst hervorrief. Vicky ihrerseits schien höchst zufrieden, im Gras vor seinen Füßen zu liegen.

»Sie haben uns erwischt, verzeihen Sie«, sagte Lucy. »Wir haben uns in Ihr Haus verliebt und hier gepicknickt. Wir haben weder Zigarettenschachteln noch Eierschalen liegenlassen, aber wir hätten uns natürlich nicht hier niederlassen dürfen. Vicky, steh doch auf! Wir wollen gehen.«

Er machte keine Miene, sie zurückzuhalten; er half auch Vicky nicht, als sie widerwillig aufstand. Sie war es nicht gewohnt, daß ein Mann sie unfreundlich und unbeeindruckt von ihrem Charme ansah. Trotzdem machte sie noch einen letzten Versuch und sagte liebenswürdig: »Ach, seien Sie doch nicht so unfreundlich. Ihr Haus hat uns eben so gut gefallen!« Sie dachte, daß ihn das versöhnlich stimmen würde.

Aber er entgegnete nur: »Pflegen Sie immer in anderer Leute Besitz einzudringen und da zu picknicken?«

»O nein«, antwortete Vicky kühl. »Vor allem dann nicht, wenn ein Besitz bewohnt ist. Die Leute würden uns ja beneiden, wenn sie durch das Fenster sehen, wie wir uns unsere Sardinen auf ihrem Rasen schmecken lassen. Aber der Tankwart sagte, das Haus stehe seit langer Zeit leer, und es sah so einsam und traurig aus.«

Nun mußte er doch beinahe lächeln. »Da beschlossen Sie, es ein wenig aufzumuntern? Na ja, Sie haben wohl nichts Böses getan, aber jetzt...«

Er zögerte; er mochte sie doch nicht direkt zum Gehen auffordern. Lucy dachte: Er ist ziemlich unfreundlich, aber wir sind freilich im Unrecht. Sie begann aufs neue, sich zu entschuldigen, und meinte schließlich: »Ihr Haus ist schuld mit dem Zauber, den es auf uns ausübte. Wir haben es schon vor vierzehn Tagen gesehen und mußten seitdem immer daran denken; wir wünschten uns, daß wir es kaufen könnten.« Und lächelnd stieg sie in ihr Auto.

»Ich freue mich, daß es jemandem gefällt«, erwiderte er, schon etwas weniger ungnädig. »Bei solchen alten Häusern ist das heutzutage nicht mehr selbstverständlich.« Aber er hielt Vicky nicht den Wagenschlag auf, und diese stieg mit beleidigter Miene ein. Mit sichtlicher Anstrengung brachte er noch heraus: »Wenn – wenn Sie wieder mal hier picknicken möchten, dann tun Sie es nur. Das Haus ist einsam, wie Sie sagen, und es ist mal was Neues, wenn jemand es nicht für abbruchreif hält.«

»Das würde ich nie tun«, meinte Lucy; ihr wurde richtig warm ums Herz. »Es erinnert mich so sehr an das Haus, in dem ich geboren wurde und meine Kindheit verbrachte. Ich bekam richtig Heimweh... Vielen Dank, daß Sie nicht die Polizei geholt haben!« Damit startete sie den Wagen.

Er sah ihnen nach, und da Vicky eine tragende Stimme besaß, hörte er noch: »Was für ein grimmiger Riese! Ob er wohl überhaupt lachen kann?«

Und er dachte: Die Kleine hat vielleicht Nerven! Sie ist der Typ, den ich nicht ausstehen kann. Sie denkt, weil sie hübsch ist, kann sie machen, was sie will. Läßt sich hier in meinem Grundstück nieder und geniert sich nicht im geringsten... Die andere scheint mehr Anstand zu haben... Seltsam, daß ihnen das Haus so gut gefiel! Und Vicky hätte befriedigt feststellen können, daß in dem würdevollen Gesicht nun doch ein Lächeln erschien.

»Na, das wär's also!« stellte Lucy fest, als sie davonfuhren. »Das machen wir kein zweitesmal. Es war aber auch wirklich Pech, daß der Besitzer gerade vorbeikam.«

»Aber er sagte doch, wir könnten wiederkommen! Wir machen's auch. Ich habe das Gefühl, daß wir dort hingehören.«

»Das ist eben leider nicht der Fall. Wir gehören in eine Stadtwohnung und in ein Büro. Und der Mann – sagte der Tankwart nicht, er heiße Seymour? – will uns dort auch nicht haben. Nein, Vicky, wenn wir mal wieder herkommen, lagern wir uns bei den Wasserfällen. Aber ich glaube, nächstes Wochenende fahren wir in Richtung Süden.«

Aber am nächsten Wochenende regnete es; sie blieben daheim, gingen ins Kino und versuchten, nicht mehr an das Haus mit den alten Bäumen und den Sonnenflecken auf dem Rasen zu denken.

Doch Vicky schien es einfach nicht vergessen zu können. »Ich glaube, ich habe eine Vorliebe für altertümliche Häuser«, meinte sie eines Tages. »Schließlich bin ich ja auch in einem aufgewachsen; es war allerdings nicht so schön wie dieses.«

Lucy erinnerte sich an Tim O'Briens Haus. Es war ein gemütlicher Bau, freilich nicht in einem vornehmen Stadtviertel. »Was ist eigentlich mit dem Haus deines Vaters?« fragte sie. »Ist es vermietet, oder steht es leer, bis es verkauft ist?«

In den Jahren nach ihrer Schulzeit war sie dort häufig zu Gast gewesen. Sie hatte die großzügige und doch einfache Gastlichkeit genossen, die so ganz anders war als die konventionelle Eleganz, die im Hause ihrer Mutter herrschte. Vicky hatte den Haushalt gut und gewandt versorgt; sie war viel geschickter, als man vermutete, und wenn Tim Freunde mitbrachte, schien ihr das nicht die geringste Mühe zu machen. Tim selbst war stets ein charmanter Gastgeber; man lernte viele interessante Leute bei ihm kennen, ganz andere Menschen als die Freunde ihrer Mutter.

»Das Haus ist vermietet«, berichtete Vicky. »Der Notar hofft, daß die Mieter es kaufen.«

»Warum bekommst du die Miete nicht?«

»Davon müssen die Schulden, die Daddy hinterlassen hat, bezahlt werden. Das Begräbnis war auch furchtbar teuer. Ich glaube, jetzt ist alles bezahlt. Aber es liegt auch eine Hypothek auf dem Haus, und von der Miete müssen die Zinsen bezahlt werden. Ich wäre ja so froh, wenn sie es kaufen würden. Ich hätte so gern ein bißchen eigenes Geld. Der Notar meint, ich bekäme wohl tausend Pfund dafür.«

»Was würdest du damit anfangen? Eine Reise machen?«

Vicky schüttelte den Kopf und sah ganz geheimnisvoll aus. Aber sie sagte nur: »Was ich wirklich möchte, das wäre ein Häuschen, das mir selbst gehört.«

Plötzlich wurde es Lucy klar, daß dieses Mädchen niemals ein richtiges Zuhause gekannt hatte. Sie hatte keine Ausbildung erhalten, und es gab keinen Menschen, an den sie sich nach dem Tode ihres Vaters hätte halten können. »Paß auf, eines Tages wirst du heiraten und dann ein eigenes Heim haben! Einstweilen aber wollen wir nächstes Wochenende irgendwohin fahren und etwas Neues anschauen.«

Doch am nächsten Wochenende war dieser Plan vergessen.

Am Freitagmorgen war Lucy dabei, sich zurechtzumachen, um ins Büro zu gehen. Sachlich betrachtete sie sich im Spiegel: Ein attraktives Gesicht, gestand sie sich zu; große dunkle Augen, eine klare, helle Haut, glänzendes, gepflegtes Haar, ein nicht zu kleiner, aber gut geschnittener Mund und eine wohlgeformte Nase. Im einzelnen war alles in Ordnung, trotzdem besaß sie nicht die Schönheit ihrer Mutter, eine Schönheit, die dreiundvierzig Lebensjahre unzerstört überstanden hatte. Ebenso fehlte ihr Vickys anmutiger Liebreiz. Sie kam zu dem Schluß, daß in ihrem Gesicht irgend etwas fehlte, und schnitt sich selbst eine Grimasse.

Die Sache mit Gordon war ein großer Fehler gewesen. Seit dem dummen Streit mit ihm waren nun schon Wochen vergangen, und er hatte nichts von sich hören lassen. Er hätte doch schreiben können, wenn er plötzlich hatte abreisen müssen. Wenn er sie auch nur ein bißchen liebhatte, hätte er nicht einfach aus ihrem Leben verschwinden dürfen. Die Wahrheit war demütigend: Er hatte sie gar nicht geliebt, nur sie war in ihn verliebt gewesen.

Nicht genug damit; da war noch der fade Brent Windro. Der bildete sich ohne Zweifel ein, daß sie ihm seinen unpassenden Besuch schon längst vergeben hätte, und vertraute auf seinen gewinnenden Charme. Immer wieder rief er an, und schon der Gedanke an ihn verdarb ihr die Stimmung. Ich habe das alles so satt, dachte sie; am liebsten würde ich verschwinden, so wie Vicky.

Aus dem Wohnzimmer hörte sie, wie ihre Freundin aufgeregt herumlief. Sie sah aber nicht nach, denn sie war an solche Stürme vor dem morgendlichen Aufbruch gewöhnt, das ständige Wehgeschrei, mit dem sie ihre Geldbörse zu suchen pflegte, oder den Lippenstift oder gar ihre Schuhe. Sie hatte gelernt, so etwas zu ignorieren.

Aber jetzt horchte sie doch auf. Vickys Stimme klang erregt: »Wo sind sie denn nur? Ich habe sie irgendwo gut aufgehoben! Hinter der Uhr? Nein. Vielleicht unter der Keksdose... Sie können nicht weit sein. Ich weiß bestimmt, daß ich sie nicht verloren habe... Ich werde verrückt!«

Augenscheinlich war es diesmal aufregender als sonst; aber was sie auch immer suchte, Vicky würde es doch schließlich entdecken und rufen: »Da sind sie ja! Ich wußte doch, daß sie gut aufgehoben sind.« Und das sagte sie jetzt auch, aber in einem so exaltierten Ton, daß Lucy rief: »Was ist denn los? Bist du bald fertig?«

Keine Antwort. Dann ein leiser Schrei, und mit völlig veränderter Stimme rief Vicky: »Lucy, es ist unsere Nummer! Ja, wirklich! Ich hab es mir schon gedacht, denn es konnte doch nicht zweimal ein ›Wahrheitssyndikat‹ geben. Hier ist der Schein – wir haben einen Haufen Geld gewonnen!«

Im Wohnzimmer lag die Zeitung auf dem Fußboden; Vicky hockte darauf und wies mit zitternder Hand auf das Wort »Wahrheitssyndikat«, das neben dem zweiten Preis zu lesen war; daneben stand ihre Nummer.

»Guck, da steht's. Dreitausend Pfund für uns beide. Soviel Geld auf einmal!« Und sie konnte nicht anders: sie mußte weinen.

Doch das dauerte nicht lange. Gleich danach mußte sie lachen, ein etwas hysterisches Gelächter. Zu ihrer Überraschung fühlte auch Lucy einen Anfall von Hysterie; streng sagte sie: »Nein, hör doch auf! Ich koche nochmal einen Kaffee. Wir dürfen uns nicht so gehen lassen.«

»Wir kommen zu spät ins Büro.«

»Wir rufen ein Taxi oder nehmen den Wagen. Das können wir uns schließlich leisten.«

Über ihre Kaffeetasse hinweg blickten sie sich feierlich an, und Vicky sagte: »Denk nur – die Dollarnote ... im Gulli ... und jetzt sind wir reich!«

»Kapitalisten! Aber immer noch berufstätig. So, trink aus; ich hole inzwischen den Wagen.«

»Wenn wir den Schein nicht gefunden hätten ... Soviel Geld ... Gleich heute muß ich dem Mann im Kiosk etwas schenken.«

Lucy stellte ihre Tasse beiseite; sie war froh, daß Vicky nicht merkte, wie ihr die Hand zitterte. Selbstbeherrschung war gut und schön – aber dreitausend Pfund! Das war mehr, als sie sich je erträumt hatte. Dank ihrer eisernen Sparsamkeit während der letzten vier Jahre hatte sie es fertiggebracht, auch außer den Geldgeschenken ihrer Eltern und Paten an den Geburtstagen und zu Weihnachten immer wieder etwas zurückzulegen. Ihr Bankkonto belief sich etwa auf sechshundert Pfund. Und nun besaß sie mit einem Schlag eintausendfünfhundert Pfund!

Als sie im Auto saßen, fragte Vicky: »Was machst du mit deinem Anteil? Gehst du jetzt auf Reisen, um deine Mutter zu besuchen?«

Am Klang ihrer Stimme merkte Lucy, daß ihre Freundin das am meisten fürchtete: das Ende ihres Lebens zu zweit. Aber Vicky besaß ja gleichfalls eintausendfünfhundert Pfund!

»Ich weiß nicht. Ich habe noch nicht darüber nachgedacht.« Aber eine innere Stimme sagte ihr: Geh weg von hier. Schau dir die Welt an, lerne neue Leute kennen. Sieh zu, daß du aus deinem alten Geleise herauskommst! Vergiß Gordon! Lerne einen anderen kennen, ehe es zu spät ist.

»Ich weiß es noch nicht«, meinte Vicky träumerisch. »Wenn ich genug Geld hätte, könnte ich vielleicht...« Sie stockte.

»Könntest du vielleicht was?«

»Ach, ich weiß nicht recht. Ich könnte mir etwas Eigenes kaufen. Irgend etwas für die Dauer. Etwas Sicheres.«

Da war es wieder, dieses Verlangen nach Dauer, nach Sicherheit. Das war eigentlich seltsam an Vicky, die stets so unbekümmert und sorglos war. Plötzlich dachte Lucy: Damals, als ich sie traf, war sie von Angst völlig verstört, und ich habe es nicht gemerkt. Sie wollte es nicht zeigen, aber in ihrem Innersten hatte sie Angst vor der Zukunft.

Da fiel ihr das Haus unter den Bäumen ein und Vickys sehnsüchtiges Gesicht. Dort könnte auch sie aus ihrem alten Trott herauskommen und der Erinnerung an Gordon entfliehen.

Doch sie sagte nur: »Du hast jetzt doch Sicherheit. Die Wohnung gehört dir genausogut wie mir – und jetzt kommen wir in diesem Verkehr doch noch zu spät.«

So war es auch, aber niemand kümmerte sich darum; denn Vicky platzte natürlich mit ihrer Neuigkeit sofort heraus. Das gab einen Wirbel! Das ganze Büro summte wie ein Bienenhaus vor freudiger Erregung. Ein wenig schmerzlich wurde es Lucy bewußt, daß es dergleichen nicht gegeben hätte, wenn sie der alleinige Gewinner gewesen wäre. Man hätte sich mit ihr gefreut, ihr höflich gratuliert, und dann wäre man zum Alltag zurückgekehrt. Fünf Minuten hätte das alles gedauert, nicht länger. Aber dank Vicky, die in ihrem Glück strahlte und jedem davon erzählte, schlug man fast ein wenig über die Stränge. Das war ein Schnattern und Lachen! Sogar Mr. Sheldon schüttelte ihnen beiden die Hand; dabei hielt er die Vickys ein wenig länger fest als die seiner Privatsekretärin... Obwohl Vicky doch erst seit drei Wochen in diesem Büro tätig war! Ein wenig besorgt fragte sich Lucy, wie es wohl nach drei Monaten sein würde.

Vor Büroschluß gab es noch eine kleine Feier in Mr. Sheldons Allerheiligsten; alle waren dabei, und aus dem Schrank wurde eine Flasche Sherry hervorgeholt. Man trank auf ihr Wohl, was nicht ohne

Neckereien abging. Ehe sie sich verabschiedeten, sagte Mr. Sheldon zu Lucy: »Wenn Sie wollen, schaue ich mich nach einer netten, sicheren Anlage für Sie beide um. Mit mindestens sechs Prozent Verzinsung.«

Statt einer Antwort lächelte Lucy ihn dankbar an.

Vickys Augen strahlten, als sie ins Auto stiegen. Sie war erfüllt von ihrem Glück und hübscher denn je. »Wo wollen wir jetzt hin?« fragte Lucy. »Sollen wir in ein feines Restaurant gehen und dort feiern?«

»Nein, nein. Wir fahren heim! Es war ein wunderbarer Tag, aber jetzt möchte ich mit dir allein sein. Aber könnten wir wohl bei dem Mann in dem Kiosk halten? Ich habe ein Geschenk für ihn.«

»Was denn?«

»Eine Flasche Whisky. Mr. Cox hat sie mir in der Mittagspause besorgt.«

»Wir machen halbe-halbe. ... Aber wenn der alte Knabe Anti-Alkoholiker ist, was dann?«

»Niemals! Hast du seine Nase nicht gesehen?«

Sie hatte völlig recht. Nur mit Schwierigkeiten kamen sie drum herum, mit ihm gemeinsam aus einem reichlich unappetitlichen Glas zu trinken. »Ich täte es ja gerne«, sagte Vicky freundlich, »aber von Whisky bekomme ich immer Sodbrennen. Wir bringen Ihnen noch eine Flasche, wenn erst das Geld da ist.«

Er rief ihnen innige Segenswünsche nach, und draußen fragte Lucy: »Sodbrennen? Ich glaube, du weißt kaum, was das ist!«

»Stimmt. Aber wir konnten ihn doch nicht kränken! Hast du das gräßliche Glas gesehen?«

Lucy lachte. »Freilich, und darum will ich dir für dieses Mal vergeben. Jetzt will ich etwas für unser Dinner einkaufen. Wie wär's mit einem gebratenen Hähnchen?«

»Ach, Lucy, das ist nun schon unser zweites Fest... Es kommt mir beinah sündhaft vor!«

Bei der Mahlzeit blickten sie sich an, und Vicky meinte: »Jetzt wollen wir darüber sprechen. Jetzt wollen wir unsere Zukunft planen.«

4

»Es heißt doch immer, daß auf einen Glücksfall ein weiterer folgt«, behauptete Vicky alsbald. »Deshalb würde ich mich gar nicht wundern, wenn Vaters Haus nächstens verkauft würde.«

»Schon möglich, aber darauf kannst du nicht rechnen. Willst du inzwischen deine fünfzehnhundert Pfund nicht vorteilhaft anlegen?«

»Was wäre damit gewonnen?«

»Na, auf diese Weise hättest du ein kleines Extra-Einkommen, etwa neunzig Pfund im Jahr.«

»Neunzig Pfund!« rief Vicky verächtlich und vergaß dabei, daß sie vor kurzem noch nicht einmal neunzig Schilling besessen hatte. »Wer braucht denn schon neunzig Pfund? Das sind noch nicht mal zwei Pfund pro Woche. Das ist ja albern. Nein, ich gebe mein Geld aus.«

»Und wofür? Wenn es ausgegeben ist, bist du geradeso weit wie zuvor.«

»Nein, denn ich gebe es für etwas Bleibendes aus, das mir für immer gehört. Auf alle Fälle werde ich regelmäßig Lose kaufen. Das ist eine vorzügliche Geldanlage.«

»Zweimal im Leben ein solcher Preis – das wäre zuviel Glück.«

»Lucy, sei nicht so pessimistisch! Das kommt vom Sherry.«

»Das sagt mir nicht der Sherry, sondern mein gesunder Verstand. Sei doch wenigstens dieses eine Mal vernünftig, Vicky!«

Vicky dachte an all das Gute, das sie Lucy verdankte, und zeigte sich bußfertig. »Das will ich Lucy! Bestimmt! Ich verspreche dir, nichts zu tun, was du nicht gut findest. Wie könnte ich auch, da sich durch dich doch mein Leben zum Guten gewandt hat.« Ein bißchen geniert fügte sie hinzu: »Weißt du, an dem Nachmittag, an dem wir uns trafen, war ich ziemlich verzweifelt. Alles lief verkehrt. Dann erschienst du, und ich wußte gleich, daß nun alles wieder in Ordnung kommen würde.«

Lucy versuchte, einen leichten Ton anzuschlagen. »Freut mich, daß ich ein Wunder getan habe. Aber du hast auch eines getan. Mir war so mies zumute, und du warst genau der richtige Mensch, der mir helfen konnte. Es beruht also auf Gegenseitigkeit.«

Ich möchte doch wissen, was da schief gegangen war, ging es Vicky durch den Sinn. Sicherlich war ein Mann im Spiel. Sie hatte eine richtige Wut auf den Unbekannten, der ihre Lucy so unglücklich gemacht hatte. Aber sie stellte keine Fragen, sondern schlug heiter vor: »Jetzt wollen wir aber von dem schönen Geld reden. Wir gehen erst schlafen, wenn wir das ganz genau durchgesprochen haben. Wie gut, daß morgen Samstag ist... Arbeitest du wirklich gern in einem Büro?«

»Gern? Ich glaubte immer, ich täte es gern, aber in letzter Zeit... Immerhin, es ist ein Beruf, und er bringt was ein. Ich mag meinen Chef gern und die meisten Kollegen auch. Freilich ist es nicht übermäßig interessant, aber das darf man auch nicht erwarten.«

»Aber das sollte man doch. Ich meine, solange man jung ist, sollte man sich mit interessanten Dingen befassen und seinen Spaß dran haben.«

»Wirklich? Schließlich bin ich zweiundzwanzig, beinah dreiundzwanzig. Da ist es mit dem Spaß nicht mehr so weit her.«

»Ich bin auch beinahe dreiundzwanzig. Deshalb sollten wir uns beeilen, ehe es zu spät ist. Es ist höchste Zeit, daß wir etwas Gescheites unternehmen, statt von neun bis fünf im Büro zu sitzen und auf einen Mann zu warten, der uns heiraten will.«

»Wenn du es so ausdrückst, klingt's wirklich recht armselig. Aber du bist doch diejenige, die immer von Sicherheit und Geborgenheit redet!«

»Ich meine es auch so. Man müßte etwas besitzen. Man müßte ein eigenes Haus haben. Es könnte ja mal was passieren. Mr. Sheldon könnte sterben. Da würde der Betrieb schließen, und wir wären arbeitslos. Oder der Hausbesitzer könnte diese Wohnungen verkaufen. Dann hätten wir kein Dach mehr überm Kopf.«

»Mach's doch nicht so dramatisch! Wahrscheinlich wird nichts von alledem geschehen. Du bist unvernünftig. Einesteils willst du Sicherheit und Geborgenheit, und auf der anderen Seite suchst du Abenteuer. Wie willst du das vereinen?«

»Könnten wir nicht etwas kaufen?«

»Für dreitausend Pfund eine ganze Menge.«

»Du weißt schon, daß ich es nicht so meine. Ich denke an ein eigenes Haus.«

»In dieser Stadt kannst du kein Haus für dreitausend Pfund bekommen.«

»Muß es denn in dieser Stadt oder überhaupt in einer Stadt sein?«

»Sag's nur, Vicky: Dir spukt immer noch das alte Haus im Kopf herum.«

Vicky brachte es fertig, flehend und schuldbewußt zugleich auszusehen. »Ich glaube auch, daß es albern ist; aber es wäre einfach herrlich, dieses Haus unter den Bäumen zu besitzen. Dort wären wir frei und glücklich.«

»Und hungrig. Wo sollen wir da Arbeit herkriegen? Es ist weit bis zur nächsten Stadt.«

»Um so besser. Zehn Meilen sind gerade richtig für die Leute, wenn sie Hunger haben.«

»Was in aller Welt meinst du damit?«

»Wenn ich das Haus kaufen könnte – natürlich kann ich das nicht –, dann könnten wir unsern Lebensunterhalt durch einen Tea-Room verdienen. Erinnerst du dich, was der Tankwart sagte? Die Leute steigen auf den Hügel, um die Wasserfälle zu sehen, und wenn sie zurückkommen, möchten sie gern Tee trinken. Oder sie fahren auf der Straße vorbei und sehen ein Schild und denken: Hier ist's aber schön! Wir trinken unsern Tee lieber hier als in der heißen Stadt! Und dann kommen sie herein und setzen sich unter die Bäume und...«

»Und wenn es regnet?«

»Da setzen sie sich auf die Veranda oder in das große Zimmer. Und ich würde köstlichen Tee kochen und Erdbeertorte backen und piekfeine Kuchen.«

»So etwas müßtest schon du machen, denn ich habe in meinem ganzen Leben noch keinen Kuchen gebacken.«

»Aber ich! Unzählige! Weißt du, ich war schon eine gute Köchin, als ich Vater den Haushalt führte. Und in Melbourne hab ich noch eine Menge dazugelernt, weil meiner Tante die Zugehfrauen immer davonliefen. Sie war auf Süßigkeiten ganz versessen und konnte nie genug kriegen. So hab ich dauernd gekocht und gebacken. Auch so schwerverdauliche Sachen wie Pasteten und Sahnetorten. Kein Wunder, daß sie dauernd krank war! Aber jetzt verstehe ich etwas davon!«

Lucy sah sie bewundernd an. »Wenn du so gut kochen kannst, solltest du dir einen besser bezahlten Job suchen. Es gibt hier in der Stadt viele offene Stellen für eine gute Köchin.«

»Aber ich möchte gar nicht mehr in der Stadt leben. Ich möchte in dem Haus unter den Bäumen leben.«

»Das geht doch nicht. Soviel Geld haben wir nicht.«

»Wir?? Lucy, ich will dich ja nicht hineinziehen! Du mußt dein Geld für die große Reise sparen... Aber ich habe fünfzehnhundert Pfund, und ich bin überzeugt, daß Vaters Haus bald verkauft wird. Meinst du, es hätte Zweck, dem sauertöpfischen Herrn fünfzehnhundert Pfund in bar anzubieten und für den Rest eine Hypothek bei ihm aufzunehmen?«

»Das hätte wohl keinen Sinn. Aber dreitausend Pfund würden ihm schon eher imponieren. Er kann unmöglich mehr als fünftausend Pfund für solch ein großes altes Haus in der Gegend verlangen. Der Tankwart sagte, er möchte es gern loswerden... Trotzdem, das ist alles ein Wahnsinn.«

»Aber manchmal ist es doch ganz lustig, ein bißchen verrückt zu sein. Aber du sollst auf keinen Fall dein Geld ebenfalls in das Haus stecken. Das ist doch allein meine Idee; du möchtest auf dem Lande nicht mal begraben sein.«

»Meinst du? Das weiß ich nicht so genau. Auf alle Fälle wär's mal eine Abwechslung.«

Das war Wasser auf Vickys Mühle. »Freilich! Und es braucht ja nicht für immer zu sein. Wenn wir die Sache nicht in Schwung bringen, können wir immer noch hierher zurückkehren. Du bekommst sofort eine Anstellung als Sekretärin, und ich würde auch was finden; vielleicht als Köchin, wie du sagst. Was können wir also verlieren?«

»Vielleicht dreitausend Pfund!«

»Ja, aber es ist ja ein besonderes Geld. Wir haben es gewonnen. Wir haben es weder sauer verdient noch geerbt. Wenn wir nicht die Dollarnote aufgehoben hätten, wäre das alles nicht passiert.«

Lucy betrachtete nachdenklich Vickys erregtes Gesicht. Sie dachte noch immer an die fünfzehnhundert Pfund und überlegte, daß dieses Geld Vickys gesamtes Vermögen darstellte, alles was sie besaß, bis vielleicht einmal das Haus ihres Vaters verkauft wurde.

Bei ihr selbst lagen die Dinge anders. Ihre Mutter war von Haus aus vermögend und hatte einen reichen Mann geheiratet. Als sie Neuseeland verließ, um sich mit ihrem zweiten Mann in England niederzulassen, hatte sie sich wohl vorgeworfen, daß Lucy, ihr einziges Kind, allein zurückblieb. »Vergiß nicht«, hatte sie gesagt, »wenn du je in Geldverlegenheit bist, brauchst du nur zu kabeln. Und die Hälfte deiner Wohnungsmiete bezahle ich. Wenn ich sterbe, erbst du mein Vermögen; das habe ich mit Godfrey abgemacht.«

Ja, diese fünfzehnhundert Pfund zu riskieren bedeutete für sie nicht soviel wie für Vicky.

»Das ist wahr«, stimmte sie deshalb zu. »Es war ein Glücksfall, und wenn wir es loswerden, sind wir gerade so weit wie vorher. Übrigens verlieren wir es ja nicht völlig, selbst wenn der Tea-Room nicht einschlagen sollte. Das Dumme ist nur, daß wir uns so eine gräßliche Hypothek aufladen müssen.«

»Was du nur für eine komische Auffassung von einer Hypothek hast! Als ob das etwas Unmoralisches wäre! Für mich ist es nichts Neues, ich bin daran gewöhnt. Vater nahm immer Hypotheken auf, und eine ruht noch auf dem Haus... Aber wie auch immer – eigentlich liegt dir das ganze Unternehmen nicht, Lucy, und es wäre nicht fair, dich mit hineinzuziehen.«

»Hör doch auf mit diesem Gerede! Du tust so, als ob ich eine langweilige Tante wäre, eine fade Person, die nichts riskieren will. Im Grunde – warum eigentlich nicht? Wir sind nur einmal jung... Aber es ist töricht, wenn wir uns auf dieses Haus versteifen. Es übersteigt sicherlich unsere Mittel. Wir könnten ja auch irgend etwas anderes finden, eine Mode-Boutique in einer Kleinstadt oder eine kleine Milchbar an der See. Da kann man viel Geld verdienen.«

»Möglich. Ich will aber keine Milchbar und keine Boutique. Ich kann so etwas nicht ausstehen, und du auch nicht. Ich will dieses Haus haben und für die Leute feinen Tee mit Gebäck und leckere kleine Mahlzeiten zubereiten und...«

»Damit wir sie dann womöglich selbst aufessen. Eine Diät mit Kuchen und Pasteten wäre gerade das Richtige für mich! Aber letzten Endes schadet es nichts, wenn wir feststellen, wieviel der Mann für sein Haus verlangt. Hast du dir den Namen von dem Makler gemerkt? Ich könnte ihn ja anrufen.«

Selbstverständlich hatte Vicky sich den Namen gemerkt. Plötzlich packte sie die Angst, daß das Haus schon verkauft sein könnte. Aber es war noch nicht verkauft; sie hörten, daß James Seymour fünftausend Pfund dafür haben wollte und wahrscheinlich mit einer Hypothek für einen Teil des Kaufpreises einverstanden sein würde. Offensichtlich war das Haus nicht so leicht zu verkaufen; denn der Makler bot ihnen die Besichtigung für den Sonntagmorgen an.

»Ich habe ein bißchen Geld gespart«, sagte Lucy später. »Das wird reichen, um das Haus ein wenig herzurichten und das Nötigste für die Einrichtung zu kaufen.«

»Aber du darfst keinen Penny mehr anlegen als… Ach, wenn doch endlich Vaters Haus verkauft würde!«

»Das ist dein Erbteil! Ich will auf keinen Fall, daß du das vertust.«

Vicky entgegnete nichts, aber als Lucy ausgegangen war, setzte sie sich hin und schrieb einen Brief an den Notar, der ihres Vaters Haus verwaltete. Dann erwartete sie mit Geduld den Sonntag.

Um elf Uhr trafen sie den Makler; zum Glück ließ sich der Hausbesitzer nicht sehen. Vicky hatte das Gefühl, daß er ein schwieriger Verhandlungspartner war, der sich von ihrem Charme nicht betören lassen würde. Aber der Makler schien recht menschlich zu sein und sehr darauf bedacht, das Haus zu verkaufen. »Ich glaube nicht, daß Mr. Seymour etwas gegen eine Hypothek von dreitausend Pfund oder sechstausend Dollar einzuwenden hat. Das Haus steht leer, seit er sich ein eigenes weiter oben an der Straße gebaut hat.«

»Ach, bitte, rechnen Sie doch in Pfund. Diese neumodische Geldrechnung macht mich ganz verwirrt«, sagte Vicky. »Wie kam eigentlich Mr. Seymour in den Besitz dieses Hauses? War er ein Neffe des netten alten Ehepaares, das früher hier wohnte?«

Auf einmal war das alte Ehepaar in ihr zu neuem Leben erwacht.

Der Makler sah sie überrascht an. »Ein altes Ehepaar? Das Haus hat niemals einem alten Ehepaar gehört. Mr. Seymours Großvater hat es gebaut, und seitdem war es immer im Besitz der Familie. Mr. Seymour und sein Bruder wohnten hier nach dem Tod ihrer Eltern, und dabei blieb es auch, als der Bruder heiratete. Mr. Seymour hing sehr an dem Haus, aber er konnte nicht mehr hierbleiben, nachdem…«

Er zögerte, und Vicky fragte freundlich: »Ist die junge Frau gestorben?« Mit leichtem Bedauern hatte sie das alte Paar aufgegeben, schließlich waren junge Leute auch viel romantischer.

»Nein«, antwortete der Makler barsch. »Sie lief davon.«

»Ach herrjeh«, meinte Vicky leicht verstört. »Also gar nichts Rührendes. Nur ein ganz gewöhnlicher Fall?«

Bill Finlay war schockiert. »Naja, gewöhnlich oder nicht, jedenfalls trennte sich die Familie. Peter ging nach Australien, und James übernahm das Haus allein. Er wollte wohnen bleiben, aber das Haus war zu groß für einen Junggesellen, deshalb entschloß er sich zum Verkauf.«

Das hübsche Gesicht, das ihn so ernsthaft anschaute, hatte ihn geradezu hypnotisiert; er nahm sich zusammen und sagte: »Halten Sie mich nicht für eine Klatschbase, aber wenn Sie hierherkommen, werden Sie es ohnehin bald erfahren. Es war ein Wunder, das neun Tage dauerte, besonders nach dem Kummer von Mr. Seymour... Aber das ist eine alte Geschichte. Jetzt wollen wir das Haus von innen ansehen.«

Sie erzählten ihm nicht, daß sie schon eine Menge gesehen hatten, als sie durch die Fenster gespäht hatten. Das Haus war groß und weitläufig: vier Schlafzimmer, die große Halle an der Vorderseite des Hauses und die phantastische Küche.

Erfreut stellte Lucy fest, daß jeglicher moderner Komfort vorhanden war. Es war ein bezauberndes Haus für Leute, die viel Platz haben wollten, die hohe Zimmer und französische Fenster liebten. Für eine moderne Hausfrau allerdings mußte es ein Alpdruck sein. »Es ist sehr groß und gar nicht praktisch«, sagte sie absichtlich, um das Haus ein bißchen herabzusetzen. »Und so weit von der Stadt entfernt!«

»Es gibt eine Buslinie nach Homesward. Und weiter unten an der Straße entsteht eine neue Ortschaft. Dort wird eine Stadthalle gebaut, in der auch Tanzveranstaltungen stattfinden sollen«, sagte der Makler ermutigend. Im stillen aber fragte er sich verwundert, was die beiden Mädchen wohl vorhatten. Wollten sie tatsächlich hier wohnen? Aber schließlich war es sein Geschäft, solche Häuser an den Mann zu bringen, und eilig setzte er hinzu: »Und denken Sie nur an die alten Bäume! Die machen es richtig traulich.«

»Und im Winter ganz schön feucht«, versetzte Lucy eisern. »Gehört eigentlich viel Grund dazu?« Sie hoffte, daß das nicht der Fall war.

»Nein. Nur diese Rasenfläche mit den Bäumen und hinten ein kleiner Streifen, wo man Gemüse anbauen könnte. Im ganzen ist es nur ein Viertel Morgen, aber mehr brauchen Sie ja nicht. Das Land jenseits des Zaunes gehört Jack Chisholm, dem Farmer, der dort drüben wohnt. Sein Grund und Boden liegt zu beiden Seiten der Straße. Die Chisholms waren befreundet mit dem alten Seymour; sie verkauften ihm dieses Stück, weil er hier seiner Familie ein Heim schaffen wollte.«

»Und nun ist es verlassen und dem Verfall preisgegeben«, meinte Vicky gefühlvoll.

Der Makler protestierte. »Das Haus ist vollkommen in Ordnung. Es ist sein Geld wert. Natürlich muß es gestrichen werden.«

»Nicht nur das«, entgegnete Lucy unnachgiebig. Vicky seufzte. Lucy schien wohl doch nicht zum Kauf geneigt zu sein. Sie könnten es doch in Raten abzahlen; außerdem hoffte sie noch auf den Erfolg ihres Briefes an den Notar.

Es gab also keinen Hinterhof, und darüber waren sie froh. Es war nur eine Rasenfläche mit weiteren Bäumen da; ein Stück davon war, wie Finlay gesagt hatte, als Gemüsegarten abgegrenzt. Wenn das Gras erst einmal gemäht war, würde es wenig Pflege brauchen. Und die alten Bäume, die, wie der Makler berichtete, Mr. Seymours Großvater gepflanzt hatte, waren unübertrefflich.

»Wie kann er das alles nur aufgeben?« wunderte sich Vicky. »Wenn es mir gehörte, wäre ich mit einem Winkel zufrieden. Man *muß* doch alles hier liebhaben!«

»Nun, er hatte hier viel Aufregungen«, fing Finlay an, sprach aber dann nicht weiter.

Beim Abschied versprach er, am Montag Bescheid zu geben, ob der Besitzer mit ihrem Angebot einverstanden sei. Vicky hatte das Gefühl, daß sie die Zeit bis dahin kaum überleben würde.

»Ich wünschte, der Mann hätte uns mehr von den Aufregungen erzählt«, sagte sie. Alles, was mit dem Haus zu tun hatte, interessierte sie brennend.

»Ich nehme an, James Seymour war über die Tragödie seines Bruders, dem die Frau davongelaufen war, ganz außer sich. Und als

Wohnung war das Haus für einen alleinstehenden Mann, der in der Stadt seinem Beruf nachgeht, völlig ungeeignet.«

»Aber Mr. Finlay deutete doch noch etwas an und verstummte dann wieder. Vielleicht war er unglücklich. Er sieht brummig genug aus. Wir jedenfalls würden da eine andere Atmosphäre hineinbringen. Ach, Lucy, wenn wir es doch bekämen –!«

Am Montagmorgen rief der Makler an. Sie könnten das Haus unter den besprochenen Bedingungen kaufen. Wegen der Zinsen würde Mr. Seymour recht großzügig sein; er verlange fünf Prozent für die ersten fünf Jahre; allerdings müsse das Haus gut gepflegt werden.

»Ich wußte gar nicht, daß Sie Mr. Seymour schon kennen«, schloß er. Darauf gab Lucy keine Erklärung. Sie erbat sich nur einen Tag Bedenkzeit; sie würde von sich hören lassen.

»Aber Lucy, warum hast du nicht gleich zugesagt? Denk doch nur an all die schönen Bäume, und wie wohnlich das alte Haus ist! Wenn das alles uns gehört!«

»Gut und schön, aber wir müssen doch auch leben! Das Haus finde ich genauso bezaubernd wie du, ich weiß auch nicht, warum. Aber das Tea-Room-Geschäft regt mich auf. Wenn wir uns darauf festlegen und unser Geld für die Einrichtung ausgeben, und dann kommt niemand, was dann?«

»Das wird bestimmt nicht geschehen! Und selbst wenn es passierte, würden wir nicht verhungern. Die Hypothekenzinsen machen ungefähr soviel aus wie die Miete für diese Wohnung. An unserm Tor fahren viele Busse vorbei; wir könnten in Homesward eine Arbeit finden und die Abende und die Wochenenden in unserm lieben Haus verbringen... Und für den Tea-Room brauchen wir nicht unser ganzes Geld auszugeben; wir brauchen nur ein paar Tische und Stühle und etwas Geschirr. Ich werde mich in den Altwarengeschäften umsehen und sie dort billig erwerben. Im übrigen haben wir genug Möbel von dir hier in der Wohnung.«

Lucy hatte sich im stillen entschlossen, ihre Ersparnisse für die Einrichtung des Tea-Rooms, für weitere Möbelstücke und für den Anstrich des Hauses zu verwenden. Aber sie wußte, daß das noch nicht reichen würde und daß sie trotz der Hypothek noch Geld würden verdienen müssen. Ihrer Mutter würde dieses ganze Abenteuer so verrückt vorkommen, daß sie ihr nicht um Geld schreiben mochte. »Wir wollen nicht dein ganzes Sparguthaben verbrauchen«, meinte Vicky fürsorglich. »Wir wollen es langsam angehen.«

»Das hat keinen Sinn. Wir müssen mit den verschiedensten Ausgaben rechnen, mit den Gebühren für den Makler und für die Überschreibung und so weiter. Du mußt praktisch denken, Vicky.«

Lucy war aufgeregt und ängstlich zugleich. Nicht das eigene Risiko machte ihr Kopfzerbrechen; viel mehr bedrückte sie, daß Vicky ihren gesamten Gewinn in dieses abenteuerliche Unternehmen steckte. Aber zum Glück hatte Vicky ja noch das Haus ihres Vaters. Wenn die Schulden alle abgezahlt waren, würde sie wenigstens noch durch die Miete ein kleines Einkommen haben.

Kurz darauf fand Vicky einen Brief im Postkasten, der sie so in Anspruch nahm, daß sie Lucy die Zubereitung des Essens allein überließ. In dem Brief stand:

Im Hinblick auf Ihre Anordnung haben wir uns mit dem Mieter in Verbindung gesetzt und festgestellt, daß er durchaus geneigt ist, das Haus zu übernehmen. Wir können Ihnen mitteilen, daß Sie nach Abzug aller Unkosten einen Betrag von 700 Pfund 15 Shilling 4 Pence erhalten. Wir fügen einen Scheck über diese Summe sowie unsere Kostenabrechnung bei.

Vicky knüllte hastig den Brief zusammen und warf ihn in den leeren Kamin. Aufgeregt den Scheck schwenkend, rannte sie in die Küche. »Ich hab dir doch gesagt, daß ein Glücksfall selten allein kommt! Vaters Haus ist verkauft!«

»Großartig! Jetzt hast du ein nettes Sümmchen von tausend Pfund. Dafür mußt du sofort ein paar sichere Papiere kaufen. Das bringt dir dann ein Pfund pro Woche.«

»Manchmal glaube ich, du hast überhaupt keinen Verstand für die Finanzen! Stell dir vor, ich täte, was du sagst, und müßte dann woanders Geld für sieben Prozent aufnehmen... Nein, dieses Geld wird in unser Haus gesteckt.«

»Kommt auf keinen Fall in Frage. Diesen Tausender mußt du auf die Seite legen!«

Vicky holte einmal tief Luft und sagte dann obenhin: »In Wirklichkeit habe ich keine tausend Pfund bekommen.«

»Wie ist das möglich? Es hieß doch, du kriegtest tausend Pfund? Wieviel ist es also?«

»Also, genau gesagt, siebenhundert Pfund... nein, siebenhundert Pfund und ein paar Schillinge. Du weißt ja, es gibt da allerhand Unkosten.«

»Ich kann nicht glauben, daß die so hoch sind.« Stille. Dann sagte Lucy: »Jetzt weiß ich, was du gemacht hast. Da war doch dieser Brief, den du neulich so eilig zur Post bringen mußtest... Du hast geschrieben, daß du auch mit weniger zufrieden wärest. Vicky, wie konntest du nur!«

Verzweifelt darauf bedacht, eine direkte Lüge zu vermeiden, antwortete Vicky: »Unsinn! Das Haus war eben nicht soviel wert. Ich bin froh, daß ich dieses Geld bekommen habe, nach dem Abzug all der Gebühren und Unkosten und so weiter. Denk doch, wie schön, daß wir jetzt noch die siebenhundert Pfund haben.«

»Ja, so war's! Weich mir nicht aus! Wo ist der Brief von dem Notar? Was hat er geschrieben?«

»Ach, nicht viel. Du weißt doch, daß die ganze Gegend an Wert verlor, nachdem Vater das Haus gekauft hatte.«

Lucy blickte im Zimmer umher und sah den Brief im Kamin liegen. Sie holte ihn heraus, las ihn langsam durch und sagte dann mit zitternder Stimme: »So ist das also.«

Vicky war niedergeschlagen. »Komm, nimm's doch nicht so tragisch! Das ist mir so arg. Nur wegen der paar Pfund.«

»Ein paar Pfund!«

»Schau, jetzt haben wir das Geld, das wir brauchen. Was nötig ist, können wir in das Haus stecken und haben doch noch für eine ganze Zeit genug zum Leben.«

»Dein schönes Geld! Wie konntest du das nur tun, ohne mir etwas davon zu sagen!«

»Schimpf nicht! Wir werden haufenweise Geld mit unserm Tea-Room verdienen. Kopf hoch! Jetzt wollen wir kündigen und in unser Haus unter den Bäumen ziehen.«

Aber Lucy zögerte noch immer. Es war so ein endgültiger Schritt, und deshalb schob sie ihn noch auf. Aber kurz danach räumte sie ihren Schreibtisch auf; da fiel ihr ein Foto in die Hand, das in einer Schublade eingeklemmt gewesen war. Sie zuckte zusammen. Sie hatte gedacht, sie hätte alle verbrannt! Wie überglücklich sie da beide in die Kamera lachten! Gordon hatte seinen Arm in den ihren geschoben, und sie blickte zu ihm auf. Im Nu stieg der ganze Kummer wieder in ihr hoch. Aus ihrer Kehle kam ein rauher Ton. Vicky blickte von ihrem Buch auf. »Ist was?«

»Nur so ein blödes altes Foto.« Sie zerriß es in kleine Stücke und warf sie in den Papierkorb.

Am nächsten Tag erzählte sie Mr. Sheldon von ihren Plänen und kündigte ihre Stellung. Er war erstaunt und bekümmert. Nach vier Jahren... Der Gedanke an eine neue Sekretärin war ihm höchst unangenehm.

»Sie handeln jetzt bestimmt übereilt. Sie haben hier eine sichere Position. Wir schätzen Ihre Arbeit sehr hoch. Wenn das Geld eine Rolle spielt...«

Lucy fiel ihm hastig ins Wort; sie fühlte sich selbst recht unglücklich. »Nein, nein, Mr. Sheldon! Sie waren stets großzügig, und ich war auch gern hier.«

»Dann ist es doch aber unvernünftig...«

»Schon möglich, aber ich kann es auch nicht erklären. Ich glaube, ich habe ein Stadium in meinem Leben erreicht, wo man einmal einen vollkommenen Wechsel braucht. Immerhin sind ja vier Jahre eine lange Zeit.«

Gereizt dachte Mr. Sheldon, daß das gerade genüge, um eine wirklich perfekte Sekretärin zu werden. »Da könnten Sie vielleicht mal eine schöne Reise machen!« schlug er vor. »Es gibt doch so herrliche Kreuzfahrten auf dem Pazifik. Sie haben Anspruch auf drei Wochen Urlaub, und den könnten wir eventuell noch verlängern. Wenigstens in diesem besonderen Fall«, setzte er vorsorglich hinzu.

Sie dankte ihm, aber schüttelte dennoch den Kopf. Da kam ihm ein Gedanke: »Ich glaube, da steckt Ihre kleine Freundin, Miss O'Brien, dahinter. Die hat Sie überredet. Das ist sehr bedauerlich.«

Lucy verneinte; sie selbst hätte sich entschlossen, eine Zeitlang auf dem Lande zu leben. Er wiederholte, daß das ein Fehler sei. »Als eine Frau vom Lande kann ich Sie mir überhaupt nicht vorstellen.«

Nicht genug damit, nahm er Vicky ins Gebet, als sie sein Büro betrat. »Haben Sie Miss Avery überredet, uns zu verlassen? Es paßt gar nicht zu ihr, sich in solche Abenteuer zu stürzen.«

Vicky zögerte. Er war ein freundlicher alter Herr, und er war völlig außer sich, daß er seine Sekretärin verlieren sollte. Schließlich, dieses eine Mal... es wäre doch gemein, einfach zu sagen, daß Lucy das Büroleben satt hatte. Langsam sagte sie deshalb: »Ja, ich fürchte, es ist meine Schuld.«

Er blickte sie streng an. »Sie geben also zu, daß Sie sie überredet haben?«

»Das nicht gerade.« Dann kam ihr eine Eingebung. Mit ihren schönen grauen Augen blickte sie ihm gerade ins Gesicht und sagte: »Genau gesagt, tut sie's schon um meinetwillen. Der Arzt sagte, das einzige Mittel für mich sei Landluft. Lucy ist so lieb zu mir; sie will mich nicht allein lassen. Um ganz ehrlich zu sein«, Vicky steigerte sich immer mehr, »Lucy ist der einzige Mensch, den ich auf der Welt habe!« Ihre Stimme bebte vor Rührung.

Mr. Sheldon gab es einen Schock. Dieses hübsche Mädchen sollte von einer schweren Krankheit bedroht sein? Es handelte sich sicher um Tuberkulose. Von Anfang an war ihm ihr Teint allzu zart vorgekommen. Sie glich einer wilden Rose, fand er in einer bei ihm ungewöhnlichen Aufwallung. Als er so etwas andeutete, leugnete sie es nicht geradezu, sondern sagte nur tapfer: »Vielleicht ist es gar nicht so schlimm – vielleicht dauert es auch nicht lange. Dann kommt Lucy zu Ihnen zurück. Sie ist doch so gern hier.« Damit wollte sie ihn trösten und die ganze Affäre verharmlosen.

Er war so erregt, daß er ihr auf die Schulter klopfte. »Unsinn, liebes Kind, Sie werden wieder ganz gesund werden! Viel frische Luft und Sonnenschein und Ruhe werden das Ihre tun.«

Zum erstenmal war Vicky mit sich selbst nicht ganz einverstanden. Aber es machte ihm die Sache doch leichter. Er war so gekränkt, daß Lucy ihre Stellung aufgibt... Auf alle Fälle muß ich gleich zu ihr gehen und ihr alles erklären. Es wäre entsetzlich, wenn er etwas zu ihr sagte. Sie wird auch so schrecklich böse sein.

Aber es war schon zu spät. Lucy war bei Mr. Sheldon zum Diktat; sie schreckte auf, als der Chef sich plötzlich unterbrach und sagte: »Sie hätten mir den wahren Grund erklären müssen, Miss Avery! Schließlich kennen Sie mich doch schon lange Zeit.«

»Den wahren Grund?« Lucy wurde unbehaglich zumute; Vicky war eine ganze Weile allein bei dem alten Herrn gewesen.

»Wegen des armen kleinen Dinges... Aber Sie sollten nicht verzweifeln. Sie kann wieder gesund werden.«

Jetzt war Lucy wirklich verzweifelt; was war Vicky bloß wieder eingefallen? Um Zeit zu gewinnen, fragte sie: »Was hat sie Ihnen denn erzählt?«

Er berichtete zögernd und mit viel Zartgefühl und meinte zum Schluß: »Es heißt ja, daß Tbc-Kranke häufig so eine durchscheinende Haut und so zarte Farben haben.« Da verstand sie endlich. Einesteils ärgerte sie sich, andernteils mußte sie erleichtert lachen; sie biß sich auf die Lippen. Ihn jedoch rührte diese Erregung einer sonst so selbstbeherrschten jungen Dame tief. Er klopfte ihr zwar nicht auf die Schulter, denn irgendwie paßte das nicht zu Miss Avery, aber er tröstete sie: »Sie sollten nicht so verzweifelt sein! Die Wissenschaft kann heutzutage wahre Wunder vollbringen.« Und in einer weniger edlen Anwandlung setzte er hinzu: »Sollten Sie einmal doch wieder frei sein... obwohl ich von Herzen wünsche, daß das noch lange nicht der Fall sein wird... aber wir hier würden Sie stets aufs herzlichste willkommen heißen.«

Lucy bedankte sich höflich. Sie entfernte sich, so schnell es ging, und ließ dann auf Vicky in der Telefonzentrale ein wahres Donnerwetter niedergehen. Diese duckte sich förmlich und brachte zum erstenmal keine Entschuldigung heraus.

»Es tut mir wirklich leid, Lucy. Es... es rutschte mir so raus! Es war mir so arg, daß er so traurig war.«

»Das sagst du immer. Wenn du nicht damit aufhörst, wirst du dir selbst und anderen noch den größten Schaden zufügen.« Vicky sah so reuevoll und beschämt aus, daß sie ihr doch leid tat. »Man kann es dir einfach nicht austreiben«, fuhr sie fort. »Warum hast du eigentlich mit diesen Schwindeleien angefangen? Du hast es schon getan, als ich dich kennenlernte.«

Vicky zögerte. »Ich glaube, es kam davon, daß ich mich so einsam fühlte. Ich war sieben Jahre, als meine Mutter starb. Vater war viel unterwegs, und zu meinem Vergnügen dachte ich mir nette Geschichten aus. Die erzählte ich den anderen Kindern in der Schule, und die hielten sie für wahr.«

»Aber es sind nicht nur harmlose Geschichten. Oft verdrehst du die Wahrheit.«

»Ich weiß. Später fand ich heraus, daß die Leute einen lieber mögen, wenn man ihnen etwas Nettes sagt, ob es nun wahr ist oder nicht... Und ich wollte so gern, daß sie mich mögen. Es wurde schließlich wie ein Spiel. Es war drollig festzustellen, wieviel die Leute gläubig hinnahmen.«

Lucy schwieg. Im Geist sah sie das kleine, einsame Mädchen, das mit einem charmanten, aber wenig pflichtbewußten Vater in einem alten Haus wohnte und so gern geliebt werden wollte. Und dann war da noch das allzu weiche Herz, das es nicht ertragen konnte, jemanden zu kränken. Es war nur zu verständlich, daß das Kind sich angewöhnte, stets nur Nettigkeiten zu sagen, ganz ohne Rücksicht auf die Wahrheit.

Sie seufzte und vergaß ihren Ärger; sie sagte nur: »Na ja, das ist lange her. Du solltest jetzt endlich erwachsen werden!«

5

Die Mädchen blickten auf das Chaos ringsum; sie seufzten und lachten dann.

»Das hätten wir geschafft! Jetzt sind wir hier«, stellte Lucy fest. Für eine junge Frau, die ihre bisherige Existenz im Stich gelassen hatte, fühlte sie sich unglaublich wohl. Sie mühte sich mit einem großen Koffer ab, den sie in den Gepäckraum ihres kleinen Wagens gezwängt hatte. Plötzlich gab er nach und fiel ihr auf die Füße. Sie fluchte leise und mußte gleich wieder lachen.

Vor drei Wochen hatten sie den Kaufvertrag unterzeichnet; das viele Geld war für immer dahin, und sie hatten sich verpflichtet, in den nächsten fünf Jahren James Seymour hundert Pfund jährlich an Zinsen zu zahlen. Vor zehn Tagen erst hatten sie die Anwaltskanzlei von Mr. Sheldon verlassen; es kam ihnen aber viel länger vor. Man hatte Abschied von ihnen genommen, sie im stillen bedauert. Lucy hatte einen Plattenspieler mit eingebautem Radio geschenkt bekommen und Vicky eine Nachttischlampe. Sie hatte zwar protestiert, sie habe nichts getan, um das zu verdienen. »Aber Sie waren, leider nur allzu kurz, ein wertvolles Mitglied unserer Belegschaft«, beharrte Mr. Sheldon mit etwas schwerfälliger Artigkeit.

Beide hatten versprochen, das Büro zu besuchen, sooft sie in die Stadt kämen. Dann folgten zehn arbeitsreiche Tage, an denen sie immer wieder ihr neues Besitztum aufsuchten, um es zu putzen und zu scheuern; den Fußbodenbelag hatten sie zum Teil billig auf einer Auktion erstanden, und in einem Altwarengeschäft hatten sie eine Anzahl gut erhaltener Tische und Stühle gekauft. Lucy hatte in Homesward einen geeigneten Laden entdeckt. Eine Unterhaltung mit dem Inhaber gab ihr neuen Mut.

»Ein Tea-Room in dem alten Haus von Seymour? Es sollte mich wundern, wenn das nicht florierte. Da draußen werden eine Menge neue Häuser gebaut; außerdem suchen die Leute so gern die Wasserfälle auf. Haben Sie so was schon früher gemacht, Miss?«

»Nein. Ich bin gelernte Sekretärin und habe immer in einem Büro gearbeitet.«

»Na so was! Ich hätte nie gedacht, daß man solch eine Arbeit für so ein Risiko aufgibt. Aber wenn Sie je daran denken sollten, wieder in Ihren alten Beruf zurückzukehren, da gibt's hier in der Stadt immer offene Stellen. Erst letzte Woche haben zwei Firmen inseriert.«

Das war tröstlich. Wenn der Tea-Room nicht genug einbrachte, brauchten sie dennoch nicht zu verhungern.

Wie die meisten Städte in Neuseeland hatte Homesward etwa fünftausend Einwohner. Es gab zwei Kinos, drei Ärzte, vier Rechtsanwälte, fünf Kirchen, zahllose Milchbars, ein halbes Dutzend Makler und eine Menge guter Geschäfte. Wenn der Dorfladen in der Nähe ihres Hauses nicht genügte, konnten sie immer in Homesward einkaufen. Aber Lucy wollte es erst mit diesem Geschäft probieren. Sie wollte sich nach dem Rabatt bei größeren Bestellungen erkundigen und sich wenn möglich mit dem Inhaber ein wenig anfreunden. Der könnte ihnen vielleicht auch Gäste schicken.

Sie hatten gerade ihre Koffer ins Haus getragen, da fuhr schon der Möbelwagen vor. Der Fahrer blickte bedenklich auf die beiden Mädchen. »Ich habe allerhand schweres Zeug dabei«, fing er an. In diesem Augenblick kam ein Mann in Drillichhosen und offenem Hemd quer über den Rasen. »Guten Tag! Ich bin über Ihren Zaun gestiegen«, sagte er. »Ich sah den Möbelwagen und dachte, ich könnte Ihnen helfen. Ich bin Ihr Nachbar, Jack Chisholm. Das da drüben jenseits der Straße ist mein Haus, und das Grundstück hinter dem Ihren gehört mir... Geben Sie mir die Kiste! Ihr beiden Mädchen nehmt das leichte Zeug, und Sie sagen uns, wo wir die anderen Sachen hinstellen sollen. Das werden wir im Nu ausgeladen haben.«

So geschah's, und als der Möbelwagen abgefahren war, hockten sie zu dritt in der Küche auf den Kisten und tranken den schnell aufgegossenen Tee. Chisholm war ein freundlicher Mensch, mit ehrlichen Augen und einem strengen Zug um den Mund. Er sah sich in der Küche um und meinte: »Das hier ist alles ganz modern. Seymour hat die Küche renoviert, aber das übrige Haus hat er so gelassen, wie es sein Großvater gebaut hat. Er erzählte, er hätte es an zwei Mädchen verkauft; meine Frau ist schon ganz aufgeregt. Für sie ist es nett, ein paar junge Leute in der Nähe zu haben.«

Sie schätzten sein Alter auf Mitte oder Ende dreißig. Seine Frau schien viel jünger zu sein, und er erzählte bald, daß sie erst seit einem Jahr verheiratet wären.

»Aber wozu sind denn all diese Stühle und Tische da?« fragte er.

Sie erklärten es ihm; er hörte ernsthaft zu und schien die Erfolgsaussichten zu überdenken. Zum Schluß nickte er: »Ich bin sicher, daß Sie das in Schwung bringen. Natürlich braucht es seine Zeit, aber es ist ein hübsches altes Haus, und die Bäume sind wunderschön. Es gibt eine Menge Männer, die in der Nähe auf dem Bau arbeiten. Die haben schon immer über ihren Koch geschimpft. Anscheinend fällt ihm nichts anderes ein als Irish Stew. Die werden gern zu Ihnen kommen, um mal was anderes zu essen. Wayne an der Tankstelle wird Ihnen auch helfen. Er ist ein guter Kerl.«

»Wie ist der Laden? Wir wollten dort gern einkaufen.«

Chisholm lächelte. »Len ist ein besonderer Typ. Es sieht fast so aus, als möchte er die Leute vom Kauf zurückhalten; er sagt, das eine sei zu teuer und das andere von schlechter Qualität. Er ist zu ehrlich, das ist der Haken bei ihm. Und außerdem so schwermütig, daß meine Frau meint, er könnte jeden Moment in Tränen ausbrechen. Aber er wird für Sie tun, was er kann. Die Leute werden sich für Ihr Unternehmen sehr interessieren... Aber jetzt muß ich zu meinen Schafen. Nan wird bestimmt bald bei Ihnen reinschauen.«

Als er gegangen war, meinte Lucy nachdenklich: »Wie nett die Nachbarn auf dem Lande sind! In der Stadt würde kein Mensch daran denken, einem zu helfen oder nach einem zu fragen. Es macht einem richtig Mut, besonders wenn sie auch noch den Tea-Room unterstützen.«

»Der Eröffnungstag wird sicherlich sehr aufregend.«

»Wenn wir auf die Gäste warten, die nicht kommen, so daß wir am Ende unsere Kuchen selber essen müssen... Ach, macht nichts! Für eine ganze Weile haben wir genug zum Leben. Und dann werden wir schon sehen, ob es klappt oder nicht.«

Dann machte sich Lucy ans Auspacken. Dieser ganze Wechsel war vielleicht doch unklug gewesen, überlegte sie. Aber ihr tat er sicherlich gut. Tatsächlich hatte sie seit zwei Stunden keinen einzigen Gedanken an Gordon verschwendet. Nun würde sie bald von ihm geheilt sein.

»Ach du liebe Güte!« rief da Vicky. »Eines hab ich ganz vergessen!«

»Was denn?«

»Deinen Verehrer Brent Windro.«

»Das macht nichts. Den sind wir los, wenigstens bis er meine jetzige Adresse herausfindet.«

»Du bist ihn für immer los. Gestern abend hab ich ihn erledigt.«

»Wie hast du denn das fertiggebracht?«

»Das ging ganz leicht, obwohl er mir leid tat. Er hatte so eine nette Stimme und war einfach niedergeschmettert, als ich ihm erzählte, du wärest nach England abgereist.«

»Was hast du ihm erzählt?«

»Na ja, ich wußte natürlich gleich, wer er ist, als er anrief. Ich sagte einfach, du wärest nach England zu deiner Mutter gefahren, und es hätte keinen Zweck, wieder anzurufen.«

»Schon wieder eine von deinen unnötigen Lügen. Warum hast du denn nicht gesagt, daß ich nichts mehr von ihm wissen will?«

»Das wäre doch grausam gewesen. Jedenfalls hat mein kleiner Schwindel seinen Zweck erreicht; er sagte erst mal gar nichts, und dann murmelte er in einem ganz komischen Ton: ›Danke‹, und hängte ein ... Wo sollen wir jetzt deinen Schreibtisch hinstellen?«

Eine Woche lang gab es noch viel Arbeit, aber auch viel Hilfe von seiten der neuen Nachbarn; dann war das Haus in Ordnung. Die Möbel aus der Stadtwohnung und die, die sie in Homesward gekauft hatten, standen an ihrem Platz. Schon am zweiten Tag war Nan Chisholm erschienen; sie war voller Arbeitseifer und zog mit einem großen Stoffballen wieder ab, um daraus Gardinen zu nähen. Sie war ein schlankes, zartes Geschöpf, nicht ausgesprochen hübsch, aber ihre schönen dunklen Augen hatten einen scheuen und fast flehenden Ausdruck. Vicky schloß sie gleich ins Herz, Lucy mochte sie auch gern, wenngleich mit einigen Vorbehalten. »Sie ist lieb und freundlich, aber schrecklich ängstlich. Ich möchte nur wissen, warum.«

Später stellten sie fest, daß der Grund dazu in der sehr strengen Erziehung durch ihren herrschsüchtigen Vater lag, der mit seinen lächerlichen Prinzipien ein wahrer Tyrann gewesen war. »Daheim waren wir zu fünft; wir mußten alles tun, was Vater sagte, aber wir hatten trotzdem viel Spaß miteinander. Ich vermisse meine Leute schrecklich, obwohl ich die Jüngste war und ein wenig abseits gestanden hätte, wenn Dan nicht gewesen wäre.«

»Wer ist Dan?« fragte Vicky, die immer gern bis in alle Einzelheiten Bescheid wissen wollte, wenn sie jemanden gut leiden konnte.

»Dan ist der eine von zwei Vettern, die nach dem Tod ihrer Eltern meistens bei uns wohnten. In allen Ferien kamen sie zu uns und waren eigentlich wie unsere Brüder. Tom ging nach Kanada, aber Dan ist noch hier, in Homesward. Er arbeitet bei Mr. Seymour, dem Rechtsanwalt, dem früher dieses Haus gehörte. Er ist genauso alt wie ich, nämlich zweiundzwanzig. Daheim lachten sie immer über unsere Namen – Nan und Dan –, und wir beide steckten immer beisammen. Ich hätte es so gern gehabt, daß er bei uns wohnte und jeden Tag nach Homesward zur Arbeit gefahren wäre, aber irgendwie ...«

Lucy unterdrückte ein Lächeln. Welcher Ehemann – und gar einer, der viel älter als seine Frau und erst seit einem Jahr verheiratet war! – würde wohl sein Heim mit einem jungen Vetter teilen wollen!

Sie wechselte das Thema und fragte nach dem Dorfladen.

»O ja, da müssen Sie hingehen und Len kennenlernen. Das wird ihn aufmuntern, und er wird Ihnen erzählen, welchen Fehler Sie gemacht haben. Er ist ein schrecklicher Pessimist. Das einzige, was ihn freut, ist das Malen.«

»Häuser anmalen? Früher oder später müssen wir dieses hier auch malen lassen.«

»Aber nein, das ist ihm viel zu gering. Obgleich es eigentlich schade ist, daß er nicht lieber Häuser anstreicht. Aber das werden Sie schon selbst sehen; ich will nichts vorwegnehmen. Er macht einen befremdlichen Eindruck, besonders wenn er so traurig dreinschaut.«

»Warum?« Vicky interessierte sich glühend. »Gibt es eine Tragödie in seinem Leben?«

»Ach wo. Er ist sehr glücklich mit einer reizenden kleinen Frau verheiratet, und seine Kinder sind alle wohlgeraten und gut untergebracht. Sein Geschäft geht gut, aber er rät den Leuten immer vom Kauf ab und macht sie ganz fertig. Jack behauptet, das sei eine ganz besondere Art von Geschäftstüchtigkeit. Die Leute hätten auf diese Weise plötzlich das Gefühl, sie müßten erst recht zugreifen. Ich glaube aber nicht, daß er es so meint. Er ist ein ziemlich einfacher Mensch, nur ein bißchen trübsinnig.«

Sie plauderten vergnügt bei ihrem Kaffee und erzählten einander ihre Lebensgeschichte.

»Meine ist ziemlich langweilig«, sagte Nan entschuldigend. »Ich war nur immer daheim. Alle anderen waren verheiratet; ich half meiner Mutter und ging manchmal zum Tanzen, wenn Vater es erlaubte, was nicht oft geschah. Dann lernte ich Jack kennen und heiratete ihn.«

Lucy fand das alles sehr normal, abgesehen von der Unterdrükkung durch den Vater. »Meine Geschichte ist fast noch langweiliger«, meinte sie. »Ich bin auf einer Schaf-Farm geboren und dort aufgewachsen, bis mein Vater starb. Da zog meine Mutter in die Stadt. Ich kam in ein Internat und lernte dort Vicky kennen. Später heiratete meine Mutter zum zweitenmal und ging nach England. Ich machte eine Ausbildung als Sekretärin durch und war vier Jahre lang in einer Anwaltskanzlei. Dann tauchte Vicky wieder auf; wir ließen alles hinter uns und kamen hierher... Erzähl du ihr von unserem Geld, Vicky.«

Mit dem größten Vergnügen sprang Vicky ein; sie erzählte, wie sie die Dollarnote gefunden hatten; sie gab eine kurze, aber farbige Beschreibung ihres eigenen Lebenslaufes; die Schwierigkeiten erwähnte sie nur flüchtig, dafür legte sie um so mehr Nachdruck auf die glücklichen Augenblicke, besonders auf das Wiedersehen mit Lucy an jenem Tage.

»Aber warum sind Sie beide nicht verheiratet? Sie sind doch so attraktiv!« meinte Nan naiv.

»Der Richtige hat sich eben noch nicht gefunden«, erwiderte Lucy leichthin.

Vicky nahm die Sache gründlicher. »Bei Ihnen ist es etwas anderes, Nan, denn Jack ist wirklich ein netter Kerl. Aber ich habe noch keinen getroffen, den ich hätte heiraten wollen. Es ist so gräßlich, wenn man verpflichtet ist, immer nur die Wahrheit zu sagen.«

»Die Wahrheit?« Nan war höchst überrascht, und Lucy erklärte ihr lachend, daß Vicky sich hartnäckig weigere, die Wahrheitsliebe als eine besondere Tugend anzusehen.

»Finden Sie nicht auch, Nan, daß die pure Wahrheit einem manchmal auf die Nerven gehen kann? So ein netter kleiner Schwindel ist doch viel lustiger und kann oft genug die Menschen glücklich machen«, verteidigte sich Vicky.

Nan dachte nach. »Ich glaube, daß nichts dagegen einzuwenden ist, wenn man keinen Schaden damit anrichtet. Eine kleine Notlüge ist sicher nicht schlimm. Aber sogar die brächte ich Jack gegenüber nie zustande. Er würde das überhaupt nicht verstehen und sehr zornig werden.« Bei diesen Worten huschte ein Schatten über ihr Gesicht.

Lucy bemerkte das und dachte: Ich glaube, sie hat genausoviel Angst vor Jack wie früher vor ihrem Vater.

»Ach, ich meinte auch nicht die Ehemänner«, erwiderte Vicky rasch. »Denen muß man natürlich immer die Wahrheit sagen, sonst würde alles furchtbar schwierig.«

Nan fand, daß sie ein wenig zu weit gegangen war. »Sicher würde Jack Vickys kleine Notlügen nicht tragisch nehmen, außer wenn ich ihm so was erzählte. Dann würde er furchtbar böse werden. Wenn man ihn noch nicht so genau kennt, kann man sich nicht vorstellen, wie böse er auf jemanden sein kann, mit dem er nicht einverstanden ist.«

Das klang bekümmert; Vicky konnte sich gut vorstellen, wie Jack in Wut geriet über etwas, was seine junge Frau betraf. Es war leicht zu erkennen, daß er diesen Vetter, von dem sie soviel erzählte, nicht leiden konnte. Als Nan fort war, sagte sie: »Ich mag sie sehr, und du, Lucy?«

»Ich auch. Aber es ist schade: sie ist so – na, fast wie ein scheues Kaninchen. Das rührt sicher von der strengen Erziehung durch ihren Vater her und von der Ehe mit einem Mann, der ziemlich viel älter ist als sie selbst. Aber sie wird uns eine gute Nachbarin sein... Doch jetzt muß ich fort und mir den seltsamen Geschäftsmann anschauen. Morgen bist du dran; da mußt du den Mann an der Tankstelle erobern. Wir brauchen Öl, und bei dieser Gelegenheit kannst du ihm von unserm Tea-Room erzählen.«

Der Laden hatte ein mächtiges Aushängeschild, und das Schaufenster war ganz voll mit Waren. Auch das Haus war hübsch; eine Frau in mittleren Jahren fegte den Gartenweg. Lucy trat ein; im ersten Augenblick konnte sie niemanden entdecken. Dann aber sah sie ihn bei dem zweiten Fenster. Er war ganz in seine Arbeit versunken: er bemalte eine große Leinwand, auf der ein sehr blauer Himmel, eine leuchtend grüne Wiese, ein merkwürdiger Baum und eine goldgelbe Kuh zu sehen waren. Lucy schauderte bei diesem Anblick.

Kein Wunder, daß Nan gemeint hatte, der Ladeninhaber solle lieber Häuser anmalen.

Schließlich bemerkte er sie und kam mit tieftraurigem Gesicht auf sie zu. Er war ein hochgewachsener älterer Mann, und alles an ihm war grau: die Augen, die Haare, der Schnurrbart und auch die Kleidung. Er begrüßte sie mit leiser Stimme, und sie erklärte ihm, wer sie sei und was sie für Pläne mit dem Haus unter den Bäumen hätten. Während er zuhörte, schienen sich seine Schnurrbartspitzen noch weiter zu senken, und er schüttelte traurig den Kopf.

»Hier ist kein guter Platz für so etwas. Es sind nur zehn Meilen bis zur Stadt, und die Leute rasen vorbei. Die machen sich gar nicht erst die Mühe zu stoppen.«

»Wir brauchen ein auffallendes Schild, so eines, wie Sie es an Ihrem Laden haben. Haben Sie das selbst gemalt?«

Er bejahte, und sie fragte freundlich: »Könnten wir bei Ihnen wohl eines bestellen? Ich habe immer so gern malen wollen, aber ich kann es nicht. Könnten Sie wohl eine riesige Teekanne malen oder einen Wasserkessel?«

Seine Augen leuchteten auf, aber er antwortete bekümmert: »Eine Teekanne taugt nichts. Heutzutage wollen alle Kaffee trinken.«

»Dann vielleicht eine schöne Kaffeekanne oder ein paar Tassen... oder was Sie meinen«, schloß sie verzweifelt, denn sein ablehnender Blick ging ihr auf die Nerven.

»Das ist alles nichts. Am besten wäre eine Flasche Bier. Die würde die Arbeiter anlocken.«

Lucy lachte. »Dafür haben wir keine Lizenz, das geht also nicht.« Nun sah er völlig hoffnungslos drein. Schließlich überredete sie ihn doch noch dazu, für sie ein Wirtshausschild zu entwerfen. »Es ist uns alles recht, was Sie malen, wenn es nur groß und auffallend ist.« Endlich sah sie doch die Schaffensfreude in seinen trüben Augen aufleuchten und dachte: Augenscheinlich ist er so eine Art verhinderter Künstler. Schleunigst sprach sie dann von ihrer Absicht, ihren Bedarf in seinem Geschäft einzukaufen. Alsbald verschwand das Leuchten aus seinen Augen, und er wurde noch trübseliger als zuvor.

»Wir haben nicht den richtigen Laden für Ihre Ansprüche. Wir haben nur ein kleines Geschäft.«

»Aber Sie haben eine schöne Auswahl, und wir möchten lieber am Ort einkaufen. Wieviel Rabatt könnten Sie uns bei größeren Bestellungen geben?«

»Für Sie wäre es besser, wenn Sie in Homesward einkauften... in einem von den Supermärkten, die so billige Angebote machen. Ich führe keine Spezialitäten.«

»Ich möchte aber nicht mit einem Supermarkt verhandeln. Wir wollen immer bar bezahlen und brauchen nur ganz normale Sachen. Unsere kleinen Spezialitäten für den Tea-Room bereiten wir selbst zu.«

»Wollen Sie sich nicht lieber gleich aufhängen?« sagte er fast schadenfroh, bot ihr dann aber doch einen sehr großzügigen Rabatt an. »Sie können es ja versuchen; aber Ihr Tea-Room wird bestimmt nicht florieren!«

Auf diese entmutigende Bemerkung hin wollte sie gerade gehen, da trat die Frau, die sie vorhin im Garten gesehen hatte, mit freundlichem Gruß in den Laden.

»Sie sind sicher die junge Dame, die Mr. Seymours Haus gekauft hat. Ja, ja, wir haben schon von Ihnen gehört und uns gefragt, was Sie mit dem Haus machen wollen.«

Lucy erzählte von ihren Plänen; sie hörte interessiert zu und nickte Zustimmung. Sie war genau das Gegenteil von ihrem Mann: frisch und lebendig und voller Optimismus. Als Lucy sagte: »Ihr Mann glaubt, daß wir keinen Erfolg haben werden«, lächelte sie nur und meinte: »Auf Lens Meinung brauchen Sie keine Rücksicht zu nehmen; das ist so seine Art.« Dann betrachtete sie das scheußliche Bild und meinte: »Das hast du gut gemacht, Liebster! Es leuchtet richtig. Die gelbe Kuh gefällt mir. Es ist schön, nicht wahr, Miss Avery?«

Lucy stimmte bereitwillig zu und äußerte die Hoffnung, daß Mr. Swales ein Schild für den Tea-Room malen würde.

»Das tut er bestimmt. Es wird dir Spaß machen, nicht wahr, Len?« Mr. Swales gab mit einem abschätzigen Murmeln zu verstehen, daß ihm nichts auf dieser Welt je Spaß machen könnte.

Seine Frau begleitete Lucy zum Wagen. »Auf Len brauchen Sie nicht zu hören«, mahnte sie vertraulich. »Sie werden bestimmt alles richtig machen, und er wird der erste sein, der Ihnen beisteht. Und was das Schild angeht, das ist genau das Richtige für ihn. Er wird es in so leuchtenden Farben malen, daß jeder Autofahrer es bemerkt und stoppt. Grün und gelb und blau, das sind seine Lieblingsfarben, und die wird er dafür verwenden.«

»Ich habe noch nie einen Geschäftsmann gesehen, der so entschlossen scheint, einem nichts zu verkaufen«, berichtete Lucy daheim. »Aber ich glaube, er wird sich trotzdem für uns große Mühe geben. Jetzt schau du zu, wie du mit dem Mann an der Tankstelle und mit den Arbeitern zurechtkommst.«

Vicky machte das mit viel Geschick und hatte einen Riesenerfolg. Sie wurde von Wayne Temple aufs herzlichste empfangen; er machte sie auch gleich mit den Arbeitern auf seinem Neubau bekannt. Sie machten gerade Brotzeit, und im Nu saß Vicky auf einer leeren Kiste, in der Hand einen Emailbecher, und erzählte ihnen von ihrem Lotterie-Gewinn und ihrem Plan, an der Straße einen Tea-Room zu eröffnen. Sie waren entzückt von dem hübschen Gesicht und von der Geschichte mit dem Glücks-Dollar, und einer meinte: »Ich möchte schwören, daß Sie eine Menge Gäste kriegen, Miss. Unser ganzer Verein kann den Fraß von unserm Koch nicht mehr sehen; da kommen Sie uns gerade recht. Außerdem fragen die Ausflügler hier immer nach den Wasserfällen; da werden wir ihnen erzählen, daß sie nach der Besichtigung bei Ihnen eine gute Tasse Tee kriegen können. Ja, ja, Sie werden eins–zwei–drei ein Bombengeschäft machen.«

Ihr Vorarbeiter war ein ruhiger Mensch mittleren Alters; freundlich sagte er: »Wir alle wünschen Ihnen viel Glück, Miss O'Brien. Es ist ein nettes altes Haus; schade, daß es so lange leer stand. Wir wollten es gern mieten für die Zeit, in der wir hier beschäftigt sind, aber Mr. Seymour wollte sich nicht darauf einlassen. Es wird Ihnen hier gut gefallen.«

Glückstrahlend kam Vicky nach Hause und berichtete, das seien die nettesten Männer, die sie seit langem gesehen hätte. Sie würden bestimmt alle für den Tea-Room werben.

»Es ist eigentlich komisch, daß Mr. Seymour gar nicht nachschaut, wie wir uns hier eingerichtet haben«, meinte sie. »Man sollte doch annehmen, daß er sich noch für sein Haus interessiert und dafür, was mit ihm geschieht.«

Schon am nächsten Abend zeigte sich, daß Seymour sehr wohl

noch an seinem Hause hing, obwohl er von den jungen Damen, die es gekauft hatten, keine Notiz genommen hatte. Gegen fünf Uhr nachmittags fuhr sein Wagen durch die Einfahrt. Vicky hing gerade die Gardinen im späteren Teezimmer auf. Er begrüßte sie sehr formell und erklärte, da sie noch keinen Telefonanschluß hätten, käme er auf seinem Heimweg hier herein. Er wollte ihnen nur mitteilen, daß er für die nächsten Tage einen Handwerker bestellt habe, der das Haus von außen streichen solle.

Vicky erschrak. »Aber wir können uns das jetzt noch nicht leisten. Wir wollten es später machen, vielleicht eigenhändig, ohne einen Maler. Die verlangen ja so hohe Löhne.«

Er musterte sie kühl. »Ich engagiere keinen Arbeiter in der Erwartung, daß Sie ihn bezahlen. Tatsache ist, daß ich schon letztes Jahr die Absicht hatte, das Haus streichen zu lassen. Ich hatte auch schon einen Maler bestellt, aber der wurde krank, und so wurde nichts daraus. Selbstverständlich bezahle ich das.«

»Aber das geht doch eigentlich nicht. Das Haus gehört jetzt uns, und wir müssen auch dafür aufkommen.«

»Ich darf vielleicht darauf hinweisen, daß ich noch einiges Interesse an dem Haus habe.«

Sie errötete. »Freilich, die Hypothek! Daran brauchen Sie mich nicht zu erinnern. Die habe ich nicht vergessen.«

Zum erstenmal etwas wärmer, entgegnete er schnell: »Ich habe nicht an die Hypothek gedacht, sondern daran, daß es früher das Heim unserer Familie war. Ich habe sehr an dem Haus gehangen.«

Wie immer reagierte Vicky sofort auf seinen Gefühlsausbruch. »Verzeihen Sie! Ich kann mir denken, daß Sie sehr daran hingen. Aber vielleicht ist es Ihnen ein Trost, daß wir auch daran hängen. Es macht Ihnen doch nichts aus, daß wir einen Tea-Room einrichten wollen?«

Aber er hatte sich schon wieder gefaßt und sagte steif: »Es ist selbstverständlich Ihre Angelegenheit, was Sie mit Ihrem Eigentum machen... Ich hoffe, der Maler wird Sie nicht belästigen.«

»Natürlich nicht. Es ist sehr nett von Ihnen.« Plötzlich überkam sie ein Zweifel: »Welche Farbe soll es bekommen?«

»Genau dieselbe wie bisher – es ist die einzige, die zu diesem Stil paßt – ein gebrochenes Weiß und das Dach grau.«

»Das ist schön! Aber warum machen Sie das eigentlich? Es steht doch nicht im Vertrag.«

»Früher oder später hätte das Haus doch gestrichen werden müssen, und ich wollte lieber selbst die Farbe bestimmen, als es so modern anmalen lassen, mit einer blauen Tür und gelben Fensterrahmen«, versetzte er unwirsch.

Gleich geriet ihr lebhaftes Temperament wieder in Wallung. »Als ob wir so etwas getan hätten! Ach, warum tun Sie etwas Nettes und verderben es gleich darauf?«

Für einen Augenblick schien er etwas schuldbewußt, dann sagte er formell: »Nun, ich hoffe, daß die Arbeit zu Ihrer Zufriedenheit ausfällt. Ich glaube, der Maler, den ich bestellt habe, ist ein guter Handwerker.« Damit stieg er in seinen Wagen und fuhr davon.

Vicky rannte zu Lucy, um ihr alles zu erzählen. Sie schnappte schier nach Luft und sagte: »Es ist ja ungeheuer nett von ihm, aber warum ist er dabei so unausstehlich?«

Lucy war nachdenklich. »Wenn der nicht einen unverdauten Brocken mit sich herumträgt... Ich möchte wohl wissen, was an seinem Benehmen schuld ist.«

»Es ist ja wunderbar, daß das Haus nun auch noch gestrichen wird, aber dieser Mann scheint mich wahrhaftig zu hassen.«

Lucy lachte. »Für dich ist das etwas Neues. Das tut dir ganz gut. Es ist dein erster Mißerfolg, möchte ich wetten.«

Vicky antwortete nicht, aber ihr Blick hatte etwas Herausforderndes, als sie sagte: »Jetzt haben wir einen Rasenmäher, und ich werde mich an das Gras machen.«

»Ich glaube, wir lassen besser einen Mann kommen. Das Gras ist zu lang für einen Rasenmäher.«

»Da habe ich jetzt gerade die richtige Lust dazu. Je schwerer es geht, desto besser. Das bringt mich von den Gedanken an Mr. Seymour ab.« Und sie holte die Maschine, die sie vor einigen Tagen gebraucht gekauft hatten, und begann einen fruchtlosen Kampf mit dem Gras.

Bald darauf hielt ein Wagen an dem Tor jenseits der Straße. Ein junger Mann stieg aus, er warf einen prüfenden Blick auf ihre Einfahrt, und als er Vicky erblickte, kam er rasch über den Rasen gelaufen. Er grüßte mit einem hinreißenden Lächeln.

»Das ist ja ein Höllengeschäft! Viel zu schwer für Sie! Das Gras ist zu lang für die Maschine. Lassen Sie es bis zum Samstag; ich werde mir von Jack eine Sense pumpen, und dann werde ich das Kind schon schaukeln. Ich bin übrigens Dan Ireland, und Sie müssen Vicky sein, von der meine Kusine so schwärmt ... in den höchsten Tönen!«

Die heitere Bewunderung war natürlich Balsam auf Vickys von Seymour so schnöde behandeltes Herz. Sie lächelte ihn bezaubernd an. »Ja, ich bin Vicky. Wie reizend von Ihnen, mir Ihre Hilfe anzubieten! Ich dachte gerade, daß ich das Mähen wohl doch aufstecken müßte.«

»Das sollten Sie auch. Ich komme bestimmt am Samstag. Mir macht das Spaß. Jetzt will ich mal nach Nan schauen. Wissen Sie zufällig, ob Jack fort ist?«

»Ja, er ist in die Stadt gefahren. Er hat gefragt, ob wir etwas brauchen.«

»Gut. Dann haue ich ab.« Da kam Lucy auf die Veranda, und sofort ließ er seinen Charme vor ihr spielen.

»Und Sie sind Lucy? Mein Gott, ist das nicht zum Schießen? Zwei hübsche Mädchen in dem alten Haus! Am Samstag komme ich bestimmt und mähe das Gras.«

Lucy blieb ziemlich kühl. »Übernehmen Sie sich nicht! Wir werden es schon irgendwie hinkriegen oder jemanden finden, der es für uns tut.«

Er grinste, liebenswürdig und keck zugleich. »Nicht um alles möchte ich das verpassen. Sie werden mich oft genug zu sehen kriegen; heben Sie nur die schwierigen Sachen für mich auf! Oder haben Sie vielleicht schon durch den sehr ehrenwerten Jack von mir gehört und glauben, ich wäre für schwere Arbeiten nicht geschaffen?«

Vicky konnte ihn beruhigen. »Er hat Sie überhaupt nicht erwähnt. Aber Nan hat uns erzählt, daß Sie fast wie ein Bruder zu ihr sind.«

»Arme Nan! Ausgerechnet Dan Ireland muß bei ihr für Ablenkung sorgen! Aber das Gras können Sie einstweilen so lassen. Ich werde das nächsten Samstag erledigen. Wenn mein Chef das sähe oder gar Vetter Jack!«

Er winkte ihnen lustig zu und war gleich darauf verschwunden. »Der ist ja ulkig«, stellte Vicky fest. »Und freundlich und hilfsbereit ist er auch. Eine richtige Erholung nach dem grausigen Seymour, nicht wahr?«

»Du findest ihn nett? Ja, wenn du für die hübschen, selbstgefälligen Typen schwärmst, die nach allen Seiten ihren Charme versprühen. Ich persönlich ziehe Jack Chisholm vor; die Art, wie Dan von seinem Vetter sprach, gefiel mir nicht. Ich mag die Männer nicht, die andere Männer schlecht machen.«

»Vermutlich hast du recht. Aber als James Seymour weg war, hatte ich das Gefühl, ich wäre eine richtige Niete. Na, Dan hat Notiz von uns genommen; er guckt nicht zwischen uns durch oder über unsere Köpfe hinweg.«

»O ja, Dan Ireland ist genau der Typ, der stets von jedem Mädchen Notiz nimmt«, bemerkte Lucy. Vicky lachte und fand sie überkritisch. Sie sollten beide froh sein, daß einer in der Nähe war, der ein bißchen Spaß verstand. Eben einer, der sie zu schätzen wußte.

6

»Glaubst du, daß Dan wirklich das Gras mäht?«

»Verlassen möchte ich mich nicht gerade drauf«, war Lucys entmutigende Antwort. »Es kommt darauf an, welchen Eindruck du auf ihn gemacht hast.«

Augenscheinlich war es ein guter Eindruck gewesen, denn Dan erschien in aller Frühe, mit einer Sense bewaffnet, und machte sich mit voller Kraft ans Mähen. Natürlich vertat er allerhand Zeit mit Lachen und Scherzen, aber das störte keinen. Bei der Frühstückspause sagte er mit seinem hinreißenden Lächeln: »Wie herrlich für Nan, daß sie so entzückende Nachbarinnen hat. Wenn man erst zweiundzwanzig Jahre alt ist, findet man das Landleben ziemlich langweilig.«

»Ach, ich weiß nicht recht«, wandte Vicky ein. »Es gibt hier doch viele nette Nachbarsleute. Es ist nicht wie in der Stadt. Und Jack ist doch meist auch in der Nähe.«

»Ach, Jack!!« Das klang verächtlich, aber Dan bemerkte den ablehnenden Ausdruck in Lucys Gesicht und fügte schnell hinzu: »Natürlich ist Jack ein fabelhafter Kerl, aber er ist schon sechsunddreißig und sehr engherzig. Er hat zu viel Ähnlichkeit mit ihrem ehrfurchtgebietenden Vater, der eigentlich fast ein Fluch für die Familie war. Nan hat genug Strenge erdulden müssen; sie braucht jetzt ein bißchen Vergnügen.«

»Gewiß, er ist nicht mehr der Jüngste, aber er hat einen hervorragenden Charakter.«

»Das ist wie mit dem Salz der Erde: man kann auch mal ein bißchen zuviel Salz in seiner Diät haben. Na, ich bin vielleicht voreingenommen. Jack schätzt meinen Humor nicht. Das kann man ihm nicht übelnehmen. Im übrigen ist er ein Dickkopf.«

Lucys Sympathie galt Jack. Dan war reizend und sehr hilfsbereit bei der Arbeit mit dem Rasen, aber sie hätte nicht um alles von ihm abhängig sein mögen. Sie hätte ihm auch nicht allzuviel Vertrauen schenken wollen. Er schien eine gleichsam heitere Gewissenlosigkeit zu haben. Sie wechselte das Thema und sprach von dem Tea-Room.

»Eine großartige Idee. Wenn ihr beiden Mädchen den betreibt, wird er gleich in Schwung kommen. Für die Leute in Homesward wird es ein Riesenspaß sein, hier herauszufahren, und die Arbeiter von den Neubauten kommen bestimmt auch immer rein. Sie brauchen noch ein paar Tische mit hellen Sonnenschirmen; die stellen Sie an heißen Tagen unter die Bäume. Zu diesem Zweck muß der Rasen aber prima in Ordnung sein.«

Er brauchte den ganzen Tag zu seiner Arbeit und blieb auch zum Dinner bei ihnen. Beim Kaffee nach dem Essen sagte Vicky: »Dieser Mr. Seymour ist ein merkwürdiger Mann. Sie kennen ihn doch, nicht wahr?«

»Nur allzu gut! Ich verdiene meine Brötchen in seiner Kanzlei.«

»Mögen Sie ihn?«

»Wer kann James Seymour schon mögen? Natürlich, er ist ein rechtschaffener Mann. Außerordentlich rechtschaffen, aber auch außerordentlich mürrisch. Ich bin mit meinem Schicksal nicht gerade unzufrieden, aber ich bin ja auch erst seit einem Jahr in seinem Büro. Es kommt mir vor, als wären es zehn! Es ist gräßlich langweilig.«

Lucy fühlte sich verpflichtet, ihren Hypothekengeber zu verteidigen. »Uns gegenüber war er sehr großzügig. Er verlangt nur fünf Prozent Zinsen und läßt das Haus auf seine Kosten streichen.«

»Warum auch nicht? Er hat Geld wie Heu. Wenn er eine Schwäche hat, dann für das alte Haus seiner Familie. Ich möchte aber wetten, daß das die einzig weiche Stelle in seinem Herzen ist. Im Büro verrät er keinerlei Gefühl. Da gibt es leider keinen menschlichen Kontakt.«

»Wo gibt es so etwas im Geschäftsleben?« fragte Lucy trocken.

»Er ist bestimmt hochanständig«, fand Vicky. »Aber er ist so unfreundlich. Mich schaut er an, als ob er mich fressen wollte, dabei war ich doch wahrhaftig lammfromm. Was ist nur mit ihm los?«

»Da muß schon allerhand mit ihm los sein, wenn er Sie so ansieht, der Narr! Es heißt, er könne junge Mädchen nicht leiden. In unserem Büro gibt es keine Frau unter fünfzig, Gott sei's geklagt!«

»Aber warum? Weshalb ist er so?«

Dan grinste hämisch. »Ach, er hat schon seine Gründe. Vor Jahren hat er mal einen richtigen Dämpfer gekriegt. Daran war ein bildschönes Mädchen schuld, Annette Downes. Seymour war mit ihr verlobt und mächtig in sie verschossen. Ausgerechnet am Hochzeitsmorgen kriegte sie Bammel. Sie schrieb ihm einen Brief und sagte ihm ab. Kann man ihr das verdenken?«

»Das war gemein«, empörte sich Vicky. Und Lucy dachte: Das ist also der unverdaute Brocken. Kein Wunder. Für ihn muß das schrecklich gewesen sein.

»Es war nicht gerade angenehm – der Klatsch in der Stadt und das Gelächter der Leute. Die Seymours haben immer was auf sich gehalten – alte Familie und so. James ist hochmütig und empfindlich; er nahm es recht schwer. Er zog sich ganz zurück. Er wollte in seinem ganzen Leben nichts mehr von Frauen wissen. Und wie es das Unglück will, passierte ihm die ganze Chose sogar noch ein zweitesmal.«

»Wie meinen Sie das? Hat ihn noch eine sitzen lassen?«

»Ihn nicht. So weit ließ er's gar nicht kommen – er bewahrte immer genügend Abstand. Sein Bruder Peter hatte das Pech. Die beiden waren immer beisammen. Nach dem Tod ihrer Eltern wohnten sie hier mit einer Haushälterin. Dann hat Peter geheiratet.«

»Ach, und da gab es eine Tragödie, nicht wahr?«

»Ja. Die Ehe dauerte nur ein paar Jahre. Es schien alles in Ordnung, aber auf einmal verschwand die junge Frau mit einem reichen Amerikaner. Für Peter war das schlimm. Er war ganz anders als James, viel menschlicher, lustig und freundlich und sehr beliebt. Es gab ihm einen gehörigen Knacks. Er suchte sich einen Job in Australien und ging dorthin. Anscheinend haben die Seymours nicht viel Glück mit Frauen.«

Das klang boshaft, und Lucy sagte ernst: »Kein Wunder, daß er einem so still und übellaunig vorkommt. Zu uns ist er trotzdem nett gewesen.« Dann sprach sie von etwas anderem.

Als Dan gegangen war, sagte sie zu Vicky: »Mit dem Rasen hat er sich mächtig viel Arbeit gemacht; den können wir jetzt ganz leicht selbst mähen. Trotzdem mag ich ihn eigentlich nicht leiden.«

»Es gefiel mir auch nicht, wie er sich über die Seymours lustig machte; aber ich glaube, Mr. Seymour ist ein strenger Chef.«

»Ich würde sagen, Dan Ireland ist auch ein schwieriger Angestellter. Ich wundere mich, daß er es so lang dort aushält.«

Es sollte auch nicht länger dauern. Einige Tage später erschien er mitten am Vormittag und sagte liebenswürdig: »Ich will den Rasen mit der Maschine mähen; beim erstenmal geht das ziemlich schwer, da ist's besser, ich mache das.«

»Sollten Sie jetzt nicht im Büro sein?«

In dem heiter vertraulichen Ton, den er sich den beiden Mädchen gegenüber angewöhnt hatte, sagte er: »Es läßt sich leider nicht leugnen, daß ich auf der Suche nach einem neuen Job bin. In dem lausigen alten Büro konnte ich's nicht länger aushalten. Jetzt suche ich nach neuen Weidegründen, habe aber leider noch nichts gefunden.«

»Sie haben Mr. Seymour gekündigt?«

»Gott sei Dank! Ich kann heute noch nicht verstehen, wie ich's dort so lange aushalten konnte. Es ist der widerlichste Ort auf dieser Erde. Seymour ist ein staubtrockener Rechtsanwalt, wie er im Buche steht. Er hat kein bißchen Phantasie oder Anpassungsfähigkeit.«

Lucy dachte, man brauche wohl viel Anpassungsfähigkeit, um diesen jungen Mann in einem Büro zu beschäftigen. Aber sie meinte nur: »Wenn Sie Homesward verlassen, wird Nan Sie sehr vermissen. Aber vielleicht wollen Sie sich hier eine andere Arbeit suchen?«

»Das nehme ich an«, sagte er zögernd. »Der Sommer ruft mich! Die großen Weiten! Auf keinen Fall gehe ich wieder in ein Anwaltsbüro.«

Alles Angeberei, dachte sie. Man hat ihn rausgeworfen. Ich möchte nur wissen, weshalb.

Sie war sich ihrer Diagnose sehr sicher.

Dan war immer noch vergnügt, aber nicht mehr der sieghafte Held der vergangenen Tage. Er mähte den Rasen sehr ordentlich, aber beim Lunch, als die Unterhaltung einige Male stockte, sah er doch nachdenklich und bedrückt drein. Gleich nach dem Essen meinte er: »Jetzt muß ich gehen. Nan hat heute morgen angerufen und gesagt, daß Jack am anderen Ende der Farm beim Einzäunen sei. Da kann ich mit ihr ein paar Worte unter vier Augen sprechen.«

Er verabschiedete sich freundlich und ging hinüber zum Nachbarhaus.

»Es ist doch eigenartig, daß Dan immer nur hingeht, wenn Jack fort ist«, meinte Vicky nachdenklich.

»Das kommt mir auch so vor; und ich möchte wohl wissen, was er Nan erzählt. Ich bin überzeugt, daß heute etwas schief gegangen ist.«

Sie hatte recht. Als Nan später kam, hatte sie rote Augen und erwähnte den Besuch ihres Vetters nicht.

Sie brachte die letzten Gardinen und trödelte ein wenig herum, als hätte sie Lust, ein bißchen zu plaudern.

»Es ist rührend, daß Sie alle Gardinen genäht haben«, sagte Lucy. »Wir haben beide kein Talent zum Nähen und besitzen nicht einmal eine Maschine.«

»Es ging ja ganz schnell, und ich nähe gern, auch Gardinen. Das ist eine meiner wenigen Begabungen.«

»Ich wollte, die hätte ich auch«, meinte Vicky. »Aber bei mir ist das hoffnungslos.«

»Aber Sie können kochen. Sie können Kuchen backen und Torten. Ich muß das alles kaufen, und das paßt sich nicht für eine Farmersfrau. Jack findet freilich, ich solle mir nicht soviel Arbeit machen mit dem Herumprobieren. Mit dem Nähen ist's was anderes. Das macht mir großen Spaß.«

»Haben Sie früher genäht? Ich meine, beruflich?«

»Vor meiner Heirat habe ich's manchmal getan. Eigentlich mehr zum Spaß, und um mir ein bißchen eigenes Geld zu verdienen. Mein Vater gab uns nicht viel. Die Leute hier in der Umgebung haben mich oft gebeten, ihnen etwas zu nähen, aber Jack hat ein törichtes Vorurteil dagegen. Ich könnte eine Menge Geld verdienen, und es würde mir auch Freude machen. Auf dem Lande suchen die Leute immer eine Schneiderin. Aber Jack sagt, er gibt mir, was ich brauche, und das tut er auch. Trotzdem wäre es nett, wenn ich mir selbst etwas verdienen könnte. Das Geld könnte ich für alles mögliche gebrauchen, auch zu Dingen, mit denen Jack vielleicht nicht ganz einverstanden ist... Heutzutage arbeiten so viele jungverheiratete Frauen!«

»In der Stadt tun sie's fast alle«, stimmte Vicky zu. Sie fühlte, daß sie Nans wunde Stelle berührt hatte, und wechselte das Thema. »Sieht unser Rasen nicht herrlich aus? Es ist großartig, daß Dan ihn für uns so schön gerichtet hat. Er ist froh, daß er von der Kanzlei weg ist, nicht wahr?«

Nans Augen verdunkelten sich. »Ja, er hat sie gehaßt, und mit Mr. Seymour konnte er nicht auskommen... Aber ich hoffe sehr, daß er bald etwas anderes findet und sich nicht einfach so treiben läßt...

Es war stets schwierig, ihn bei einer Arbeit zu halten. Seltsam, denn Tom – das ist sein Bruder, der nach Kanada ging – ist gerade das Gegenteil von ihm; mit Tom gab es nie Schwierigkeiten.«

Sie begann von Kanada und seinen Möglichkeiten zu sprechen, offensichtlich eifrig bemüht, das Thema Dan und seine Berufsaussichten zu vermeiden.

»Unser junger Mann ist in Schwierigkeiten«, stellte Lucy fest, als Nan gegangen war. »Und deshalb ist Nan so scharf aufs Geldverdienen.«

»Ja. Ich bin überzeugt, daß etwas schiefgegangen ist. Sie sah so elend aus, und wozu sollte sie sonst mehr Geld brauchen? Jack hat eine gutgehende Farm, und er ist ihr gegenüber bestimmt großzügig. Arme Nan – sie schien so aufgeregt zu sein, und sie weiß sich nicht zu helfen, findest du nicht auch?«

»Ja – und sie steckt in der Klemme zwischen ihrem Vetter und ihrem Mann.«

»Trotzdem, Lucy, ich möchte mich auch nicht vor Mr. Seymour verantworten müssen, wenn ich etwas getan hätte, was nicht ganz richtig ist. Er ist ein harter Mann. Dan hat recht, wenn er ihn grausam nennt.«

»Aber er ist auch ein guter Hausherr, und das ist für uns wichtig. Wenn das Haus erst richtig fertig ist, wird es wunderschön aussehen.«

Es war beinah fertig, und sie hofften, in der nächsten Woche ihren Tea-Room eröffnen zu können. Vicky konnte es kaum mehr erwarten, aber Lucy hatte Angst.

»Das Dumme ist, daß der größte Teil der schweren Arbeit dir zufällt. All die Backerei – für so was hab ich kar kein Geschick.«

»Aber dafür kannst du anderes um so besser. Mach dir über das Backen keine Gedanken. Es ist komisch, aber wahr: ich tue es gern. Es ist eine Art Selbstbestätigung für mich, wie für Nan das Nähen und Len das Malen. Du weißt doch, daß mir das Frühaufstehen nichts ausmacht. Meine Tante sagte einmal boshaft, das wäre meine beste Eigenschaft. Gleich in der Frühe mache ich mich ans Backen, und du kannst die anderen gräßlichen Dinge tun, zum Beispiel die Tische decken und abspülen.«

»Wenn wir nur wenigstens eine Gefriertruhe hätten! Dann könntest du eine Menge im voraus machen... Aber die können wir uns jetzt natürlich noch nicht leisten. Außerdem glaube ich, anfangs werden noch nicht viele kommen. Ich kann auch nicht glauben, daß wir viele Dauergäste kriegen, trotz des prächtigen Schildes, das Len für uns malt.«

Das Schild versprach allerdings überwältigend zu werden. Len wollte seine ganze Kunst hineinlegen, und sie verfolgten den Werdegang mit Ehrfurcht. Es nahm jetzt den Platz der wild bemalten Leinwand ein, die Lucy seinerzeit gesehen hatte. Len verschwendete sein ganzes Herz an dieses Werk und dazu noch eine Menge Farbe. Wenn sie ihn besuchten, um die Entwicklung zu beobachten, saß er mit schief geneigtem Kopf, zierlich seinen Pinsel haltend, davor, und sein Gesicht war wahrhaft glücklich. Sobald er sie entdeckte, verdüsterten sich seine Züge; widerwillig kam er hinter den Ladentisch, um ihre Bestellungen entgegenzunehmen. Er schien wirklich höchst ungern etwas zu verkaufen.

Um ihn aufzuheitern, sagte Lucy: »Das Schild, das Sie für uns malen, wird einfach wundervoll, Mr. Swales. Das müssen ja alle bemerken.«

Niedergeschlagen sah er sie an. »Sie werden es überhaupt nicht bemerken, und wenn sie es doch sehen, werden sie nicht halten. Sie werden in die Stadt rasen und sich in so einer Milchbar, in der eine Musik-Box spielt, eng zusammenhocken.«

Es klang, als ob er von Sodom und Gomorrha redete, und Vicky lachte.

»Das werden sie nicht tun, wenn sie erst gemerkt haben, wieviel schöner es ist, seinen Tee auf dem Rasen unter den herrlichen alten Bäumen zu trinken.«

»Wahrscheinlich fallen ihnen da Käfer in den Halsausschnitt, oder noch ärger: die Vögel lassen etwas in die Milch fallen. In einer Milchbar kann einem das nicht passieren.«

»In unsere Milch wird auch nichts hineinfallen«, sagten sie und verlangten unbeeindruckt von seinen düsteren Prognosen Mehl, Butter und Zucker. Er wog alles ab und brummelte dabei, mit all diesem Zeug könnten sie wohl kaum viel anfangen, sie würden gewiß mit Pennies zufrieden sein müssen, denn Pfunde könnten sie kaum einnehmen. Während er so lamentierte, trat seine Frau in den Laden, begrüßte sie freundlich und sagte frisch: »Jetzt hör doch auf mit dem Unsinn, Len! Du weißt ganz genau, daß du schon seit Wochen allen Reisenden und anderen Kunden von dem großartigen Tea-Room erzählt hast, der hier eröffnen wird. Du bist ja selbst ganz wild dahinter her.«

Vicky versuchte sich vorzustellen, wie Len ganz wild hinter etwas her sei. Len murmelte schuldbewußt, daß das alles doch keinen Sinn hätte. Heutzutage hörten die Menschen überhaupt nicht zu, wenn man ihnen etwas erzählte, und wenn sie doch zuhörten, vergäßen sie alles im Nu. Seine Frau lächelte nur; sie hatte gehört, wie er zu den Bauarbeitern sagte, sie brauchten dann nicht mehr auf ihren Tee zu warten, bis sie daheim seien. »Für Sie tut er alles!«

»Er malt bestimmt ein wundervolles Wirtshausschild«, sagte Lucy tapfer. Sie blickte bewundernd auf den gewaltigen, leuchtend goldenen Teekessel, der von lustigen rosa und grünen Tassen flankiert war; in riesigen Buchstaben wurden »Erstklassige Speisen« angepriesen. Ein wenig unbehaglich dachte sie daran, was wohl Mr. Seymour zu dieser Reklame vor seinem alten Familienbesitz sagen würde. »Es macht mächtigen Eindruck«, meinte sie. »Es wird sicher ein Riesenspaß am Eröffnungstag. Die Leute kommen bestimmt schon wegen des Schildes. Wir haben natürlich auch eine Anzeige in der Zeitung, aber das Schild wird die Leute hereinlocken.«

Len war sichtlich befriedigt; dennoch murmelte er, daß man wahrscheinlich den ganzen Tag umsonst warten würde, weil keine Seele käme. Und so ein Inserat läsen die Leute überhaupt nicht. Seine Frau lächelte nachsichtig über seinen Pessimismus und brachte das Gespräch auf den neuen Anstrich des alten Hauses.

»Es sieht jetzt richtig schmuck aus. Es wird Mr. Seymour gefallen.«

»In Wahrheit hat er das machen lassen. Wir hätten uns das jetzt noch nicht leisten können.«

»Ja, Mr. James ist ein guter Mensch«, sagte Amy Swales warm. »Die Leute verstehen ihn nur nicht. Er ist ein sehr feiner Mann; niemand weiß das so gut wie ich.«

»Kennen Sie ihn schon lange?«

»Freilich. Vor meiner Heirat habe ich dort gearbeitet. Damals lebte der Vater von Mr. James noch, und die beiden Söhne wohnten zu Hause. Sie hatten keine Töchter... Es war ein glückliches Familienleben. Alle hingen an dem alten Haus und den schönen Bäumen. Aber dann ging dies und jenes schief, und ich war froh, als sich Mr. James zum Verkauf entschloß. Es kam ihn hart an, aber er sagte einmal zu mir: ›Es hat doch keinen Sinn, es verfallen zu lassen, Amy. Vielleicht kommt mal jemand, dem es doch gefällt.‹ Er tat mir leid, wie er das so sagte; denn ich wußte, wie schwer es ihm fiel, sich davon zu trennen. Und ich mußte an die glücklichen Zeiten dort denken. Aber so geht es manchmal auf der Welt: die besten Menschen haben das meiste Pech.«

Len stöhnte zustimmend; offenbar gefiel es ihm, daß seine lustige kleine Frau auch einmal eine pessimistische Bemerkung gemacht hatte. Dann kam er wieder auf ihre Bestellungen zurück, nicht ohne einen kummervollen Kommentar zu den hohen Lebenshaltungskosten der heutigen Zeit von sich zu geben.

Drei Tage später erschien er mit seinem Lieferwagen am Gartentor und lud mit großer Sorgfalt sein Meisterwerk ab. Den Kopf zur Seite geneigt, betrachtete er es voller Stolz.

»Es sieht großartig aus, Len!« rief Vicky; sie bestand, fast gegen seinen Willen, auf diesem vertraulichen Umgangston mit dem Geschäftsmann und seiner Frau.

»Es ist doch albern, wenn ihr mich weiter mit ›Miss‹ anredet«, hatte sie gesagt. »Ich nenne euch jetzt Len und Amy.« Amy Swales war entzückt, während Len den Kopf schüttelte und brummte, es habe keinen Sinn, die Dinge zu überstürzen.

An diesem Morgen aber war er für kurze Zeit beinahe vergnügt. Er gab zu, das Schild sei nicht schlecht, wenn sich die Sonne im Gold des Teekessels spiegelte. Doch dann fand er wieder zu sich selbst zurück: »Keiner wird einen Blick darauf werfen, außer wenn er geblendet wird und in den Graben fährt – und dann werdet ihr wohl für den Schaden aufkommen müssen.«

Bei dieser düsteren Prophezeiung brach Vicky in lautes Gelächter aus. »Wir werden es sofort aufhängen«, sagte sie. »Sobald die Maler mit dem Haus fertig sind, werden wir den Tea-Room eröffnen. In ein paar Tagen ist es so weit.«

»Der Maler wird einen scheußlichen Geruch nach seiner Farbe hinterlassen. Das wird die Leute vertreiben, bestimmt, und wiederkommen werden sie nicht so bald... Also ich komme und hänge das Schild auf, wenn Sie mich's wissen lassen.«

»Ach, machen Sie sich keine Mühe. Das lassen wir von Dan Ireland machen.«

»Der soll mir das Schild nicht anrühren. Wenn er es aufhängt, weht es der Wind gleich am ersten Tag wieder herunter. Nein, nein, das mach ich schon selbst, und Amy soll inzwischen den Laden versorgen.«

»Vielen, vielen Dank! Ist das nicht ein herrliches Wetter! Hoffentlich ist's bei der Eröffnung auch so schön.«

»Dann eilt euch nur! Es wird nicht lange dauern... Ja, grad heute ist es sehr schön, aber später werden wir dafür büßen müssen. Denken Sie an meine Worte – dafür werden wir büßen müssen.«

Mit dieser düsteren Prognose fuhr er ab. Für das Schild hatte er nur soviel Geld nehmen wollen, wie die Farben gekostet hatten. Den Mädchen war das nicht recht, aber als Vicky mit Amy darüber sprach, lachte diese und meinte: »Das ist schon in Ordnung. Es hat ihm ja so viel Spaß gemacht. Es hat ihn richtig aufgeheitert, all das Rosa und Gelb und Grün! Außerdem hat er's aus Liebe getan. Er kann Sie beide so gut leiden.«

Als Vicky Lucy davon erzählte, erwiderte diese trocken: »Dann muß er seine Gefühle schon meisterhaft verbergen können. In meiner Nähe scheint er immer den Tränen nahe. Es hat mich schon richtig bedrückt.«

»Ich weiß nicht, ob er dir soviel zu schaffen macht wie Mr. Seymour mir. Mit dir geht er ja ganz menschlich um, Lucy, aber schon mein Anblick scheint ihm widerwärtig zu sein. Er ist mit Ach und Krach höflich, aber nicht mehr, und je mehr Mühe ich mir gebe, um so ablehnender wird seine Haltung.«

»Er ist schon recht. Ich gebe mir schon gar keine Mühe mehr, und deshalb regt mich das alles auch nicht mehr auf«, sagte Lucy. Sie ärgerte sich schon längst nicht mehr über die Zurückhaltung des früheren Hausbesitzers. Warum sollte er sich schließlich mit ein paar Mädchen einlassen. Es war ihr klar, daß sie zu dieser Einstellung gekommen war, weil sie nicht wie Vicky an schnelle Erfolge bei allen Männern gewöhnt war. Wenn sie an Gordon dachte, der sich leider doch immer wieder in ihre Gedanken einschlich, so glaubte sie, daß es ihr doch an Reizen fehlen müsse. Im Hinblick darauf erwartete sie nicht viel Entgegenkommen von James Seymour.

Während der Maler bei der Arbeit war, war er ein paarmal gekommen, um zu kontrollieren; die Mühe, die sich die Freundinnen mit dem alten Haus gaben, schien ihn zu beeindrucken. Er hatte nicht einmal beim Anblick seines früheren Wohnzimmers protestiert, das sich nun in eine Teestube verwandelt hatte. Und als sie ihm Lens Schild zeigten, hatte er tatsächlich gelächelt.

»Das hat ihm sicher große Freude gemacht. Da gab's viele Möglichkeiten für seinen Farbensinn«, sagte er nur.

An einem Nachmittag fragte ihn Lucy, ob er ihr eine Buchhaltungsfirma empfehlen könnte. »Ich muß doch alle Rechnungen wegen der Einkommensteuer aufheben, nicht wahr? Für längere Zeit erwarte ich zwar keinen Gewinn, aber eine Steuererklärung werde ich trotzdem abgeben müssen. Es ist zwar ziemlich lächerlich, für solche Kleinigkeiten einen Buchhalter in Anspruch zu nehmen, aber wir werden nicht drum herum kommen.«

»Haben Sie nicht in einem Büro gearbeitet?«

»Ja, aber als Sekretärin in einer Anwaltskanzlei. In Geldsachen habe ich keine Erfahrung; Mr. Sheldon hat mir bei meinen Steuersachen immer geholfen. Das war alles sehr einfach; aber jetzt wird es wohl komplizierter, meinen Sie nicht auch?«

»Eigentlich nicht. Die Ausgabe für einen Buchhalter ist überflüssig. Was Sie wissen müssen, kann ich Ihnen ebenfalls zeigen. Sie müssen nur einfach alle Rechnungen aufheben; dann müssen Sie ein Buch anlegen und darin auf der einen Seite Ihre Ausgaben und auf der anderen Ihre Einnahmen eintragen. Wenn es so weit ist und Sie eine Steuererklärung abgeben müssen, kann ich Ihnen zeigen, wie Sie es machen müssen.«

Das war erstaunlich. Es war ein neues Geschenk, das seiner wertvollen Zeit, und dieses Mal hatte er es ohne bittere Beigabe gemacht. Lucy nahm es mit herzlichem Dank an. »Vorausgesetzt, daß Sie nicht zuviel Ihrer Zeit opfern müssen«, sagte sie. In seiner zurückhaltenden Art versicherte er, es gehe ja nur darum, ihr zu zeigen, wie sie es machen müsse.

»Sie werden es sehr schnell gelernt haben; ich fahre ohnehin jeden Morgen und jeden Abend bei Ihnen vorbei und kann da leicht mal hereinschauen, ob es Schwierigkeiten gibt.« Und als ob er meinte, schon zu weit gegangen zu sein, verabschiedete er sich abrupt und ging.

»Ich wollte, ich könnte auch so gut mit ihm auskommen«, seufzte Vicky. »Dich mag er gut leiden. Ich kann mir nicht vorstellen, was ich ihm angetan habe, daß er mich so anders behandelt.«

Lucy lachte. »Bei mir fühlt er sich eben sicher. Du mußt dafür büßen, daß du so viel schöner bist als ich.«

»Sei nicht albern!« erwiderte Vicky hitzig. »Du weißt genau, daß das nicht stimmt. Wenn du nur wolltest, könntest du jeden Mann bezaubern – der Haken ist nur, daß du das nicht willst.«

Als der Maler fertig war, gab es keinen Anlaß, die Eröffnung des Tea-Rooms weiter hinauszuschieben. Das frühere Wohnzimmer war bereit, der Fußboden gewachst und poliert, und die Tische und Stühle waren lustig angemalt. Überall standen kleine Vasen mit Narzissen, die Vicky voller Entzücken hinten im Garten entdeckt hatte. Ein großer, weißlackierter Küchentisch diente als Theke, und Jack hatte eine Klingel angebracht, die läutete, wenn jemand kam.

»Aber eines haben wir vergessen«, rief Vicky bestürzt. »Wir haben keine Ladenkasse. Wo sollen wir denn das Geld hintun?«

Lucy lachte. »Zuerst mal in eine Schüssel. Fürs erste brauchen wir uns über eine Kasse noch keine Gedanken zu machen. Was viel wichtiger ist – woher willst du wissen, wieviel du backen mußt? Werden denn überhaupt ein paar Gäste kommen, und wieviel werden sie verzehren? Müssen wir's am Ende selber essen? Schrecklicher Gedanke! Mach nur nicht zuviel, Vicky!«

Aber Vicky setzte eine sehr wichtige und überlegene Miene auf. »Das habe ich alles schon bedacht. Ich will nichts verschwenden, will aber auch nicht zu kurz kommen. Warte nur ab, dann wirst du sehen, wie gescheit ich bin.«

Ein klarer, sonniger Tag brach an. Len kam in aller Frühe und hängte sein Schild auf. Er war sichtbar aufgeregt, aber bemüht, sich das nicht merken zu lassen. Er blickte deshalb mißmutig zum Himmel auf und sagte, solch ein Wetter sei keinesfalls von Dauer. Wenn ein Platzregen käme, wären die Leute tropfnaß, noch ehe sie im Haus wären. Aber sein Schild sah großartig aus; er mußte es immer wieder voller Stolz und Liebe anschauen. Dann nahm er sich zusammen und meinte, es sei schade, daß die Autofahrer so schnell führen; keiner würde die Zeit haben, auch nur einen Blick darauf zu werfen.

Vicky konnte seinen Pessimismus nicht teilen. »Len, dieses Mal dürfen Sie nicht recht haben. Ich bin schon um sechs Uhr aufgestanden und habe einen schönen Vorrat an Kuchen und Törtchen gebakken. Und jetzt schneide ich die Sandwiches.«

»Schon recht. Aber die Leute hier wollen so komisches Zeug – Sahnetorten und solchen Krimskrams, was ihnen dann im Magen liegt.«

»Na, wir werden ihnen erklären, daß wir uns auf selbstgebackene Sachen einstellen und daß die bestimmt gesünder sind.«

»Sie kennen das Publikum nicht. Aber ich kenne es. Die Leute werden schimpfen und wieder davonlaufen«, knurrte er. Dann ging er seiner Wege. Doch ehe er in seinen Lieferwagen stieg, wandte er sich noch ein paarmal um und blickte nach dem goldenen Teekessel.

7

Zuerst schienen sich Lens düstere Voraussagen zu bewahrheiten. Ab zehn Uhr schimmerte das Schild verheißungsvoll in der Sonne, aber in der nächsten Stunde geschah nichts. Vicky blickte unruhig auf Lucy und redete laut und viel und betont fröhlich; Lucy antwortete wenig, aber sie blieb gelassen und freundlich. Dann kam ein aufregender Augenblick: ein großer Wagen verlangsamte seine Fahrt und hielt. Eine Gruppe von fünf Leuten kam die Auffahrt herauf.

Sie hörten eine angenehme Stimme: »Ist das ein hübsches altes Haus! Schau, Nora, da stehen Tische unter den herrlichen Bäumen! Hier wollen wir uns setzen.«

Ihre ersten Gäste waren die nettesten Menschen, die man sich denken konnte.

»Das ist ja hier ein himmlisches Fleckchen Erde! Und wie gut solche einfachen, selbstgebackenen Sachen schmecken! Davon müssen wir unseren Freunden erzählen.«

»Sind Sie wegen des Inserats in der Zeitung von Homesward gekommen?«

»Nein. Wegen des Schilds. Das ist überwältigend.«

Vicky gab eine witzige Schilderung von dem widerstrebenden Kolonialwarenhändler, der auch noch ein Maler war.

»Oh, den müssen wir selber sehen. Hinter der Straßenbiegung, sagten Sie? Da gehen wir hin und kaufen Zigaretten... Vielen Dank für den köstlichen Tee! Wir kommen bestimmt wieder.«

»Vergessen Sie bitte nicht, Len zu erzählen, daß sein Schild Sie angelockt hat. Sie sind nämlich unsere ersten Gäste!« rief Vicky ihnen nach.

»Die hätten wirklich nicht netter sein können«, bemerkte Lucy, als sie das Geschirr spülte. »Wenn alle Gäste so nett sind, wird es ein Hauptspaß.«

Aber fürs erste kam niemand weiter, und Vicky blickte besorgt auf die zwei Dutzend Pasteten in der Wärmeröhre. »Lieber Himmel, hoffentlich kommt bald jemand, der einen Lunch haben möchte! Wieviel kannst du essen, Lucy?«

Lucy fühlte schon eine Magenverstimmung bei dem bloßen Gedanken an die Pasteten. Aber schließlich kamen drei junge Männer und bestellten sechs Stück. Sie behandelten Lucy mit großem Respekt, während sie mit dem hübschen Mädchen, das sie bediente, einen harmlosen Flirt anfingen. »Das ist hier eine feine Sache«, sagten sie, als sie aufstanden. »Sie werden uns noch öfter sehen.«

»Sechs Pasteten sind wir los, Gott sei Dank!« atmete Vicky erleichtert auf. »Aber achtzehn haben wir noch.«

Es war ein bedrückender Anblick, aber als der Abend kam, war doch nichts mehr übrig. Das hatten sie jedoch nicht »legitimen Gästen« zu verdanken, wie Lucy sie nannte, sondern ihren Freunden, die sich für den ersten Tag zu einem Treffen hier verabredet hatten. Im Laufe des Nachmittags hatten sich außerdem noch ein paar richtige Gäste eingefunden. Vier Personen waren zu den Wasserfällen hinaufgestiegen, und Wayne von der Tankstelle hatte sie dann hierhergeschickt. Gleich darauf kam eine andere Gesellschaft und betrachtete das Schild; die Mädchen hielten den Atem an.

»Das müßte das Haus sein, von dem wir in der Zeitung gelesen haben. Das könnten wir uns einmal anschauen.«

Vicky lief davon, um frischen Tee aufzubrühen, während Lucy entzückt die sechsköpfige Gesellschaft musterte, die die Auffahrt heraufkam; zwei Kinder waren auch dabei.

»Komisches altes Haus. Möchte wohl wissen, wer hier wohnt. Es muß ihnen ziemlich schlecht gehen, daß sie einen Tea-Room draus machen.«

Es waren offenbar recht kritische Leute. »Haben Sie kein Eis für die Kinder?«

»Tut mir leid, das führen wir noch nicht«, sagte Lucy höflich. »Aber wir haben kühle Säfte und Limonade, wenn sie das mögen.«

Geringschätzig musterten sie die wenig umfangreiche Speise- und Getränkekarte. »Aber das ist wahrscheinlich besser für unsere Linie«, meinte die eine Frau. Vicky brachte die Bestellung und meinte liebenswürdig: »Das sagen viele. Aber Sie sind ja zum Glück nicht so stark, daß Sie sich darüber Gedanken machen müßten.«

Der Frau, die zweifellos Übergewicht hatte, tat das wohl.

»Ach, es schmeckt wirklich alles sehr gut«, stellte sie fest. »Diese Cremetorten hat man doch schon über. Selbstgebackene Sachen sind mal eine Abwechslung und auch viel gesünder.« Als sie schließlich gingen, waren sie alle recht vergnügt.

Als der Wagen abfuhr, lachte Lucy. »Du hast ihr ganz schön Honig um den Mund geschmiert! Die Frau wollte grade anfangen zu meckern, da nahmst du ihr den Wind aus den Segeln.«

»Ist das nicht die beste Methode? Sie war ja auch nicht so furchtbar fett. Sie hat nur ein paar Pfündchen zuviel.«

Am Nachmittag kam niemand mehr, und die achtzehn Pastetchen waren immer noch da. Aber kurz nach fünf Uhr hielt ein großer Lastwagen vor dem Tor, und heraus sprangen die Bauarbeiter, in bester Stimmung.

»Na, wie geht das Geschäft? Prima oder miserabel?«

»Habt ihr noch ein bißchen Futter für ein paar hungrige Männer?«

»Wie wär's mit ein paar Pastetchen?«

Sie hatten sich schon ganz gut angefreundet. Die Mädchen hatten sie in der Zwischenzeit öfters gesehen, und mehr als einmal hatten sie auf dem Heimweg gehalten, um sich von den Fortschritten zu überzeugen und ein fabelhaftes Geschäft zu prophezeien. Heute wollten sie nun den fertigen Tea-Room sehen und »sich an den Resten gütlich tun«, wie Vicky sagte. Sie lächelte ihnen zu.

Vicky war der Liebling aller und kannte schon die Geschichte der meisten Männer.

»Sid hat eine sehr zarte Frau«, erzählte sie Lucy später. »Er will nicht, daß sie sich mit dem Backen soviel Arbeit macht; er möchte Pasteten und Kuchen auf dem Heimweg mitnehmen.«

Ned hatte sechs Kinder und eine Frau, die bis fünf Uhr zur Arbeit ging; er würde gern kleines Gebäck für die vielen hungrigen Mäuler mit nach Hause nehmen.

»Ein Segen! Schon bei dem Gedanken an die vielen Kohlehydrate kam ich mir wie eine gestopfte Gans vor«, seufzte Lucy.

Harry Kelston war der Polier; betrübt wünschte er, seine Mutter würde solche einfachen Sachen mögen; es sähe alles so verlockend aus. Vicky berichtete Lucy später: »Armer Harry! Mit seiner alten Mama macht er viel durch. Sie lebt sonst in der Stadt, zusammen mit einer Haushälterin, die ihr sehr zugetan ist. Aber die hat sich kürzlich operieren lassen müssen. Mrs. Kelston hat darauf bestanden, sie drei Monate in Urlaub zu schicken und für diese Zeit zu Harry zu kommen. Sie ist leider furchtbar schwierig, besonders mit dem Essen.«

»Das ist unangenehm in einer Pension. Wie werden sie denn dort mit ihr fertig?«

»Sie sind wütend auf sie; Harry hat Angst, daß sie sie rauswerfen, und ihre Haushälterin braucht erst in etwa drei Wochen zurückzukommen. Er weiß einfach nicht, was er machen soll.«

»Armer Kerl! Kein Wunder, daß er so bekümmert aussieht. Ist er denn nicht verheiratet?«

»Er war's. Seine Frau ist vor fünf Jahren gestorben. Sie hatten keine Kinder, deshalb wohnt er jetzt in der Pension. Man ist da sehr nett zu ihm, und er möchte keinen Ärger haben.«

»Du weißt eine Menge von all den Leuten! Ich habe sie doch fast ebenso oft gesehen wie du, und ich habe nicht einmal gewußt, daß Kelston noch eine Mutter hat, geschweige denn, daß seine Frau tot ist. Sid und Ned haben mir noch nie von ihrer Familie berichtet.«

»Ach, weißt du, die Leute erzählen gern von sich.«

»Ja, dir, aber nicht mir. Wie bringst du das nur fertig?«

»Das weiß ich auch nicht. Ich tue eigentlich gar nichts. Aber wahrscheinlich sehe ich ein bißchen einfältig und harmlos aus. Du bist so fein und gescheit, und das macht die Leute scheu. Natürlich höre ich auch gern zu, wenn sie etwas erzählen, und das löst ihnen die Zunge.«

»Das klingt ganz einfach, aber in Wahrheit interessierst du dich für sie. Ich habe oft zugesehen, wenn du dich mit jemandem unterhältst; du hängst förmlich an seinen Lippen. Du scheinst nie etwas anderes vorzuhaben oder dich zu langweilen.«

Das klang ein bißchen niedergeschlagen, und Vicky war besorgt. Seit sie hier draußen waren, schien Lucy viel glücklicher zu sein, aber dann und wann überfiel sie wieder jene trübe Stimmung, unter der sie so gelitten hatte, als sie sich zuerst wiedergetroffen hatten.

»Aber heute hatten wir einen guten Tag«, meinte sie heiter. »Es ist kaum etwas für uns zum Essen übrig geblieben... Ach herrjeh, da kommt Len, der natürlich das Schlimmste annimmt... Er wünscht uns sicherlich, daß hier alles wie am Schnürchen läuft, aber er kann's halt nicht zeigen.«

Len suchte offensichtlich seine Freude zu verbergen, als er zu dem Schild hochsah.

»Kommen Sie doch rein!« rief Vicky ihm zu. »Wir können es

gar nicht erwarten, Ihnen alles zu erzählen. Ihr Schild hat's gemacht! Wir haben wirklich einen guten Tag hinter uns.«

Für einen kurzen Augenblick strahlte er, aber gleich danach sagte er resigniert: »Das ist nur eine Eintagsfliege. Jetzt kommen sie alle, weil es etwas Neues ist. In dem Punkt sind alle Menschen gleich. Aber es dauert nicht lange, und sie sind's leid und suchen sich etwas anderes, was noch neuer ist.«

Vicky lachte. »Immerhin, es ist ein Anfang. Sie können Amy erzählen, daß wir sehr viel zu tun hatten.«

»Die hat mich ja hergeschickt«, erklärte er eifrig. »Sie kriegt morgen Besuch und dachte, sie könnte sich viel Arbeit sparen, wenn sie die Sachen bei Ihnen kauft. Geben Sie nur her, was Sie noch haben.«

»Haha, ich durchschaue Sie, Len! Sie dachten, es wäre noch eine Unmenge übrig, und das wollten Sie uns abnehmen. Das ist schrecklich lieb von Ihnen.«

Len zog eine saure Miene. So ein Besuch mache nur Wirbel, brummte er, und seine Alte hätte nicht viel Geschick im Kuchenbakken. Aber er hätte wie üblich Pech, weil alles ausverkauft sei.

»Deshalb brauchen Sie nicht gleich so unglücklich zu sein«, redete Vicky ihm gut zu und gab ihm einen kleinen Stoß. »Morgen in aller Frühe mache ich mich ja wieder ans Backen, und wenn Sie gegen neun Uhr kommen, können Sie haben, was Sie brauchen. Aber denken Sie nicht, daß Sie dafür etwas bezahlen dürfen! Auf gar keinen Fall. Denken Sie nur an das Schild! Das hat uns soviel Glück gebracht.«

Er sah äußerst mürrisch aus, als er ging, und murmelte, manche Leute wären doch verdammt schwierig. Vicky lachte. »Ich möchte wetten, daß sie gar keinen Besuch kriegen. Amy und er haben sich das nur ausgedacht, für den Fall, daß wir auf einem Haufen unverkaufter Sachen sitzengeblieben wären... Großer Gott, Lucy, guck nur, wer da kommt! Der joviale James in eigener Person! Er schaut so grimmig drein, daß es nicht zu sagen ist. Jetzt hab ich's aber satt. Ich gehe zum Angriff über!« Und voll kindlicher Begeisterung lief sie die Verandastufen hinunter.

»Das ist aber nett von Ihnen, daß Sie kommen und nachschauen, wie es uns geht!«

Er sah sie überrascht an und erwiderte zurückhaltend: »Ich

komme nur, um das Geschäftsbuch zu bringen, das ich Miss Avery versprochen habe.«

Sie mochte sich jedoch nicht so einfach abfertigen lassen. »Sie wollten wohl feststellen, ob wir den ganzen Tag auf die Gäste gewartet haben, die nicht kamen? Also, wir brauchten nicht umsonst zu warten. Sie kamen nicht gerade in Scharen; sie brauchten nicht Schlange zu stehen. Aber es waren doch so viele, daß sie fast alles aufgegessen haben, was ich heute morgen gebacken hatte.«

»Das freut mich zu hören.« Und mit einem erstaunten Blick auf die hübsche junge Person fuhr er fort: »Haben Sie all die Kuchen selbst gebacken?«

»Wer denn sonst? Natürlich hab ich das selbst getan. Ich wurde nämlich mit einem Topflappen in der Hand geboren. Ich habe die Backerei besorgt, und Lucy hat sich um das übrige gekümmert: sie hat die Tische hergerichtet und aufgewaschen und so weiter.«

»Alles heute morgen? Da müssen Sie aber früh angefangen haben.«

»Das Frühaufstehen ist eine meiner wenigen Tugenden. Ja, ein paar Stunden haben wir uns tüchtig ranhalten müssen. Aber es hat uns Spaß gemacht, und was irgend ging, hatten wir schon am Abend zuvor erledigt... Aber wir haben immer noch genug übrig, um Ihnen eine Tasse Tee anzubieten. Kommen Sie doch herein und trinken Sie mit uns auf den Erfolg des Tea-Rooms, wenn's auch nur mit Tee ist!«

Er war völlig durcheinander. Dieses Mädchen war unheimlich liebenswürdig. Aber ehe er sich lange sträuben konnte, wurde er mit sanfter Gewalt in den Raum geschoben, der einst sein Wohnzimmer gewesen war. Es war unmöglich, sich dem weiblichen Zauber zu entziehen, so gern er das auch getan hätte. Es war schon lange her, daß ihn ein Mädchen mit solch natürlicher Liebenswürdigkeit behandelt hatte! Junge Frauen waren im Umgang mit ihm gewöhnlich aufgeregt und befangen; aber Vicky war das zweifellos keinem Mann gegenüber.

Amüsiert hatte Lucy die Szene verfolgt. Sie glaubte, in Vickys Augen eine Herausforderung zu lesen, und fragte sich, wie lange sich ihre Freundin die Gleichgültigkeit dieses schwierigen Mannes gefallen lassen würde. Vicky war entschieden zum Angriff übergegangen;

es war interessant, welchen Widerstand Seymour leisten würde. Im ganzen schienen sie einander wohl gewachsen zu sein. Inzwischen mußte sie sich aber Vickys Einladung anschließen, denn sie fühlte sich ihrem Hypothekengläubiger zu Dank verpflichtet.

Sie unterdrückte ein Lächeln und vermied Vickys Blick, als sie sagte: »Es ist sehr freundlich von Ihnen, daß Sie mir das Geschäftsbuch bringen! Ich möchte gleich unsere Ausgaben und die heutigen Einnahmen eintragen. Wir können wirklich zufrieden sein. Aber daß wir fast unseren ganzen Vorrat verkauft haben, das verdanken wir den Arbeitern. Es ist nur ganz wenig übriggeblieben, und wir wollten uns gerade hinsetzen und den Rest aufessen. Helfen Sie uns doch dabei!«

Er schien überrascht zu sein, nahm aber die Einladung an. Neugierig blickte er umher, und Vicky sagte rasch: »Es gefällt Ihnen wohl nicht? Ist es schlimm, daß aus diesem schönen Zimmer eine Teestube geworden ist?«

Sie redete so warm und herzlich, daß Lucy dachte: Jetzt wird er gleich eine kühle, unfreundliche Antwort geben, und Vicky wird sich ganz dumm vorkommen.

Aber sie hatte sich getäuscht. Nach kurzem Schweigen antwortete er: »Nein, es mißfällt mir gar nicht. Es ist viel besser, wenn ein Raum einem praktischen Zweck dient, als daß er leer steht.« Und dabei blickte er sie an, behauptete Vicky nachher, als ob er sie zum ersten Male sähe. »Er schaute nicht durch mich hindurch, Lucy, sondern er schaute mich an. Ein guter Anfang.«

Sie tranken ihren Tee an einem der kleinen Tische. »Nicht gerade ausgelassen«, bemerkte Vicky später, »aber doch in freundlicher Harmonie.«

Die Freundinnen berichteten von ihrem Tageslauf, und wie erleichtert sie waren, als die ersten Gäste erschienen.

Vicky schilderte munter die Invasion der Arbeiter und erzählte von Lens gut gemeinter Absicht, sie von ihren überflüssigen Vorräten zu erlösen. »Aber zum Glück hat es gereicht, und es gab nur wenig Reste.«

»Das ist sicherlich ein Problem! Ich meine, daß Sie immer genug vorrätig haben und daß trotzdem nichts umkommt!«

»Wir müssen eben ein bißchen auf unser Glück vertrauen. Es gibt natürlich Sachen, die sich halten, und manches kann ich auch ganz schnell zubereiten, wenn es einmal knapp wird.«

Es trat abermals eine Pause ein, dann meinte er: »Sie müßten eine Gefriertruhe haben. Dann verdirbt Ihnen nichts.«

Lucy stimmte ihm zu. Später, wenn alles gut ging, würden sie sich vielleicht eine anschaffen. Zu ihrer Überraschung erklärte James Seymour in seiner etwas förmlichen Art: »Tatsächlich existierte früher eine Gefriertruhe in diesem Haus. Als ich mein neues Haus baute, ließ ich sie dorthin bringen. Ich habe sie aber nie benutzt. Sie ist nicht einmal angeschlossen. Ich habe keine Verwendung dafür. Ich hätte sie besser hier stehen lassen.«

»Aber man läßt doch nicht eine Kühltruhe stehen, wenn man ein Haus verkauft«, rief Vicky. »Mit dem Kühlschrank und dem Ofen ist es etwas anderes, und eine Badewanne läßt man natürlich auch drin.«

Er lächelte. »Badewannen gehören normalerweise zum Haus. Aber was die Tiefkühltruhe betrifft... die könnte man genausogut wieder hierherbringen. Ich werde sie ja doch nie benutzen, und bei mir steht sie eigentlich nur im Weg. Ich werde Len beauftragen, sie morgen in seinem Lieferwagen hierher zu transportieren.«

Die beiden Mädchen sahen sich überrascht an. »Aber Sie müssen uns erlauben, sie zu bezahlen«, bat Lucy. »Vielleicht nicht sofort, aber später. Gefriertruhen sind sehr teuer; man kann sie auch nicht ausleihen. Elektrische Geräte werden nie verliehen.«

Er sah sie von oben herab an. »Es ist nicht mein Wunsch, daß Sie die Anlage kaufen oder ausleihen. Sie soll nur in das Haus zurückgebracht werden, für das sie ursprünglich gedacht war.«

»Aber das geht doch nicht«, fuhr Vicky dazwischen. »Wir müssen schon etwas dafür bezahlen.«

»Das kann ich sicher selbst am besten beurteilen«, entgegnete er kühl. »Wo es jetzt steht, ist das Ding zu nichts nütze, und für gebrauchte Elektrogeräte bekommt man nicht viel. Ich hätte die Truhe gern aus dem Weg; sie ist viel zu groß für meine kleine Küche. In Ihre paßt sie.« Und als ob er bange wäre vor weiteren Ausbrüchen der Freude, bedankte er sich für den Tee und erhob sich. Er habe heute abend keine Zeit, um sie in die Buchhaltung einzuweisen, sagte er zu Lucy. Sie solle nur alle Rechnungen gut aufheben; gegen Ende der Woche würde er dann noch mal vorbeikommen. Höflich wünschte er ihnen einen guten Abend und verschwand.

Vicky sah der hohen Gestalt nach, die mit langen Schritten zur Ausfahrt eilte. »Heute abend ging unser guter James doch ein bißchen aus sich heraus. Aber irgend etwas hat ihn erschreckt, und er zog sich wieder in sein Schneckenhaus zurück.«

»Mit einer Schnecke hat er wenig Ähnlichkeit! Aber das mit der Tiefkühltruhe ist doch wunderbar! Das löst viele Probleme.«

»Ja, es ist famos, aber ich wünschte...«

»Was denn? Daß wir sie bezahlen könnten? Das wünschte ich auch.«

»Nein, das meine ich nicht. Ich glaube nicht, daß Mr. Seymour in schlechten Verhältnissen lebt. Außerdem bin ich längst nicht so redlich wie du. Ich möchte unser sauer verdientes Geld nicht in eine solche Anschaffung hineinstecken. Ich wünschte, er wäre ein bißchen liebenswürdiger.«

»Ich kann mir nicht vorstellen, daß James Seymour irgend etwas liebenswürdig tut oder sagt. Wenn es dir darum geht, mußt du dich an Dan Ireland halten.«

»Wenn man den Teufel nennt...«, raunte Vicky, denn in diesem Augenblick sprang Dan leichtfüßig die Stufen herauf.

Er begrüßte sie aufs herzlichste. »Ich lag ja schon auf der Lauer«, erzählte er. »Ich sah den Wagen vom alten Seymour und verdrückte mich um die Ecke. Er kam doch nicht etwa, um schon seine Zinsen einzutreiben?«

»Ganz im Gegenteil!« versetzte Lucy schnell. »Er hat uns gerade seine Tiefkühltruhe angeboten, und das, nachdem er doch erst das Haus hat anstreichen lassen. Er ist wirklich äußerst nett und großzügig.«

Dan schnitt eine Grimasse. »Wirklich? Na, er kann sich's leisten. Irgend jemand hat erzählt, das Ding stünde an der Hintertür und wäre nicht einmal angeschlossen.«

»Er hätte die Truhe auch verkaufen können«, fand Vicky. »Dan, er ist wirklich kein böser Mensch! Wenn er nur ein wenig heiterer wäre und gelegentlich auch einmal lächeln würde! Ich will ihn auch wirklich nie mehr schlechtmachen. Lucy hat recht, er war sehr nett zu uns.«

»Warum nicht? Seymour ist auch nur ein Mensch, und Sie haben ihn sicherlich sehr liebevoll angelächelt, Vicky. Das lohnt sich. Er ist an so etwas nicht gewöhnt. Die Mädchen laufen davon, wenn sie ihn nur von weitem sehen. Da ist es kein Wunder, daß er euch eine Gefriertruhe schenkt. Die könnt ihr getrost annehmen.«

Vicky runzelte die Stirn. »Sie können ihn wohl nicht ausstehen? Hatten Sie Streit mit ihm, als Sie die Stellung aufgaben?«

»Mit so einem Menschen kann man gar nicht streiten. Der allmächtige Mr. Seymour schaut von seiner Höhe herunter, macht eine bissige Bemerkung und stakst davon. So kann man sich eben benehmen, wenn man ein gutes Einkommen und eine blendende Praxis hat.«

Die Erbitterung in seiner Stimme war nicht zu überhören, und Lucy sagte besänftigend: »Hört doch auf zu streiten, ihr beiden! Ich koche jetzt zur Abwechslung einen Kaffee. Mir ist, als hätten wir den ganzen Tag nur von Tee gelebt. Und heute wollen wir uns ausnahmsweise keine Arbeit mit dem Essen machen.«

»Da braucht man, glaube ich, keine Angst zu haben. Mädchen wie ihr leben immer nur von Tee und Zigaretten.«

»Wir nicht. Jeden Abend um sechs Uhr dreißig gibt's ein richtiges warmes Essen. Es hat keinen Sinn, von Ohnmachtshappen zu leben.«

Er blieb da und half eifrig beim Aufräumen der Teestube und beim Abtrocknen des Geschirrs. An diesem Abend ging er nicht zu seiner Kusine. Offensichtlich war Jack zu Hause.

Als Lucy am nächsten Morgen hinüberging, um zu telefonieren, fand sie Nan allein. Zu ihrer Überraschung war der Tisch im Eßzimmer ganz mit einem herrlichen weißen Stoff bedeckt, und Nan war mit dem Zuschneiden eines Kleides beschäftigt.

»Was ist denn das? Wird das ein Brautkleid?«

Nan errötete. »Ja, aber es ist ein Geheimnis. Als Jack gestern nicht da war, kam Mrs. Nairn mit einem großen Kummer. Ihre Schneiderin mußte sich plötzlich operieren lassen und kann das Kleid nicht nähen. Sie sind ganz verzweifelt, denn Anne will in diesem Monat heiraten, und sie finden niemanden, der es macht.«

»Und jetzt haben Sie das übernommen? Was sagt denn Jack dazu?«

»Das ist eben das Dumme dran. Zuerst erklärte ich Mrs. Nairn, ich könnte es nicht machen. Aber sie bat mich so inständig und bot mir so viel Geld, daß ich schließlich nachgab. Wissen Sie, ich brauche dringend Geld für etwas, von dem ich Jack nichts erzählen möchte. Finden Sie das sehr schlimm?«

Lucy war einigermaßen irritiert. Erst vor kurzem hatte Nan gesagt, sie würde ihren Mann nie anschwindeln, und was tat sie jetzt? »Wird es nicht schwierig sein, das vor Jack zu verbergen?« fragte sie nur.

»Es wird schon gehen. Ich kann von hier aus die ganze Weide überblicken, und wenn ich ihn kommen sehe, stecke ich alles miteinander ins Gastzimmer. Bei gutem Wetter ist er meist draußen auf der Farm, und in vierzehn Tagen fährt er fort zu einer Auktion. Das bedeutet, daß er mindestens eine Nacht nicht daheim ist. Irgendwie werd' ich's schon hinkriegen.«

»Das wird aber mühsam sein.«

»Ach, ich nähe gern, und es ist ein so hübscher Stoff. Ich habe auch mein eigenes Brautkleid genäht. Mrs. Nairn wußte das, und deshalb hat sie mich um Hilfe gebeten. Auf alle Fälle kriege ich eine Menge Geld dafür. Ich war so aufgeregt, darum kam ich auch gestern abend nicht zu Ihnen, um mich nach Ihrer Eröffnung zu erkundigen. Erzählen Sie doch mal, wie es war!«

Lucy berichtete, und als sie schließlich gehen wollte, kam Nan noch einmal auf das Kleid zurück. Sie hatte offensichtlich gemerkt, daß Lucy mit der Sache nicht einverstanden war, und mochte es dabei nicht sein Bewenden haben lassen. »Schneidern bringt viel Geld ein«, sagte sie zu ihrer Verteidigung, »und dieses Kleid soll ein Prachtstück werden. Natürlich macht es viel Arbeit, aber es lohnt sich.«

»Aber warum tun Sie das? Es stimmt ja, daß es ein wunderschöner Stoff ist und daß Ihnen das Nähen Freude macht – trotzdem: lohnt sich denn die Sache nur wegen des Geldes?«

Beinahe feierlich entgegnete Nan: »Jawohl. Ich muß das Geld unbedingt haben.«

Lucy antwortete nicht, und die junge Frau fuhr fort: »Ich weiß schon, was Sie denken – weshalb fragt sie Jack nicht um das Geld? Aber das kann ich eben nicht, weil ich es für etwas brauche, womit

Jack nicht einverstanden wäre. Eigentlich sollte ich ja genug auf der Bank haben. Jack ist großzügig und gibt mir reichlich Taschengeld; aber ich habe nie ans Sparen gedacht, und jetzt brauche ich das Geld schnell. Schauen Sie mich nicht so ernst an, Lucy! Warum sollte ich nicht ein Hochzeitskleid nähen, wenn es die Braut so gern von mir gemacht haben möchte?«

»Freilich ist nichts dagegen einzuwenden«, versetzte Lucy zögernd. »Ich denke mir nur, daß Sie sich damit vielleicht viel Ärger und Aufregung einhandeln... Aber jetzt muß ich heim. Es gibt viel zu tun, und ich kann Vicky nicht alles allein überlassen. Sie bäckt schon wieder.«

Aber Nan wollte sie nicht gehen lassen. Flehend sagte sie: »Seien Sie nicht böse, Lucy! Wenn Sie alles wüßten, würden Sie mich verstehen! Es wäre mir schrecklich, wenn ihr, Sie und Vicky, schlecht von mir dächtet.«

Lucy lachte. Die sanften Rehaugen und der ängstliche Gesichtsausdruck erregten fast ihr Mitleid. »Natürlich bin ich Ihnen nicht böse. Es ist alles Ihre Sache. Und was Vicky betrifft – können Sie sich vorstellen, daß sie von irgend jemandem schlecht denkt? Aber jetzt muß ich fort! Adieu!«

Unterwegs dachte sie: Sie ist eine dumme kleine Person. Als ob es nicht klar wäre, daß sie diesem verflixten Dan aus einer Patsche helfen will. Und er ist es gar nicht wert! Sie hat einen von Grund auf guten und treuen Mann, und jetzt wird es Kummer zwischen den beiden geben. Natürlich wird er es eines Tages herauskriegen. Ach, du lieber Gott, manche Leute wissen wirklich nicht, wie gut es ihnen geht! Und im Nu waren ihre Gedanken dort, wo sie sie nicht haben wollte: bei Gordon. Und es ging ihr durch den Sinn, wie gefährlich es für Liebende ist, sich zu streiten.

Sie erzählte Vicky von dem Brautkleid und setzte hinzu: »Ich habe sie gern, und sie tut mir leid; aber sie ist wirklich schrecklich dumm.«

»Ach, sind wir das nicht alle?« fragte Vicky ganz gemütlich. Und in Erinnerung an jenen albernen Streit konnte ihr Lucy nur traurig zustimmen.

8

»Es gibt Augenblicke, wo ich den schwerfälligen James direkt liebhabe«, behauptete Vicky impulsiv. »Seine Gefriertruhe hat uns das Leben gerettet.«

In den ersten beiden Wochen hatten sie nämlich feststellen müssen, daß die Zahl ihrer Gäste von Tag zu Tag gewaltig schwankte. Es gab einen schwarzen Freitag, an dem alle Autos vorbeirauschten; die Fahrer hatten das Wochenende im Kopf, an dem sie in Homesward einkaufen wollten. Nur armselige zehn Leute kamen einzeln in den Tea-Room getröpfelt. Aber an dem darauffolgenden Samstag gab es tüchtig zu tun. Während der morgendlichen Teestunde waren sämtliche Tische besetzt; da kamen noch weitere vier Gruppen, die die unvermeidlichen Pasteten zum Lunch haben wollten, und auch am Nachmittag war wieder alles besetzt.

»Ich kann mir nicht vorstellen, wie wir das hätten bewältigen können, wenn ich nicht auf Vorrat hätte backen können«, stöhnte Vicky, als sie um fünf Uhr mit den letzten vollen Teebrettern kämpfte. »Wir müßten vor Dankbarkeit vor James auf den Knien liegen.«

Sie brauchten nun auch nicht mehr so früh am Morgen mit der Arbeit zu beginnen. Vieles konnte am Abend vorher erledigt werden. Wenn Gäste erschienen, schoben sie einfach ein paar tiefgefrorene Pasteten in den Ofen, und sie schmeckten wie frisch gebacken. Und ihnen verdarb nichts mehr.

»Und denk nur an das Eis, das dauernd verlangt wird!« setzte Lucy hinzu.

Auf die heimkehrenden Arbeiter konnten sie immer rechnen, nur nicht am Freitagabend; da zog es sie nach Hause zu ihren Frauen. Sie waren großzügige Gäste, die nicht auf Extrageschichten bestanden. »Wir nehmen, was da ist«, sagten sie, und alle waren der gleichen Meinung: daß sie daheim viel liebevoller begrüßt wurden, wenn sie beladen mit Kuchen und Pasteten anlangten...

Es kamen natürlich auch unangenehme Burschen, die Vicky dreiste Komplimente machten, ihren Tee verschütteten und die Kuchenkrümel auf den Fußboden wischten. Aber weder ihre Vertraulichkeiten noch der Schmutz schien sie zu ärgern. Heiter lächelnd wischte sie den Tee auf und wehrte alle Annäherungsversuche ab.

»Es hat keinen Sinn, sich darüber aufzuregen«, meinte sie zu Lucy, die solche Gäste nicht gern sah. »Wir wollen doch nicht, daß die Leute sagen: ›Geh nicht in den Tea-Room, er wird von zwei kleinlichen Jungfern geführt, die keinen Spaß verstehen.‹«

An einem Nachmittag war eine lärmende Gesellschaft bei ihnen eingekehrt, als Seymour vorfuhr. Er kam wie gewöhnlich, um Lucy bei ihren finanziellen Problemen zu helfen; aber in letzter Zeit schweiften seine Augen immer öfter von den Geschäftsbüchern ab. Gerade war Vicky lachend damit beschäftigt, sich einen allzu aufdringlichen Burschen vom Leibe zu halten, als Seymour die Stufen heraufkam.

»Unsinn!« wehrte sie die plumpen Zudringlichkeiten ab. »Natürlich müssen Sie das Wechselgeld annehmen! Wir nehmen kein Trinkgeld.«

»Anscheinend auch keine Küsse«, brummte er. Da stand plötzlich ein großer, furchterregender Mann zwischen ihm und dem hübschen Mädchen. Seymour hatte der überraschten Vicky das Geld aus der Hand genommen und hielt es dem Burschen hin.

»Ich nehme an, es gehört Ihnen«, sagte er streng, und der junge Mann steckte es verschüchtert ein. Aber dann hörte man, wie er seinen Kameraden übermütig zurief: »Donner, das war ein Schlag! Die ist verheiratet! So eine kesse Puppe und heiratet einen Menschenfresser!«

Vicky blickte James Seymour an; er war feuerrot geworden; sie lachte und sagte: »Vielen Dank! Aber er meint es nicht so böse, wissen Sie.«

»Kommen solche Kerle oft?«

»So dann und wann. Aber sie lassen mich ganz kalt, und schließlich ist auch noch Lucy da.«

Er sah den lärmenden, langhaarigen Jünglingen voller Widerwillen nach. »Vertreiben die nicht Ihre anderen Gäste?«

»Ach nein. Man trifft diese jungen Kerle heutzutage ja überall; sie sind im Grunde ganz friedlich. Und warum sollten sie schließlich nicht so komische Anzüge tragen und ihre Haare lang wachsen lassen? Was ist dabei? Es ist eben eine Mode. Eines Tages werden sie sich das von selbst abgewöhnen.«

»Und sich hoffentlich bessere Manieren angewöhnen.«

»Sie wollen gar nichts Böses. Sie versuchen nur mal ihr Glück bei Mädchen, besonders in Lokalen. Es hat nichts zu bedeuten.«

Er sah sie nachdenklich an. »Haben Sie immer und für jedermann eine Entschuldigung bereit?« Dann wollte er offensichtlich das Thema wechseln und wandte sich zu Lucy: »Aber jetzt zu der Abrechnung, Miss Avery.«

Als er gegangen war, meinte Vicky: »Unser guter James war richtig schockiert über diese harmlosen Grünschnäbel. Ich möchte nur wissen, ob er die letzten Jahre auf dem Mond gelebt hat.«

»Vermutlich haben ihn seine eigenen Kümmernisse und Depressionen mit Beschlag belegt. Aber er ist schrecklich nett. Ohne seine Hilfe würde ich mich schwertun.«

»Ja, dich kann er gut leiden«, fand Vicky und begann das letzte Geschirr abzuspülen. Es klang ein wenig pikiert.

Ja, mich kann er gut leiden, dachte Lucy. Aber er ist auf dem besten Wege, sich in dich zu verlieben.

»Gut leiden?« antwortete sie. »Ja, er hält mich für eine vernünftige junge Frau mit guten Umgangsformen und hofft, daß ich auf dich einen heilsamen Einfluß ausübe.«

»Ein Glück, daß Dan noch da ist! Er ist zwar nichts Besonderes, aber er schaut auch nicht so auf mich herab. Ich möchte wohl wissen, was mit ihm los ist. Er scheint sich keine neue Arbeit zu suchen.«

»Vielleicht gelingt ihm das nicht.« Eines Abends war Dan nämlich mit einem großen Pflaster auf der Hand erschienen. Er sah ganz beleidigt aus.

»Was haben Sie denn gemacht?«

»Genau das, was schon die Bibel empfiehlt: Ich habe versucht, mein Brot im Schweiße meines Angesichts zu verdienen. Aber das ist Quatsch. Der Wert der Gartenarbeit wird weit überschätzt.«

»Haben Sie im Garten gearbeitet?«

»Heute schon. Ich muß ja die Pausen zwischen meinen verschiedenen Jobs ausfüllen und gleichzeitig die Sonne genießen. Besonders meine Nase hat was abgekriegt; sie schält sich schon.«

»Wie wär's mit einer Stellung in einem anderen Büro?« schlug Lucy vor. »Dafür sind Sie doch ausgebildet. Büroarbeit wird auch besser bezahlt und schont die Hände.«

»Sie haben wirklich einen ungeheuer praktischen Verstand! Würden Sie wohl bitte in Betracht ziehen, daß die offenen Stellen nicht so dicht gesät sind?«

Du Spruchbeutel! dachte sie. Es hat Ärger mit dir gegeben, und jetzt will dich niemand einstellen.

Die nächste Überraschung war, daß Dan seinen schicken Wagen verkaufte. Er erschien eines Abends mit einer alten Ratterkiste und erklärte: »Solche Knaller sind jetzt Mode. Diese neuen Super-Wagen sind vulgär. Außerdem kann ein Arbeitsloser sich so was nicht leisten. Im übrigen brauchte ich gerade Geld.«

Als Vicky Lucy davon berichtete, erwiderte diese: »Das überrascht mich gar nicht. Du solltest ihm um Gottes willen nichts borgen, Vicky.«

Vicky war entsetzt. »Von einem Mädchen wird er doch kein Geld ausleihen wollen!«

»Es ist doch seltsam, daß ausgerechnet jetzt auch Nan so dringend Geld braucht und Jack nicht darum bitten kann.«

»Aber er würde doch die arme kleine Nan nicht damit belästigen! Und würde sie wohl um seinetwillen Jack anschwindeln? Glaubst du, daß sie Dan so ergeben ist?«

»Ich weiß nicht, ob sie ihm so ergeben ist, aber sie hat ihn lieb. Sie hängt wohl sehr an ihrer Familie, und Dan gehört schließlich dazu. Außerdem ist sie sehr weich und hat Angst vor ihrem Mann. Sie möchte ihn nicht gern um Geld für Dan bitten.«

Vicky nickte gedankenvoll. Da kam wirklich alles zusammen. Sie hatte Mitleid mit Nan. Sie mochte ihrerseits Dan ganz gut leiden, allerdings mit Einschränkungen. Er war so lustig und charmant und brachte sie oft zum Lachen. »Er ist genau das Gegenteil von James«, fand sie.

Sie spottete zwar über ihn, aber Lucy merkte, daß sie doch ihr mögliches tat, um seine Anerkennung zu gewinnen. Es paßte eigentlich nicht zu Vicky, daß sie sich so intensiv um einen Mann bemühte; sie hatte es ja auch überhaupt nicht nötig. Sie versuchte, ihn aus seiner Zurückhaltung herauszulocken, und er wurde wirklich schon ein wenig aufgeschlossener und liebenswürdiger. Er kam häufiger, kaufte gelegentlich bei ihnen etwas für seine Junggesellen-Mahlzeit ein – trotz ihrer Einwendungen bezahlte er die Sachen auch – und entwickelte sich mehr und mehr »zu einem angenehmen Menschen«, wie Vicky sich ausdrückte.

Im Vertrauen darauf machte sie eines Tages einen Fehler. Als er auf der Veranda stand, sagte er nachdenklich: »Es sieht jetzt beinahe so aus wie früher. Wie gut Sie den Rasen in Ordnung halten!«

Vicky fühlte sich veranlaßt, ihm zu erzählen, daß Dan Ireland die erste schwerste Arbeit getan hätte. Sofort nahm sein Gesicht den früheren strengen Ausdruck an. Sie aber konnte es nicht lassen: sie mußte noch ein bißchen weiterbohren.

»Er war früher bei Ihnen angestellt, nicht wahr? Ich möchte nur wissen, warum er nicht in einem anderen Büro einen Job bekommt. Das wäre doch leichter als Gartenarbeit.«

Er hob nur ein wenig die Schultern. »Gartenarbeiter sind sehr gesucht«, sagte er und nahm kurz angebunden Abschied.

Vicky war empört. »Ich kann den Mann nicht ausstehen, wenn er so überheblich daherredet und mich von oben herab anschaut. Wenn wir nur wüßten, was Dan gemacht hat, vielleicht könnten wir ihm dann helfen. Ich weiß schon, er ist flatterhaft, aber ich kann ihn trotzdem gut leiden.«

»Halte du dich aus der Sache heraus. Nan oder er würden es uns schon erzählen, wenn sie wollten.«

Schon am übernächsten Morgen erfuhren sie die ganze Geschichte. Nan kam zu ihnen und lud sie zu einer Tasse Kaffee ein. »Ich bin heute allein. Jack mußte zur Auktion und kann erst am Nachmittag zurück sein. Kommt doch herüber« – sie duzten sich inzwischen – »und leistet mir ein bißchen Gesellschaft. Ich habe heute nacht genäht, bis mir die Augen zufielen.«

Da sie sonntags ihren Tea-Room erst gegen elf Uhr öffneten, sagten sie zu. Nan sah blaß und müde aus; das Brautkleid lag ausgebreitet auf dem Tisch. Es war beinahe fertig, und Nan war dabei, nach einer verzwickten Vorlage Perlen daraufzunähen. Die Freundinnen waren hell begeistert, und Lucy sagte: »Wie schnell du das geschafft hast! Seit ich das Kleid das letztemal gesehen habe, bist du enorm weit gekommen.«

»Ich hatte Glück, weil Jack zu der Auktion mußte. Es ist so schwierig, weil ich immer nur arbeiten kann, wenn er nicht da ist. Aber ich wußte, daß er eine ganze Nacht ausbleiben würde und vermutlich nicht vor heute nachmittag zurückkommt. Also hab ich die ganze Nacht genäht und bin überhaupt nicht ins Bett gegangen.«

»Die ganze Nacht? Dann ist es ja kein Wunder, daß du so erschöpft aussiehst.«

»Ach, das geht vorüber. Es ist solch eine Erleichterung, daß es bald fertig ist. Solange Dan da war, hat es mir überhaupt nichts ausgemacht. Er blieb bis fast ein Uhr und kochte immer neuen starken Kaffee. Aber als er fort war und es ging so auf drei Uhr, hätte ich's am liebsten aufgegeben.«

»Schade, daß du das nicht getan hast«, meinte Lucy. »So kannst du doch nicht weitermachen.«

Vicky ging in die Küche. »Zur Abwechslung gieße ich jetzt einen Tee auf. Mir scheint, seit Jack fort ist, hast du nur von Kaffee gelebt. Das Kleid ist ein Traum, aber die Perlen machen noch eine Menge Arbeit.«

»Ich werde dir ein bißchen helfen«, erklärte Lucy. »Ich bin zwar keine Schneiderin, aber ich nähe gern etwas mit der Hand, und Vicky kann den Tee eingießen.« Sie fädelte eine Nadel ein und sagte so sachlich wie möglich: »Eigentlich bist du doch ziemlich töricht. Jack würde dir sofort das Geld geben.«

»Natürlich täte er das«, gab Nan zu und strich sich das blonde Haar aus der Stirn. »Aber ich kann ihn nicht um Geld bitten, um damit Dans Schulden zu bezahlen.«

Lucy entgegnete nichts; sie begann sehr sorgfältig eine Perle nach der anderen anzunähen. Nan fuhr fort: »Weißt du, sie können einander nicht ausstehen. Sie sind zu verschieden. Anfangs hat Dan es wohl versucht, aber jetzt gehen sie sich aus dem Wege. Jack ist überhaupt nicht tolerant, und wenn er von dem Geld erführe, wäre er außer sich. Jetzt ist es auch zu spät, weil ich das Kleid hinter seinem Rücken genäht habe. Auch sonst ist noch einiges geschehen, lauter Kleinkram, aber es kommt alles zusammen.«

Lucy fragte nicht weiter, und sie schwiegen, bis Vicky mit dem Tee erschien. Da konnte Nan sich nicht mehr halten. »Ich muß es euch erzählen. Daheim haben wir uns immer alles erzählt, und hier habe ich niemanden als euch. Ihr könnt Dan auch gut leiden und werdet nicht so streng über ihn urteilen.«

Vicky platzte schier vor Neugier, aber sie überwand sich und sagte: »Erzähl's uns nur, wenn's dich zu sehr bedrückt, Nan. Nicht, daß es dir später leid tut.«

»Ach, ich werde noch verrückt, wenn ich mich nicht aussprechen kann. Das ist wahrscheinlich der Katzenjammer von heute nacht... Dan ist in einer schrecklichen Klemme. Er hat etwas Dummes gemacht, schlimmer noch, etwas Unehrenhaftes. Natürlich hat er es nicht von dieser Seite gesehen. Jack würde ihm das niemals abnehmen, aber ihr denkt hoffentlich anders: Es kommt daher, daß Dan nie weiterdenkt. Es war immer dasselbe. Schon als wir noch zur Schule gingen, mußte ich oft meine Sparbüchse ausleeren, damit ich das Geld zurückzahlen konnte, das er von einem anderen Jungen geliehen hatte.«

Lucy dachte: Und dir hat er das Geld nie zurückgegeben... Jetzt kommt's raus... Vermutlich hat er Geld aus der Kasse genommen... arme Nan.

Vicky schenkte Nan eine Tasse Tee ein und sagte tröstend: »Sicherlich wollte er es nicht stehlen... Komm, trink deinen Tee... Du siehst aus, als ob dir etwas Heißes im Magen gut täte.«

Geistesabwesend nahm Nan einige Schlucke und redete weiter: »Ich war die einzige, an die er sich wandte, wenn er in der Patsche war. Die anderen waren strenger, so wie Jack. Ich fand diese Dummheiten auch schrecklich, aber ich hatte mehr Verständnis für ihn, und so hielt ich zu ihm. Und jetzt weiß ich nicht, was ich tun soll.«

Zwei dicke Tränen liefen über ihr müdes Gesicht, aber sie erzählte immer weiter. »Er – na ja – er borgte sich das Geld eines Klienten aus, und jetzt muß er's ganz schnell zurückzahlen. Jetzt wißt ihr, warum ich nicht mit Jack reden kann. Wenn er Dan nur besser leiden könnte, wäre alles anders... Aber all das hat das Verhältnis zwischen Jack und mir so schwierig gemacht. Irgend etwas muß er wohl ahnen; denn abgesehen von der Schneiderei habe ich versucht, soviel wie möglich vom Haushaltsgeld zu sparen. Ich habe die Eier an den Großhändler verkauft; ich habe niemals bei euch Kuchen gekauft, obgleich das Jack immer so gern wollte; Obst und Austern und Schinken habe ich nicht mehr auf den Tisch gebracht. Jack hat das natürlich gemerkt; vor kurzem fragte er, ob ich zu wenig Haushaltsgeld von ihm bekäme. Das mußte ich verneinen, denn früher habe ich immer gesagt, daß ich gar nicht soviel brauchte. Ein paarmal sagte er so ungefähr, ich würde immer geiziger... Es klingt alles so albern: ein Mann möchte Schinken zum Frühstück haben, aber er bekommt keinen!« Sie brach in ein hysterisches Lachen aus.

»Ich finde das nicht albern«, meinte Vicky bestimmt. »Schinken kann schon eine Verstimmung in einer Ehe hervorrufen.«

Über diese Bemerkung mußte Nan lächeln.

»Jetzt ist mir schon viel leichter, weil ich euch alles erzählt habe. Man vermißt seine Familie doch sehr, wenn etwas schiefgeht; wenn keiner da ist, der einen aufmuntert oder zu einem sagt: Reg dich nicht so auf! Natürlich wollte Dan keinen Diebstahl begehen; er war ja überzeugt, daß er das Geld zurückgeben könnte.«

Die übliche Geschichte, dachte Lucy. Er hat das Geld beim Pferderennen gesetzt, oder es für eine Frau gebraucht. Sie machte sich keine großen Illusionen über Dan Ireland.

Das Rennen war Schuld gewesen. Er hatte, wie Nan sagte, eine Schwäche für Rennwetten. Auf der Bank hatte er sein Konto überzogen; man hatte ihn dort schon verwarnt. Sein Wagen war auch noch nicht abgezahlt, und dann waren da auch noch andere Schulden.

»Er war fest überzeugt, daß dieses verdammte Pferd gewinnen würde. Er wollte das Geld nur über das Wochenende haben. Aber das Pferd kam auf den fünften Platz, und nun schuldet er der Firma eine Menge Geld.« Sie nannte eine Summe, die die Mädchen tief erschreckte.

»Aber er hat doch sein Auto verkauft; das muß ihm doch eine Menge eingebracht haben?«

»Er mußte erst den restlichen Kaufpreis bezahlen, und was übrigblieb, bekam die Bank. Mr. Seymour hat gemerkt, daß das Geld fehlte; es gab einen furchtbaren Krach, und er entließ Dan fristlos.«

»Aber er hat ihn doch nicht etwa angezeigt?« Vickys Stimme klang erregt. James Seymour konnte doch unmöglich so hart vorgehen!

»Nicht gleich.«

»Heißt das, daß er ihn doch noch anzeigen wird?«

Nan kamen schon wieder die Tränen. Lucy schob ihr energisch die Tasse hinüber. »Jetzt trink erst einmal, ehe du weiterredest! Und ich mach dir jetzt ein großes Butterbrot. Ich glaube, du hast dir nicht einmal Zeit zum Essen genommen. Wozu soll das bloß gut sein?«

»Jack würde denken, ich wäre zu geizig«, erwiderte sie mit schwachem Lächeln. »Ihr könnt euch nicht vorstellen, wie schrecklich es ist, wenn er seinen Teller wegschiebt und sagt: ›Müssen wir eigentlich von solchen Brocken leben?‹« Sie trank einen Schluck Tee und fuhr fort: »Mr. Seymour hat ihm eine Frist gesetzt. Bis dahin soll er das Geld auftreiben und zurückzahlen. Wenn er das nicht tut, wird er die Sache der Polizei übergeben. Nun ist die Zeit schon zur Hälfte verstrichen, und wir haben noch längst nicht das Geld beisammen. Deshalb habe ich die Näherei übernommen und spare wie verrückt.«

Vicky war voller Eifer. »Warum leihst du das Geld nicht von mir? Ich habe welches auf der Bank, da ist es doch zu nichts nütze. Es passiert einfach nichts damit.«

Lucy blickte von dem Butterbrot auf, das sie gerade strich, und stimmte zu. »Ja, Nan, leih dir das Geld von uns. Nach dem Hauskauf hatten wir beide noch Geld übrig; denn Vicky hatte damals gerade ihres Vaters Haus verkauft. Nimm du es jetzt und mach dir keinen Kummer mehr.«

»Lucy, gib mir noch ein bißchen Tee!« bat Nan. »Das Butterbrot schmeckt köstlich. Ich wußte nicht, daß ich solchen Hunger hatte... Es ist schrecklich lieb von euch, aber ich kann das unmöglich annehmen. Abgesehen von allem anderen – wenn Jack das wüßte, würde er mir nie verzeihen.«

»Aber er braucht es ja nicht zu wissen! Wir könnten ihm irgend etwas erzählen«, begann Vicky, aber Nan schüttelte den Kopf.

»Ich habe ihn nie angelogen. Ich habe ihm manches verheimlicht, aber Lügen ist noch etwas anderes. Jack wäre außer sich, wenn ich hinter seinem Rücken von euch Geld borgte. Es wäre auch nicht anständig. Ich muß halt sehen, wie ich's zusammenbringe, und Dan tut ebenfalls, was er kann – jeden Tag macht er Gartenarbeit, und er gibt keinen Pfennig umsonst aus. Mr. Seymour *muß* die Frist verlängern; es wäre sonst zu grausam.«

»Das glaube ich auch«, stimmte Vicky eifrig zu. »Er ist nicht so hart, wie es den Anschein hat. Er hat ein gutes Herz und ist großzügig. Er macht zwar einen unfreundlichen Eindruck, ist es aber nicht.

Dan sollte zu ihm hingehen und ihn um Verlängerung der Rückzahlungsfrist bitten.«

Doch Lucy war nicht so überzeugt. Das Geld einer Firma zu »borgen« war ein schweres Vergehen. Seymour war schon großzügig genug gewesen, als er Dan diese Frist eingeräumt hatte. Bei ihrer früheren Firma Sheldon & Cox hätte man das nicht getan.

»Mr. Seymour hat natürlich die Summe vorgestreckt; er ist sehr wohlhabend«, meinte Nan.

Lucy mochte nicht darüber streiten; sie sagte nur: »Es steht mir zwar nicht zu, dir einen Rat zu geben, Nan. Aber wenn du das Geld nicht von uns nehmen willst, solltest du dich doch entschließen, Jack darum zu bitten. Es würde ihn tief verletzen, wenn er wüßte, daß du uns davon erzählt hast und ihm nicht. Und wenn du ihm erzählst, daß du die ganze Nacht gearbeitet hast, um Geld zu verdienen, würde er es dir gern geben.«

»Nein, gewiß nicht gern. Wenn es für jemanden anders wäre, vielleicht; aber nicht für Dan. Es gäbe einen fürchterlichen Krach, und ich kann Krach nicht ertragen, seit Vater uns immer so angebrüllt hat. Ich bin unter Zank und Streit aufgewachsen; seitdem erstarre ich, wenn ich in eine Auseinandersetzung verwickelt werde. Nein, ich erzähle ihm nichts, solange ich es vermeiden kann. Aber ich werde Dan zu Mr. Seymour schicken, damit er ihn um Verlängerung bittet. Es geht ihm zwar gegen den Strich, wenn er ihn um etwas bitten soll, aber ...«

Es geht ihm gegen den Strich? dachte Lucy. Es wird ihm wohl nichts anderes übrigbleiben.

In diesem Augenblick rief Vicky, die am Fenster stand: »Du meine Güte, da kommt Jack! Er kommt gerade durchs Tor!«

Plötzlich war alles ein wildes Durcheinander. Mit einem verzweifelten Klagelaut raffte Nan das Laken, auf dem das Kleid ausgebreitet lag, an den vier Zipfeln zusammen. »Schnell, schnell, alles ins Gästezimmer! O jeh, jetzt hab ich Perlen fallen lassen. Laßt sie nur liegen! Er wird es nicht merken.«

Vicky mußte zwar kichern über dieses aufregende Drama, aber sie und Lucy rafften schnell alle Fetzen zusammen, und als Jack eintrat, war von dem Brautkleid keine Spur mehr zu entdecken.

Er war sichtlich enttäuscht, daß seine Frau nicht allein war. Er hatte sich mit der Heimfahrt sehr beeilt, in der Hoffnung, daß die kurze Trennung allen Kummer ausgelöscht hätte. Aber er war so höflich und freundlich wie stets und erkundigte sich interessiert nach dem Geschäft. »Du siehst müde aus«, sagte er zu Nan. »Hast du schlecht geschlafen, oder haben dir die jungen Damen Gesellschaft geleistet? Du hast dich doch nicht etwa gefürchtet?«

Es lag etwas Forschendes in seiner Frage, und Nan zögerte ein wenig mit der Antwort. Dann nahm sie sich zusammen. »Gefürchtet? Nein. Es war nur ein bißchen einsam, aber Dan ist gekommen und hat mir Gesellschaft geleistet, bis es ziemlich spät war.«

»Also warst du gut aufgehoben«, versetzte er mit seltsamer Betonung, und Vicky fiel rasch ein: »Zu uns kommt er auch oft abends. Er hat sonst wenig Zeit, weil er den ganzen Tag über Gartenarbeiten macht.«

»Eine völlig neue Vorliebe von ihm«, meinte Jack trocken. »Wozu überhaupt dieser Wechsel? Warum hat er bei Seymour gekündigt? Nan weiß es vielleicht, aber mir hat es keiner erzählt.«

Alle schwiegen bedrückt, dann hatte Vicky, wie Lucy gefürchtet hatte, eine ihrer Ausreden zur Hand.

»Genau gesagt, war das eigentlich sehr nett von ihm«, plapperte sie los. »Wissen Sie, der vorherige Inhaber dieser Stellung war krank geworden und wollte nun wieder eintreten. Und da er im Krieg Soldat gewesen war...«

Nan starrte Vicky erschrocken an; sie wollte anscheinend etwas sagen, hielt dann aber doch lieber den Mund. Lucy seufzte; sie warf Vicky einen verzweifelten Blick zu, freilich ohne den geringsten Erfolg. »Der Mann hatte fünf Kinder. Er hatte sich im Feld besonders ausgezeichnet. Also hat Dan gefunden, er müsse seinen Job wieder haben.«

Sie holte tief Atem und blickte schuldbewußt von einem zum andern.

»Das war sehr edel«, bemerkte Jack, und alle wußten, daß er kein Wort glaubte. Er erhob sich und ging in die Küche, um seine mitgebrachten Pakete abzulegen.

»Ein bißchen Obst«, sagte er über die Schulter, zu Nan gewandt, »und ein paar Kleinigkeiten, unter anderem Austern in der Dose.« Gleich darauf rief er: »Ich bin auf etwas getreten; es hat geknackt.

Es muß eine Perle gewesen sein. Tut mir leid! Sie war so winzig. Wem gehörte sie?«

Er sah alle der Reihe nach an; keines der Mädchen trug einen Schmuck, von dem die Perle stammen konnte. Peinliches Schweigen. Nan war sichtlich erschrocken; eine tiefe Röte überzog ihr blasses Gesicht. Vicky begann zu kichern, und Lucy ahnte schon, daß ihr wieder etwas Neues eingefallen war.

»Ach, das war sicher so eine kleine Perle, wie man sie manchmal in Austern findet! Ich habe sie heute morgen in die Tasche gesteckt, aber Lucy meinte, daß sie nichts tauge, nicht wahr, Lucy?«

In dem Bewußtsein, daß das eine recht alberne Geschichte sei, blickte sie Lucy flehend an. Dieses eine Mal würde sie ihr doch beistehen? Lucy sagte zuerst gar nichts; dann zuckte sie die Schultern. »Jack hat ja selbst gesehen, daß sie nichts wert war. Aber wir müssen jetzt endlich gehen.«

Auf dem Heimweg machte sie ihrem Ärger Luft. »Meiner Lebtage hab ich nicht solchen Unsinn gehört! Laß mich gefälligst bei solchen Sachen aus dem Spiel! Mit deinen Schwindeleien mag ich nichts zu tun haben.«

»Ach, ich *mußte* doch irgend etwas sagen! Aber es klang wohl ziemlich absurd.« Sie lachte, aber Lucy blieb ernst. »Hast du denn völlig den Verstand verloren? Merkst du nicht, daß du Nan in eine schwierige Lage gebracht hast? Sie wollte dich nicht Lügen strafen und hat infolgedessen praktisch auch gelogen. Mir macht's nicht soviel aus, obwohl ich es hasse, in solche törichten Flunkereien verwickelt zu werden. Aber für Nan ist's peinlich. Jack ist kein Dummkopf; er glaubt kein Wort von alledem; aber er fühlt, daß wir ein Geheimnis vor ihm haben, und das mag kein Mann leiden.«

»Ach, Lucy, du machst gleich ein Drama draus! Es war ja nur ein dummer Scherz, und eigentlich ist Jack selber schuld, weil er von Austern geredet hat. Das brachte mich erst auf diese Idee.«

»Es ist nie festzustellen, was dich auf solche Ideen bringt. Das ist doch wahrhaftig kein Grund, so eine alberne Geschichte zu erzählen, nur weil der arme Kerl Austern mitgebracht hat!«

»Ich weiß schon. Ich wollte, ich hätte es nicht getan. Aber Dan hat auch schuld. Seinetwegen gibt es ja den ganzen Wirbel. Ich glaube wirklich, Nan sollte Jack die ganze Wahrheit gestehen.«

»Du bist gerade die Richtige, jemanden zur Wahrheit anzuhalten.«

Überraschend begehrte Vicky auf. »Einen Mann, den ich liebe, würde ich nie anschwindeln, am wenigsten meinen Ehemann. Aber es tut mir leid, daß ich mich so dumm benommen habe. Irgendwie muß ich das wiedergutmachen.«

»Fang nur nicht damit an! Laß den Dingen jetzt ihren Lauf! Du hast schon genug Dummheiten angestellt.«

»Du siehst gräßlich selbstgefällig aus, wenn du so daherredest! Ich muß die Geschichte doch in Ordnung bringen. Ich weiß schon, was ich mache: wenn Seymour die Frist nicht verlängert, gehe ich zu ihm und gebe ihm das Geld, oder wenigstens einen Teil davon.«

Lucy war entsetzt. »Das wirst du doch hoffentlich nicht tun!«

»Ich weiß schon, er würde es nicht annehmen. Aber es könnte ihn dahin bringen, Dan noch eine Galgenfrist zu geben. Ich könnte ihm alles über Nan erzählen; ich glaube nicht, daß er dann noch ablehnen würde. Allmählich fängt er nämlich an, mich auch ein bißchen gern zu haben.«

Das fand Lucy ebenfalls, und gerade deshalb sagte sie nachdrücklich: »Das ist wirklich ein total verrückter Einfall! Das Ganze geht dich doch gar nichts an. Wenn du dich da einmischst, gibt es für alle nur noch mehr Aufregung.« Und im stillen setzte sie hinzu: Ganz besonders für dich selbst; denn ich glaube wirklich, du liebst diesen Mann, so merkwürdig das auch ist.

»Aber was kann es denn schon schaden?«

»Das wirst du schon merken. Du hast heute genug verpatzt. Halte dich aus der Sache raus. Was für ein Einfall, zu Seymour zu gehen! Das würde ihn sehr ärgern, und du weißt selbst, wie unfreundlich er sein kann.«

»Aber warum nur? Er weiß ja, daß wir mit Dan befreundet sind.«

»Aber doch nicht so, daß wir ihm seine Schulden bezahlen. Das tut ein Mädchen nur, wenn sie einen Mann liebt, oder für ihren Bruder oder ihren Vetter.«

»Lieben? Dan Ireland lieben? Jetzt redest du Unsinn. Seymour ist doch ein verständiger Mann. Er kann unmöglich glauben, ich sei in Dan verliebt. Auf alle Fälle werde ich ihm erklären, daß ich es für Nan tue. Ich bin überzeugt, daß er deshalb die Frist noch etwas verlängern wird. Du hast bestimmt recht, er ist nicht so hartherzig, wie er manchmal tut.«

Doch Lucy gab nicht nach. Das wäre wirklich ein Spiel mit dem Feuer. Mit großem Ernst sagte sie: »Vicky, tu's nicht! Unwillkürlich kommst du wieder ins Schwindeln, und das würde dir Seymour nie verzeihen.«

»Ihn würde ich nie anschwindeln!« erwiderte Vicky hitzig. Auf einmal merkte sie, daß sie zuviel gesagt hatte, und lachte. »Du ahnst nicht, wie sehr ich mich gebessert habe. Ich wollte Nan beistehen, weil sie so erschrocken aussah. Aber sonst sage ich nie mehr zum Spaß die Unwahrheit. Nur wenn es unbedingt nötig ist.«

»Es ist niemals unbedingt nötig, wenn es dich selbst angeht«, sagte Lucy energisch und beendete die Debatte.

9

Nach ihrem umfassenden Geständnis schien Nan einen Trost darin zu finden, häufiger in das alte Haus zu kommen, wo sie soviel Anteilnahme erfuhr. Das Brautkleid war fertig; sie hatte das Geld dafür bekommen. Dan war fleißig bei der Gartenarbeit. Dennoch war die Aussicht gering, die volle Summe rechtzeitig aufzutreiben.

»Und Dan fürchtet, Mr. Seymour könnte ungeduldig werden. Er ist so hartherzig.«

Vicky fand diese Auffassung nicht fair. Schließlich hatte Seymour doch die Summe vorgestreckt und noch keine Anzeige erstattet. »Ich glaube nicht, daß er so böse ist, wie Dan tut. Uns gegenüber war er sehr großzügig, und Len und Amy halten ihn auch für einen hochanständigen Menschen.«

»Ich weiß, manche Leute mögen ihn gern, zum Beispiel Jack, der ihn nicht so genau kennt. Er meint, Seymour sei zwar sehr zurückhaltend, er habe aber einen vorzüglichen Ruf. Nur Dan ist nie mit ihm zurechtgekommen.«

Ob Dan überhaupt je mit einem anderen Mann zurechtkam? überlegte Vicky. »Meinst du nicht, es wäre besser, wenn du Jack einfach alles erzähltest? Ihr bringt das Geld doch nicht zusammen. Warum sprichst du nicht mit ihm?«

»Verstehst du denn nicht, daß ich das jetzt einfach nicht mehr kann? Ich weiß, ich war dumm, daß ich's nicht sofort erzählt habe; doch jetzt ist es zu spät. Ich habe das Kleid genäht und das Geld dafür bekommen. Außerdem ...«

Sie zögerte, und Vicky sagte reuevoll: »Ich weiß. Ich habe alles nur noch schlimmer gemacht, weil ich den Blödsinn von dem Soldaten erzählt habe und all den Quatsch von den Perlen. Ich verstehe das heute selbst nicht mehr. Ich wollte dir aus der Klemme helfen. Wenn ich doch lieber den Mund gehalten hätte! Ich will's nie wieder tun!«

»Mach dir darüber nicht so viele Gedanken; das hilft jetzt auch nichts mehr. Ich hätte dich gleich unterbrechen und einen Witz machen sollen. Aber mir gelingt es seit neuestem nicht mehr, gegenüber Jack den richtigen Ton anzuschlagen. Unser Verhältnis zueinander ist gestört. Gestern morgen hatten wir einen richtigen Krach; er ging auf die Koppeln hinaus und kam erst spät abends heim. Ein elender Zustand!«

Vicky war sich ihrer Schuld bewußt. Lucy hatte recht: sie machte alles nur noch schlimmer. Man sollte irgend etwas dagegen tun. Und vorschnell wie immer sprudelte sie los: »Wenn ich doch nur ein bißchen gescheiter wäre! Lucy ist oft richtig böse auf mich. Nach ihrer Meinung muß Jack glauben, daß wir alle unter einer Decke stecken. Ich war schrecklich dumm, aber jetzt weiß ich, was ich tue: Wenn du das Geld nicht von mir nehmen und Jack auch nichts gestehen willst, könnte ich zu Mr. Seymour gehen und ihn bitten, die Frist zu verlängern. Wir kennen ihn doch jetzt viel besser; er ist wirklich nicht so übel. Ich glaube nicht, daß er nein sagt, wenn ich ihm alles erkläre.«

Schon wieder war ihr der Gaul durchgegangen! Kaum hatte sie das letzte Wort gesprochen, bereute sie es schon wieder. Sie hatte sich ja eigentlich gar nicht in diese Angelegenheit mit Seymour einmischen wollen! Er sollte auf keinen Fall annehmen, sie unterstützte einen Diebstahl. Und vor allem sollte er nicht glauben, sie hätte irgendwelches Interesse an dem albernen Bengel. Lucy hatte ihr das mahnend vorgehalten. Hoffentlich lehnte jetzt Nan ihren Vorschlag energisch ab!

Aber Nan erwiderte eifrig: »Ach, Vicky, wenn du das tun wolltest! Das wäre herrlich! Kein Mann kann dir etwas abschlagen, auch nicht Mr. Seymour. Wenn er die Frist verlängert, brauche ich Jack nichts zu erzählen.«

»Aber eines Tages mußt du es ihm doch gestehen.«

»Selbstverständlich, wenn alles vorbei ist. Dann werde ich ihm alles erklären; denn ehe das nicht geschehen ist, kommt es zwischen uns nicht wieder in die Reihe. Ich fühle genau, daß er etwas von dem Kummer mit Dan ahnt. Er wird immer gleich ärgerlich, wenn ich ihn in Schutz nehme. Er kann einfach nicht begreifen, daß Dan für mich wie ein Bruder ist... Ach, ich wünschte, Dan ginge zu seinem eigenen Bruder nach Kanada! Er hat schon oft gesagt, daß er das so gern täte, wenn er nur das Fahrgeld hätte.«

Vicky war überrascht. Sie hatte angenommen, daß Nan tieftraurig sein würde, ihren Vetter zu verlieren, soviel Aufregung Dan ihr auch verursachen mochte. Aber jetzt war die junge Frau den Tränen nahe.

Es war klar, daß Vicky ihr voreiliges Versprechen halten mußte. Und Lucy hatte sie doch so dringend vor einer Einmischung gewarnt! Was würde sie nun sagen? Zum ersten Male wagte Vicky nicht, von ihrem Vorhaben zu erzählen, und war deshalb recht deprimiert.

Doch damit stand sie nicht allein. Am Abend kamen die Bauarbeiter, um das Gebäck zu kaufen, was noch übrig war. Harry Kelston war noch stiller und bedrückter als sonst, und Ned flüsterte Vicky zu, daß er schon den ganzen Tag so gewesen sei. »Daran ist nur seine alte Mama schuld. In der Pension hat's Krach gegeben. Sie ist wirklich eine verrückte Schraube, aber Harry will das nicht einsehen.«

Sofort vergaß Vicky ihre eigenen Sorgen. »Was ist denn passiert? Ich weiß, sie ist eine schwierige alte Frau.«

»Schwierig? Sie ist ein närrisches Huhn! Sie hat einen Fimmel wegen des Essens und erst recht wegen des Alkohols. Überall steckt sie ihre Nase rein: Sie sollen das Gemüse besser waschen wegen der Insektenmittel; ihr Essen soll nicht mit Zucker, sondern mit Honig gesüßt werden; und so geht's in einem fort. Sie macht die Köchin total verrückt. Man kann's den Leuten nicht verdenken, daß sie sie rausschmeißen. Das Dumme ist nur, daß es in Homesward wenig Pensionen gibt. Harry fühlt sich dort sehr wohl; er möchte keinen Streit mit den Leuten haben.«

»Kann sie denn nicht wieder nach Hause?«

»Erst in zwei bis drei Wochen. Ihre Haushälterin ist krank, und sie will unbedingt bei ihrem lieben Harry bleiben. Wissen Sie, im Grunde ist sie eine gute Haut, aber sie ist eben ein bißchen kindisch. Der Himmel weiß, wo er sie unterbringen soll, bis die Haushälterin wieder zurück ist, und allein kann sie nicht bleiben.«

Ehe er abfuhr, schüttete Harry doch noch sein Herz aus. Er befand sich wirklich in einer Notlage. Mrs. Kelston muß sehr alt sein, überlegte Vicky; denn Harry war selbst schon in den mittleren Jahren. Vielleicht war die arme alte Frau recht verkalkt. Jedenfalls schien sie die ganze Pension in Aufruhr zu versetzen.

»Die Leute dort waren stets sehr zuvorkommend, und mir gefällt es dort recht gut. Meine Mutter meint es nicht böse. Sie ist eine liebe alte Frau, aber in gewisser Hinsicht hat sie einen kleinen Stich, vor allem was das Essen und Trinken anbelangt. So etwas erschwert das Leben in einer Pension. Die Inhaber haben mich gebeten, sie binnen vierundzwanzig Stunden woanders unterzubringen. Ihre Köchin hat mit der Kündigung gedroht.«

»Haben Sie denn keine Geschwister?«

»Nein, ich bin der einzige. Und seit sie so ein wenig schwierig geworden ist, gibt's auch keine Freunde mehr, die ich bitten könnte... Ja, ich muß fort und schauen, wie daheim die Dinge liegen, aber ich hab direkt Angst vor dem Nach-Hause-Kommen.«

Offenbar war alles noch ärger, als er gefürchtet hatte; denn am nächsten Morgen klopfte er mit vielen Entschuldigungen schon vor acht Uhr an ihre Tür.

»Miss O'Brian, wäre es wohl möglich, daß Mutter auf Ihrer Veranda bliebe, solange ich zur Arbeit bin? Es ist so schönes Wetter, sie braucht gar nicht ins Haus zu gehen. Mit einem anderen Gast gab es gestern abend eine Auseinandersetzung, und nun will man sie dort nicht mehr behalten. Wenn sie hier ist, kann sie nichts anstellen, und wenn ich von der Arbeit komme, werde ich für sie eine Bleibe suchen. Macht es Ihnen denn so viel Mühe, wenn sie hier draußen sitzt?«

Wie immer dachte Vicky nicht an die Folgen; sie war voller Hilfsbereitschaft.

»Selbstverständlich kann sie heute hier bleiben, Harry; machen Sie sich nur darüber keine Gedanken! Es ist so ein herrlicher Tag; sie kann auf der Veranda sitzen oder unter den Bäumen. Ich bringe ihr mein kleines Radio und ein paar Zeitschriften. Da ist sie gut aufgehoben, und sie kriegt auch was Gutes zu essen.«

Er war sehr erleichtert, aber auch ein wenig bedrückt. »Tausend Dank, Miss O'Brian! Aber mit dem Essen ist Mutter ein bißchen schwierig. Sie hat was gegen das normale Mehl. Sie bildet sich ein, daß ihr das schadet. Sie hat immer etwas Mehl aus dem Reformhaus bei sich. Das war eines der Probleme, die es in der Pension gab.«

»Ich verstehe. Ich kann ihr leicht ein paar Brötchen oder Kuchen aus dem Mehl backen. Das geht schon in Ordnung, Harry.«

»Ich bin Ihnen schrecklich dankbar, Miss O'Brian! Wenn einer mit ihr umgehen kann, sind Sie es. Sie ist für ein so hübsches Gesicht anfällig.«

Dieses Kompliment des ernsten Mannes tat Vicky überaus wohl. Es sollte keine Schmeichelei sein, sondern eine schlichte Feststellung. Sie lief zu Lucy, die ihren Enthusiasmus freilich keineswegs teilte.

»Das wird eine rechte Plage werden! O Vicky, kannst du nicht einmal ein bißchen vorausdenken?«

»Ich muß mich sehr über dich wundern! Es ist doch nur eine kleine Gefälligkeit! Das konnte ich ihm doch nicht abschlagen. Keiner hat uns soviel geholfen wie Harry. Er brachte seine Leute hierher, die uns unsere Sachen abkaufen. Er hat uns auch noch weitere Gäste geschickt. Es ist wirklich das wenigste, was wir für ihn tun können. Es wird bestimmt ganz glatt gehen.«

»Meinst du? Hat Harry dir von ihrem Spleen erzählt?«

»Freilich. Sie mag keinen Schnaps und kein gewöhnliches Mehl, und sie nimmt Honig zum Süßen statt Zucker.«

Lucy lächelte ein wenig boshaft. »Das ist noch nicht alles. Sie liebt jegliche Kreatur, besonders die Insekten: die Spinnen und die Wespen. Deshalb gab es auch den Ärger in der Pension. Spinnen sind ihre besonderen Lieblinge; sie sperrte sie in eine Schachtel und zeigte sie den anderen Gästen. Sie geriet außer sich, wenn einer die Spinnweben wegfegte. Das hat Harry mir neulich erzählt. Du wirst deine helle Freude haben!«

Vicky war bestürzt. Sie haßte Spinnen und hatte große Angst vor Wespen. »Warum hast du mir das denn nicht erzählt? Und jetzt lachst du auch noch darüber!«

Lucy hatte kein Mitleid. »Nur so. Du wirst ihr schon helfen, irgendwo im Garten das Wespennest zu suchen.« Seit einigen Tagen schwirrte es nämlich nur so von Wespen, die die Zuckerdose und den Marmeladentopf heimsuchten.

Vicky schauderte. Zaghaft erwiderte sie: »Na ja, es ist ja nur für einen Tag.«

»Glaubst du? Da bin ich neugierig! Na, das hast du dir selbst eingebrockt.« Sie mußte aber doch zugeben, daß man Harrys Bitte um ein Asyl für seine Mutter nicht gut abschlagen konnte. »Aber ich möchte wetten, daß es nicht dabei bleibt«, schloß sie ahnungsvoll.

Einstweilen jedoch war Mrs. Kelston überglücklich. Sie redete zwar mit den Gästen und empfahl ihnen, keinen Zucker zu nehmen und kein Backwerk aus gewöhnlichem Mehl zu essen, im übrigen aber störte sie kaum. Vicky buk ihr die versprochenen Hörnchen aus ihrem eigenen Mehl. Die alte Dame blätterte in Zeitschriften und lauschte der Radiomusik; zwischendurch befreite sie kleine Käfer oder brachte winzige Raupen in Sicherheit. Als ihr Sohn um fünf Uhr mit besorgtem Gesicht erschien, erzählte sie, daß sie einen herrlichen Tag verlebt habe.

»Den herrlichsten Tag seit langer Zeit! Ich habe den Vögeln zugehört und die Würmchen beobachtet. Vicky ist so hübsch und so lieb! Am Nachmittag durfte ich auf ihrem Bett ein Nickerchen machen. Könnte ich nicht hier bleiben?«

Er nahm sie schleunigst mit, aber Lucy äußerte die Befürchtung, daß Mrs. Kelston am nächsten Tag in ihr Gastzimmer einziehen werde.

Sie hatte recht. Am folgenden Morgen war Harry ganz geknickt. Er hatte keine Seele gefunden, die geneigt war, seine Mutter zu versorgen und ihre Launen zu ertragen.

»Miss O'Brian, ich zahle Ihnen jeden Preis, wenn Sie sie für ein paar Nächte aufnehmen, bis ich ein Plätzchen für sie gefunden habe.«

Vicky zauderte. Sie dachte an die Spinnen. Aber jetzt kam die alte Dame aus dem Auto gekrabbelt. »Hier bin ich, meine liebe kleine Vicky! Ich möchte bei euch bleiben und hier glücklich sein!«

Da konnte Vickys weiches Herz nicht nein sagen. Vielleicht hatte Lucy mehr Courage. Vicky eilte ins Haus, um sie um Rat zu fragen; sie schilderte die Lage. Lucy murrte: »Das habe ich dir ja gleich gesagt!« Zum äußersten bereit, begab sie sich auf die Veranda.

»Unser Fremdenzimmer ist noch nicht eingerichtet«, begann sie. Aber Harry ließ sie nicht weiterreden. »Meiner Mutter macht das gar nichts, Miss Avery. Es ist ja auch nur für ein paar Nächte.«

Lucy war klar, daß wohl ein paar Wochen daraus werden würden, bis die schwierige alte Frau in ihr eigenes Heim zu ihrer unübertrefflichen Wirtschafterin zurückkehren konnte.

Widerstrebend sagte sie: »Ja, Harry, Sie haben uns auch viel geholfen. Es wird freilich ein etwas mühsames Geschäft werden. Wir haben zu wenig Zeit, um uns um sie zu kümmern. Wenn sich Mrs. Kelston jedoch einrichten möchte und verspricht, die Küche nicht zu betreten...«

Hier wurde sie unterbrochen. Die alte Dame umarmte sie und rief:

»Ach, Sie liebe Seele, Sie sind so reizend! Ich hatte solche Angst! Wenn man nicht weiß, wo man hin soll! Die Menschen sind so grob und unfreundlich! Sie töten die armen Spinnen! Ich komme bestimmt nicht in eure Küche. Ich weiß ja, daß ihr mir nichts gebt, was mir schadet. Auf die liebe Vicky kann man sich verlassen.«

Diese letzten Worte bewiesen eindeutig, wie kindisch sie sei, sagte Lucy nachher zu ihrer Freundin.

Als James Seymour an diesem Abend eilig die Stufen zur Veranda hinauflief, vernahm er eine hohe, schrille Stimme: »Vorsicht, mein Bester! Bitte, bitte Vorsicht! Vor Ihrem linken Fuß liegt ein wunderbares Geschöpf Gottes!«

Seymour erstarrte; er hob den Fuß, als ob ihn etwas gestochen hätte. Am Boden lag eine winzige haarige Raupe, und oben saß in einem Lehnstuhl eine alte Frau. Über ihren Handrücken kroch eine große Spinne. Sie wurde vorsichtig auf den Boden gesetzt, und dann wurde die Raupe unter zärtlichem Geplauder auf einem Blatt in Sicherheit gebracht.

Seymour ging ins Haus und fragte verstimmt: »Wer, um Himmels willen, ist denn die Alte auf der Veranda? Ist sie einem Narrenhaus entsprungen? Was macht sie denn hier?«

Er sah so entsetzt aus, daß Vicky lachen mußte. »Das ist unsere neue Pensionärin. Es ist Harrys Mutter. Sie kennen doch Harry, den Polier von der Baustelle. Er war in einer Notlage, weil man seiner Mutter in seiner Pension gekündigt hatte. Und nach Haus kann sie auch nicht, weil ihre Wirtschafterin für einige Wochen verreist ist.«

»Wollen Sie damit sagen, daß Sie die alte Frau für die ganze Zeit auf dem Halse haben?«

»So wird's wohl kommen, obwohl Harry meint, es sei nur für ein paar Nächte. Ich glaube aber nicht, daß er sie woanders unterbringt.« – »Garantiert nicht, und ich kann nicht einsehen, weshalb Sie sie nehmen.«

»Harry war doch so verzweifelt; und er hat uns ebenfalls eine Menge geholfen. Sie sitzt ja schließlich nur so herum, bewacht die Insekten, und ich kann ihr ganz leicht Brot aus ihrem Spezial-Mehl backen. Sie ißt genauso wenig wie ihre Freunde, die Vögel. Ich habe für sie eine große Tüte von ihrem Mehl bestellt und einen ganzen Eimer voll Honig. Da wird es schon gehen.«

Er sah sie überrascht an. »Hat sie vielleicht auch noch einen Tick, was das Essen anbelangt?«

»Allerdings, und auch bei den Getränken muß man Rücksicht nehmen. Aber das regt mich nicht weiter auf. Wir haben kaum alkoholische Getränke im Haus. Von der Sherry- und der Kognakflasche habe ich die Etiketten abgekratzt, für den Fall, daß sie mal im Wandschrank stöbert. Das macht mir nichts aus. Schwieriger ist die Sache mit den Spinnen, den Bienen und Wespen. Vor denen habe ich ziemlich viel Angst.«

»Aber Sie haben doch beide viel zuviel zu tun, als daß Sie auch noch auf ihre Launen achten könnten.«

»Ach, das ist doch ganz einfach. Es ist nur ungeschickt von den Leuten, sie in Harnisch zu bringen. Warum soll man ihr sagen, daß etwas mit gewöhnlichem Mehl gebacken ist? Sie kann den Unterschied ja gar nicht feststellen.«

Er war verdutzt. »Machen Sie das immer so? Binden Sie den Leuten öfter einen Bären auf, um sie zufriedenzustellen?«

Sie merkte, daß sie einen Fehler gemacht hatte, und versuchte sich zu verteidigen. »Finden Sie, das wäre gelogen? Darf man den Menschen nicht auch einmal etwas vormachen? Dann lüge ich eben hin und wieder. Das machen alle. Aber meine kleinen Geschichten tun keinem weh. Sie beruhigen nur.«

Und da er sie immer noch forschend ansah, fügte sie bittend hinzu: »Ist es denn gar so schlimm, wenn ich Mrs. Kelston erzähle, ich nähme ihr Reform-Mehl, obwohl es mir zufällig ausgegangen ist? Sie ist alt und ein bißchen komisch, und der Gedanke, gewöhnliches Brot zu essen, würde sie schrecklich aufregen. Ich bin eben immer drauf aus, die Menschen zufriedenzustellen.«

»Das ist eine gefährliche Philosophie, die Sie leicht in Schwierigkeiten bringen könnte.«

»Manchmal schon, aber es lohnt sich trotzdem.« Mit einem bezaubernden Lächeln fuhr sie fort: »Sie finden das nicht ganz richtig, nicht wahr? Halten Sie es für sehr schlimm?«

Er ließ sich nicht dazu verleiten, seine persönliche Ansicht zu äußern, sondern behandelte die Angelegenheit sehr diplomatisch. »Ich selbst halte nichts von Ausflüchten, aber vielleicht haben Sie recht. Jeder schwindelt gelegentlich einmal.« Und nachdrücklich setzte er hinzu: »Aber man sollte es nicht zum Spaß tun und es nicht zur Gewohnheit werden lassen.«

Mit einem Male wurde Vicky ganz sanft. »Ich weiß, es ist eine schlechte Angewohnheit, und ich versuche auch, sie abzulegen. Aber es ist die einzige Methode, um Mrs. Kelston bei guter Laune zu halten.«

»Ist das denn wirklich so wichtig?«

»Es wäre doch schrecklich, wenn sie hier dasselbe Theater aufführte wie in der Pension. Das würde dem armen Harry noch mehr zusetzen. Es sind ja nur lauter harmlose Schwindeleien. Jemandem, den ich wirklich gern habe, würde ich nie etwas vormachen. Zu Lucy sage ich immer nur die reine Wahrheit.«

Er mußte lächeln, und Vickys Herz wurde plötzlich ganz leicht. Endlich blickte er sie an wie andere Männer auch; sie wußte sehr genau, daß er nun nie wieder so zurückhaltend und kühl wie früher sein konnte. Mochte er ruhig einmal aufbrausen oder sogar ärgerlich werden, das war immer noch besser als diese strikte Zurückhaltung.

Sie war selbst verwundert, daß sie sich soviel Mühe mit ihm gab und daß ihr Erfolg sie so beglückte. Eigentlich war er doch Lucys Freund!

Im selben Augenblick trat Lucy ins Zimmer. »Wissen Sie schon, daß wir einen Pensionsgast haben? Harry hat sehr viel für uns getan, und eine traurige Geschichte bringt Vickys Herz zum Schmelzen. Ein wenig hat sie das aber wohl schon bedauert, als sie Mrs. Kelstons Vorliebe für Insekten, besonders für Spinnen, entdeckte. Außerdem gibt es auch Schwierigkeiten mit dem Essen.«

»Damit weiß sie anscheinend fertigzuwerden. Sie hat da einige kleine Tricks, um die alte Dame zu beruhigen.«

»Ich meinerseits bin mehr für die schlichte Wahrheit. Aber Vicky hat das nun einmal so angefangen. Ich weiß selbst nicht, wie sie sonst mit Mrs. Kelstons Launen fertigwerden sollte. Sie soll ja nur zwei oder drei Tage bleiben, aber Harry wird kaum einen anderen Platz für sie finden.«

»Wäre es nicht das einfachste, sie in einem Altersheim unterzubringen?«

»Wie können Sie nur an so etwas denken?« Vicky war empört. »Da wäre die arme alte Frau todunglücklich. Dort ist alles so hygienisch, es gibt keine Spinnweben und nicht die kleinste Raupe. Hier ist sie glücklich, und wenn ich sie auch mal ein bißchen anschwindeln muß, ist es hier für sie immer noch besser als in einem Heim.«

»Das ist sehr freundlich von Ihnen gedacht. Und letzten Endes ist es ja auch Ihre Angelegenheit«, sagte er förmlich.

»Es ist ausschließlich Vickys Sache, nicht die meine. Ich selbst habe mich da herausgehalten. Aber ich habe gerade frischen Tee aufgegossen. Heute war ein schwerer Tag. Trinken Sie eine Tasse mit uns?«

Beinahe schüchtern kam die Antwort: »In der Tat wollte ich Sie gerade fragen, ob ich wohl bei Ihnen noch etwas zu essen kriegen könnte. Wegen einer Besprechung muß ich noch einmal in die Stadt. Und ich habe vergessen, noch rechtzeitig etwas einzukaufen. Ein Stück Apfelkuchen reicht mir völlig.«

»Selbstverständlich! Sie brauchen aber keinen Apfelkuchen zu essen. Wir haben jeden Abend eine warme Mahlzeit. Das Gemüse ist noch nicht gekocht, aber ich mache Ihnen schnell einen Salat, und kaltes Fleisch habe ich auch noch.« Als er dann aß, setzte sie sich mit ihrem Tee zu ihm.

Sie ist eine angenehme, ruhige Person, stellte er im stillen fest; eine der wenigen Frauen, mit denen man eine gute und doch nicht zu enge Freundschaft schließen konnte. Er genoß es richtig, mit ihr zu plaudern und währenddessen Vicky auf der Veranda zu beobachten. Vicky versuchte gerade, Mrs. Kelston zu überreden, keine Wespen mit ins Haus zu bringen.

Es war schön, wieder mal in seinem ehemaligen Heim zu verweilen und sich mit einer jungen Frau angenehm zu unterhalten. Er hatte das seit langer Zeit nicht mehr getan.

Plötzlich sagte er: »Nett von Ihnen, daß ich bei Ihnen etwas zu essen bekomme. Es ist so umständlich, sich abends nach einem arbeitsreichen Tag noch etwas zu kochen.«

»Haben Sie nie daran gedacht, eine Haushälterin zu engagieren?«

»Und ob ich daran gedacht habe! Ich habe fünf Haushälterinnen gehabt, und eine war schlechter als die andere. Sie haben mir sehr viel mehr Ärger als Hilfe eingebracht. Gelegentlich esse ich schnell in der Stadt eine Kleinigkeit, vor allem wenn ich länger im Büro zu tun habe. Aber oft genug klappt es nicht. Dann muß ich ewig auf mein Essen warten, und das ist recht unangenehm.«

»Wie wäre es denn, wenn Sie hier bei uns äßen? Wir essen regelmäßig um halb sieben, sobald der Tea-Room aufgeräumt ist. Es macht uns wirklich keine Mühe, für eine Person mehr zu kochen.«

»Wirklich nicht? Sie haben doch schon die alte Dame auf dem Hals; Sie sollten sich nicht noch mehr Lasten aufbürden.«

»Das ist doch keine Last! Um Mrs. Kelston kümmert Vicky sich. Ich will sie aber vorher um ihre Meinung fragen.«

»Es müßte dann aber ganz korrekt zugehen. Ich habe so viel Tee umsonst bei Ihnen getrunken, daß ich wenigstens die Mahlzeiten bezahlen möchte.«

Sie machte keine Einwendungen. »Wie Sie wollen. Hauptsache ist, daß alle Beteiligten zufrieden sind.«

Sie waren es alle zufrieden. Lucy legte Wert auf eine ordentliche Mahlzeit am Abend, schon um sich vom Anblick all ihrer Kuchen und Törtchen zu erholen. Es gab natürlich kein großes Dinner, aber wenn Mr. Seymour das nichts ausmachte... Es machte ihm nichts aus. Im Gegenteil, er ging geradezu überwältigt von dannen und wunderte sich über sich selbst. Auf was hatte er sich da eingelassen? Er hatte sich doch geschworen, nie wieder mit einer Frau anzubändeln! Es würde natürlich eine enorme Erleichterung bedeuten, wenn er sich abends beim Nachhausekommen nichts mehr zusammenkochen mußte, was dann doch nicht schmeckte. Doch warum hatte er nach all den friedlichen stillen Jahren bloß so etwas angefangen? Der Gedanke an Lucys angenehm sachlichen Ton beruhigte ihn freilich wieder. Sie würde sich gewiß nie in sein Leben drängen, nicht einmal übertriebenen Anteil daran nehmen. Ihr Herz gehörte wahrscheinlich einem anderen Mann. Er ahnte nicht, wer der Glückliche war; aber jedenfalls stellte das einen Sicherheitsfaktor dar.

Und was dieses andere Mädchen betraf... An diesem Punkt seiner Überlegungen trat James Seymour aufs Gas und sagte sich, es wäre höchste Zeit, zu seiner Besprechung zu kommen.

Am selben Abend besuchte Amy Swales die Freundinnen. Sie kam öfters nach Ladenschluß, um eine Bestellung zu erledigen und um zu fragen, wie das Geschäft denn gegangen sei.

»Ich glaube, wir kommen über die Runden«, meinte Lucy. »Wir sammeln zwar keine Reichtümer, aber es geht voran. Natürlich wird es im Winter schwieriger werden, aber den Sommer über werden wir genug verdienen, um uns den Winter hindurch über Wasser halten zu können. Was sagen Sie zu unserem Gast?«

Um diese Zeit lag Mrs. Kelston schon im Bett, wohlversorgt mit Vickys Nachttischlämpchen.

»Da haben Sie ein gutes Werk getan! Harry hat uns schon davon berichtet. Er wußte ja nicht mehr ein noch aus. Die alte Frau ist eine schwere Last für ihren Sohn. Hoffentlich werde ich nicht auch mal so!«

»Ach, sie ist ganz vergnügt, solange sie nur genug Spinnen und Raupen um sich hat und ihr Reformhaus-Mehl essen kann«, versicherte Vicky. »Und wissen Sie schon, daß wir Mr. Seymour an vielen Abenden als Tischgast haben werden? Da braucht er sich daheim nichts mehr zu kochen.«

»Das ist ja großartig! Mich hat schon lange der Gedanke bedrückt, daß er abends in das leere Haus kommt und sich dort noch etwas kochen muß. Mittags mag er ja nichts Warmes essen. Ich habe mir oft Sorgen gemacht, ob er überhaupt genug ißt, und versucht, ihn zum Essen bei uns zu behalten. Mir fällt wirklich ein Stein vom Herzen, daß er jetzt bei Ihnen so gut aufgehoben ist.«

Als Amy heimkam, platzte sie schier vor Aufregung über ihre Neuigkeit. »Stell dir vor, Len, Mr. James ißt von jetzt ab abends bei den Mädchen! Also muß er seinen Kummer doch allmählich überwunden haben. Denk an meine Worte: diese Mädchen werden ihn wieder aufmuntern!«

Len mochte ihre Begeisterung nicht teilen; er gab aber zu, daß eine vernünftige Mahlzeit nichts schaden könne.

»Aber diese Frauen! Sie können ihn doch nie in Frieden lassen! Sie sind nette Mädchen, gewiß; aber sie sind jung, und die Jungen geben keine Ruhe, bis ein Mann nach ihrer Pfeife tanzt.«

»Sei doch nicht so verbohrt, Len! Du weißt genau, daß Lucy keine leichtfertige Person ist, und Vicky – na, jedem Mann muß warm ums Herz werden, wenn er sie nur anblickt.«

Len jedoch bemerkte düster, daß Blicke nicht die Hauptsache seien und daß ein Mann vor allem seine Ruhe brauche.

»Seine Ruhe? Jedenfalls nicht die Ruhe, in der er seit Mr. Peters Abreise gelebt hat... Nein, nein, das ist die beste Neuigkeit seit langer Zeit!«

Dan Ireland war nicht so entzückt. »Waaas? Fünfmal in der Woche kommt Mr. Seymour zum Essen hierher? Das ist ja gräßlich! Da wird er dann ewig lang rumsitzen, und ich kann doch auch nur abends kommen!«

Es sei eine geschäftliche Vereinbarung und keine freundschaftliche Einladung zum Dinner, versetzte Lucy kühl. Mr. Seymour würde nach dem Essen nicht mehr lange »herumsitzen«. Aber Dan murrte: »Als Sie beide hier einzogen, konnte man auf eine gemütliche Bleibe rechnen. Jetzt, mit dem alten Seymour und der verdrehten alten Hexe samt ihren Spinnen, ist's damit vorbei.«

»Stellen Sie sich nicht so an, Dan!« sagte Vicky besänftigend. »Das alles bringt Geld ein; und wir müssen schließlich auch leben.« Daraufhin schwieg er zuerst, um dann kleinlaut zu erwidern: »Nan hat mir übrigens gestanden, daß sie Ihnen alles erzählt hat. Es ist eine blöde Geschichte, aber so etwas gehört eben zu den Prüfungen des Schicksals. Ich dachte mir schon, daß Sie Verständnis für mich haben werden. Anständig von Ihnen, Vicky, daß Sie gegen den alten Drachen angehen und ihn bereden wollen, die Frist zu verlängern, bis wir das verd... Geld beisammen haben. Ich weiß gar nicht, weshalb er solch einen Wirbel macht. Er ist eben ein richtiger Shylock. Ich habe das immer gesagt. Je mehr Geld einer hat, um so mehr will er haben.«

Diese Auffassung der Dinge verschlug den Mädchen die Sprache. Lucy blickte ihre Freundin forschend an, und Vicky wurde dunkelrot. Sie hatte noch nicht den Mut gehabt, ihr voreiliges Angebot einzugestehen. Sie hatte angenommen, Dan würde sich nie von einem Mädchen verteidigen lassen wollen. Darin hatte sie sich allerdings gründlich geirrt. Mit der größten Selbstverständlichkeit nahm er an, daß alle Welt dazu verpflichtet sei, ihm beizustehen.

»Da fällt mir ein, daß es vielleicht doch ganz günstig ist, wenn der alte Knabe hier sein Dinner einnimmt. So kommen Sie mit ihm auf einen vertrauten Fuß und können ihn leichter rumkriegen.«

Das war zuviel! »Jetzt ist es erst einmal Ihre Aufgabe, soviel Geld wie möglich zusammenzubringen«, entgegnete Vicky scharf. »Gehen Sie jetzt? Ich begleite Sie.«

Als sie allein waren, entschuldigte er sich. »Ich war felsenfest davon überzeugt, daß das Pferd gewinnen würde. Ich wollte das Geld ja nur ausleihen. Ich habe eben Pech gehabt. Es ist nett von Ihnen, daß Sie mit Seymour reden wollen.«

»Ich tue es höchst ungern und eigentlich nur Nan zuliebe. Meiner Meinung nach sind Sie ein rechter Dummkopf und haben ihr schon viel Kummer gemacht.«

»Ach du lieber Gott, das weiß ich längst. Ich tue ja auch, was ich kann. Aber es hat keinen Sinn, den lieben langen Tag darüber nachzudenken.«

»Es wäre wohl besser, wenn Sie überhaupt mehr nachdächten. Sie wollten vielleicht das Geld nur ausleihen; in Wahrheit haben Sie's gestohlen, und ein Diebstahl ist eine schlimme Sache.« Im stillen dachte sie: Es ist auch schlimm für mich. Lucy wird bitterböse sein und Seymour ebenfalls. Und das gerade jetzt, wo alles so gut zu gehen schien!

Voller Abscheu betrachtete sie den hübschen jungen Mann an ihrer Seite. Aus charmanten Männern machte sie sich eigentlich nichts. Sie zog die soliden, ernsthaften vor, selbst wenn sie gelegentlich einmal etwas rauh waren.

Dan war gekränkt. »Ich weiß, daß ich eine Dummheit gemacht habe, aber jetzt gebe ich mir ja alle Mühe, die Angelegenheit in Ordnung zu bringen. In einem Büro kann ich keine Anstellung finden, weil mir Seymour kein Zeugnis ausstellen will; aber ich schufte wie wild bei der widerlichen Gartenarbeit. Meine Hände sind voller Blasen, und meine Nase schält sich wie eine Kartoffel. Wenn ich genug Geld für die Überfahrt hätte, würde ich hier abhauen und zu meinem Bruder nach Kanada gehen. Da ist alles besser.«

»Ich glaube nicht, daß man in Kanada Leute, die Firmengelder unterschlagen, lieber sieht als hier«, sagte Vicky boshaft. Er warf ihr einen tief beleidigten Blick zu und ging über die Straße zu Nan, um sich von ihr trösten zu lassen. Vicky kehrte zögernd ins Haus zurück; Lucy würde sehr ärgerlich sein, weil sie Dan ihre Hilfe versprochen und ihr das verschwiegen hatte.

Aber Lucy sagte nicht viel. Sie verschwendete selten viel Worte an vollendete Tatsachen. Als Vicky ihr alles erzählt hatte, sagte sie ernst: »Daß Dan sofort darauf eingehen würde, habe ich erwartet. Daß aber auch Nan dein Angebot angenommen hat, überrascht mich. Sie ist wirklich töricht; sie hat doch einen Mann! Warum hält sie sich nicht an den? Ich wollte nur, du hättest ihr nichts versprochen. Ich habe so ein Gefühl, daß du alles nur noch schlimmer machst.«

»Dieses Gefühl habe ich auch«, stimmte ihr Vicky niedergeschlagen zu. »Es hat aber keinen Sinn, darüber zu grübeln.« Und sie ging in die Küche, um Milch für Mrs. Kelston zu wärmen. Mrs. Kelston lag ihrerseits zufrieden in ihrem Bett und beobachtete zwei große Nachtfalter, die Vickys Bettlämpchen umschwirrten; dabei sann sie über das Liebesleben dieser Tiere nach.

Das neue Übereinkommen bewährte sich zur Zufriedenheit aller Beteiligten. Seymour kam nicht regelmäßig an allen fünf Arbeitstagen. Manchmal mußte er wegen einer Besprechung in der Stadt bleiben; ein andermal hatte er länger in seiner Kanzlei zu tun und aß dann eine Kleinigkeit in Homesward. Auf seinem Weg in die Stadt schaute er morgens herein und gab Bescheid. Aber im allgemeinen erschien er um sechs Uhr dreißig zum Essen und saß dann mit ihnen und Mrs. Kelston an einem der Tea-Room-Tische. Beim Kaffee plauderten sie noch ein bißchen, dann fuhr er nach Hause.

Täglich aufs neue bewunderte er ihre Geduld mit der alten Frau. Vicky hatte am meisten mit ihr zu tun; sie war ja die Köchin und mußte sich mit ihren speziellen Wünschen plagen. Vicky war aber von Natur aus geduldiger und heiterer als ihre Freundin. Lucy war jetzt bisweilen recht niedergeschlagen und bekümmert.

Über das Geschäft machte sie sich keine Sorgen. Das Unternehmen gedieh in bescheidenem Rahmen, und dabei würde es bleiben. Es kamen täglich neue Gäste, denen die ganze Einrichtung und die netten Inhaberinnen meist so gut gefielen, daß sie immer wieder einkehrten. Es wurde beinahe Mode, aus der Stadt hierherzufahren und sich mit seinen Freunden zu treffen. Man erkundigte sich sogar nach einem gesonderten Raum für Veranstaltungen.

»Ich wollte, wir hätten einen«, seufzte Vicky. »Vielleicht später einmal…«

»Nun werde nur nicht gleich übermütig«, dämpfte sie Lucy. »Jetzt kommen wir ganz gut zurecht; die Handwerker sind eine gute Stütze. Mit dem großen Raum und allem Drum und Dran haben wir Arbeit genug. Mrs. Kelston, dein Herzenskind, bringt uns wöchentlich ein nettes Sümmchen, ebenso die Mahlzeiten für Seymour. Wir kommen ganz gut durch.«

Auch junge Männer waren unter den Gästen, und die beiden hübschen Mädchen erweckten natürlich ihre Aufmerksamkeit. Die meisten interessierten sich zunächst für Vicky. Sie war so fröhlich und anmutig, daß viele gern einmal mit ihr ausgegangen wären. Seltsamerweise kam aber keiner über ein paar Komplimente und Scherzworte hinaus. Das ärgerte die jungen Leute. Lucy wunderte sich.

Was war mit Vicky los? Früher war sie doch einem harmlosen Abenteuer und einem lustigen Flirt nicht abgeneigt gewesen. Sie ließ sich gern anschwärmen und zeigte das auch. Sie war so lebhaft wie eh und je, sie sah sogar noch bezaubernder aus; aber sie hielt stets auf einen gewissen Abstand. Nur in Anwesenheit von James Seymour gewann sie ihre alte herausfordernde Art zurück.

Ohne Zweifel übte dieser ernste und scheinbar kühle Mann eine starke Anziehung auf sie aus. Es würde da wohl noch einige Stürme geben. Seymour hatte seinerseits offensichtlich ebenfalls Gefallen an Vicky gefunden; er begegnete ihr manchmal gereizt, oft amüsiert, aber stets mit Interesse. War es möglich, daß sie einander herausforderten? Seymour hatte sich geschworen, allen Mädchen gegenüber gleichgültig zu bleiben; er kämpfte gegen seine Zuneigung an. Vicky war es gewohnt, daß ihr keiner widerstehen konnte. Es reizte sie, Seymour aus seiner Reserve hervorzulocken.

Seufzend ließ Lucy der Sache ihren Lauf. Sie mischte sich ungern in anderer Leute Angelegenheiten. Sie habe wahrhaftig keinen Grund, sich in solchen Dingen als Autorität aufzuspielen, sagte sie sich ironisch.

Da also Vicky unerreichbar schien, wandte sich der eine oder andere junge Mann dem ruhigen, dunkelhaarigen Mädchen zu. Auch sie war voller Anmut, und obgleich ihr die strahlende Schönheit fehlte, besaß sie doch viel Charme. Lucy ihrerseits nahm diese Avancen gelassen hin. Sie hatte viel mit Männern zu tun gehabt und verstand mit ihnen umzugehen. Es dauerte nicht lange, bis man sie zum Abendessen und einem anschließenden Kinobesuch in Homesward einlud.

Vicky war begeistert; sie fühlte, daß Lucy einem anderen nachtrauerte, und hoffte, daß sie nun von ihrem Kummer abgelenkt würde.

»Ich kann dich doch nicht einfach mit der ganzen Arbeit sitzen lassen! Das Essen für Mrs. Kelston und Mr. Seymour muß doch zubereitet und der Tea-Room aufgeräumt werden!«

»Unsinn! Für drei Leute zu kochen ist eine Kleinigkeit. Der gute James wird dich zwar vermissen, aber Mrs. Kelston kann ihm mit der Lebensgeschichte der Waldameisen die Zeit vertreiben.«

Lucy wollte eigentlich sagen: Du weißt ganz genau, daß Seymour in erster Linie um deinetwillen kommt. Aber sie schwieg. Sie war überzeugt, daß sich hier eine ernsthafte Angelegenheit entwickelte, und war fest entschlossen, sich nicht einzumischen. So ging sie also mit Roy Parson zum Essen und danach ins Kino. Und während der ganzen Zeit wünschte sie heimlich: Wenn doch Gordon neben mir säße!

Ich bin verrückt! schalt sie sich. Gordon ist verschwunden. Wahrscheinlich sehe ich ihn niemals wieder. Ich führe mich auf wie ein Kind, das den Mond zum Spielen haben möchte. Aber die Sehnsucht ließ sich nicht unterdrücken.

Roy Parson war ein beharrlicher Verehrer. Lucy gefiel ihm ausnehmend gut, und er war auf dem besten Wege, sich bis über beide Ohren in sie zu verlieben. Er ging mit ihr zum Tanzen, dann wieder ins Kino und wurde schließlich ein wenig zärtlich. Doch zu seiner Überraschung und Enttäuschung entzog sie sich ihm sanft und sagte: »Das hat keinen Sinn, Roy. Ich mag dich ganz gut leiden und gehe zur Abwechslung gern einmal mit dir aus, aber...«

»Was heißt aber? Bedeutet das, daß du einen anderen liebst?«

Zuerst wollte Lucy verneinen. Gordon gehörte der Vergangenheit an; es war töricht und erniedrigend, sich noch immer nach ihm zu sehnen. Im ganzen war es aber doch einfacher zu sagen: »Ja, aber er ist nicht hier.« Roy hatte zum Glück sein Herz noch nicht völlig verloren und meinte betrübt, doch resigniert: »Gut, das ist aber schließlich kein Grund, daß wir beide nicht gelegentlich ein bißchen miteinander ausgehen könnten, nicht wahr?«

»Freilich«, stimmte sie zu. Im Grunde wußte sie sehr wohl, daß er sie nun nicht mehr zum Essen und zum Tanzen einladen würde, und sie dachte mit Bedauern daran, daß der Tea-Room einen seiner treuesten Gäste verlieren würde. So war es auch; sobald Roy sich mit Anstand absetzen konnte, blieb er fort.

Danach versuchte ein anderer junger Mann, mit dem aparten Mädchen anzubandeln; wieder ohne Erfolg. Ein junger Farmer lud sie schüchtern ins Theater ein. Vicky bestand darauf, daß sie annahm.

»Es nützt nicht viel, mir die Männer aufzudrängen«, fand Lucy. »Früher oder später langweile ich sie, und sie langweilen mich.«

»Sei doch nicht so albern! Du bist dreiundzwanzig! Ich wünsch dir viel Vergnügen! Und jetzt lauf!«

Auch das wurde ein Fehlschlag. Der neue Verehrer interessierte sie kaum, und sie merkte, daß er von ihr enttäuscht war. Am nächsten Morgen betrachtete sie sich sehr genau vor dem Spiegel und verglich ihr Gesicht mit dem Vickys. Sie kam zu dem Schluß, daß ihren Zügen wohl der Zauber fehlte. Außerdem entdeckte sie eine zarte Linie um die Mundwinkel, die nicht durch Lachen entstanden war.

Man muß sich eben abfinden, sagte sie sich. Ich bin dumm. An allem ist nur Gordon schuld. Wenn ich nicht ständig an ihn gedacht hätte, hätte ich den gestrigen Abend richtig genossen, und Peter auch. Wir hätten ein neues Treffen ausgemacht, und auf einmal wären wir verlobt gewesen. Wie sehr sich Vicky da gefreut hätte! Sie sieht mich im Geist bestimmt schon als die Herrin auf einem großen Gutshof und als Frau eines reichen Schafzüchters. Aber aus alledem wird nichts, solange ich mir Gordon nicht aus dem Kopf schlage. Warum gelingt mir das nicht? Ich bin doch sonst so fix im Denken! Und zum hundertsten Male überlegte sie, was ihm wohl zugestoßen sein könnte.

Inzwischen hatte Vicky, die sich nie selbst betrog, erkannt, warum sie sich nichts aus den jungen Männern machte: sie interessierte sich viel zu sehr für Seymour. Zum erstenmal in ihrem Leben mochte sie sich nicht so gern mit anderen Männern amüsieren oder mit ihnen flirten. Früher hatte sie das mit dem größten Vergnügen getan. Jetzt hatte sie nur noch einen im Kopf. Ihn wollte sie an sich binden, und sie war überzeugt, daß ihr das auch gelingen werde. Die Abende ohne Lucy waren heiter und gemütlich gewesen, trotz der drolligen und nichtssagenden Bemerkungen von Mrs. Kelston.

»Wie können Sie das nur aushalten?« fragte Seymour einmal, als er ihr beim Abräumen half.

»Ach, sie ist doch so lieb.«

»Sie ist keineswegs lieb, sondern eine schwierige alte Frau, und sie macht Ihnen viel Arbeit.«

»Aber es muß doch jemand für sie sorgen, bis sie wieder nach Hause kann.«

»Und warum müssen gerade Sie das tun? Es sollte ja nur zwei bis drei Tage dauern; jetzt ist sie beinahe zwei Wochen hier.«

»Ich weiß«, lächelte Vicky geduldig. »Und sie wird uns wahrscheinlich noch einmal solange erhalten bleiben. Harry bekam heute ein Telegramm, daß die Tochter der Haushälterin Grippe habe. Nun möchte sie dort bleiben und das Mädchen gesundpflegen. Aber Harry bezahlt gut, und sie macht uns nicht viel Arbeit. Nur ihre Vorliebe für die Insekten stört mich etwas.«

»Das ist Ihre schwache Seite, nicht wahr?«

»Ja, schon immer. So große Spinnen mit langen Beinen machen mir eine Gänsehaut. Und vor Bienen und Wespen habe ich gräßliche Angst. Die stechen mich immer, und ich kriege dann mächtige Beulen.«

Er lachte. »So geht es mir auch. Und vor Ameisen graust es mir, offen gestanden.«

»Die machen mir nichts aus, solange sie nicht ins Haus kommen. Im Garten haben wir ja eine Unmenge, und Mrs. Kelston verbringt ihre Zeit damit, sie zu beobachten und dabei die Heilige Schrift zu zitieren.«

»Die Bibel?«

»Ja. ›Siehe die Ameisen, du Faulenzer...‹ oder so ähnlich. Aber ich kann mich für Ameisen nicht begeistern. Ich überlasse sie ihrem Schicksal; Hauptsache, sie tun mir nichts.«

An diesem Abend war Vicky sehr glücklich; sie wußte eigentlich nicht, warum. Es hatte kein romantisches Geflüster gegeben; bei einem Gespräch über Insekten konnte man auch kaum gefühlvoll werden. Aber er war so fröhlich und zutraulich gewesen. Sogar die Abneigung gegen die Kerbtiere konnte etwas Verbindendes sein, sagte sie sich lächelnd. Sie erinnerte sich jener ersten Begegnung, als er so kühl und mißbilligend auf sie herabgesehen hatte, während sie vor ihm im Grase gelegen und bestimmt einen reizvollen Anblick geboten hatte. Jawohl, sie hatte Fortschritte gemacht, wenn es auch ziemlich anstrengend gewesen war. Gab sie sich deshalb soviel Mühe, weil Seymour so ablehnend war? Nein, da war noch ein anderer Grund: es war erstaunlich, aber sie hatte sich in diesen Mann verliebt. Als sie sich dessen bewußt wurde, faßte sie sogleich den Entschluß, er solle sich auch in sie verlieben. Irgendwie würde sie das schon zustande bringen.

Amy Swales beobachtete diese Entwicklung insgeheim mit glühendem Interesse. Mr. James war ihr ans Herz gewachsen. Sein Unglück und seine Einsamkeit, in die er sich zurückgezogen hatte, hatten ihr weh getan. Ziemlich bald war sie zu dem Schluß gekommen, Vicky sei »die Richtige für ihn«, und nun schien sich ihre Hoffnung zu verwirklichen.

»Sie wird ihn wieder ins Leben zurückführen«, sagte sie zu Len, der mit trüber Miene dicke Farbkleckse auf seine Leinwand klatschte. Man erkannte ein blitzblaues Meer und einen leuchtend gelben Strand, auf dem sich ein Pferd tummelte, das eigentlich mehr einem Delphin glich. Unwillig blickte er auf.

»Oh, diese Frauen! Du bist nicht zufrieden, ehe du nicht deinen Mr. James unter die Haube gebracht hast. Dabei kann er kein besseres Leben haben als jetzt. Ich rate dir nur: laß die Finger davon!«

»Len, du willst doch nicht behaupten, daß er in den letzten Jahren glücklich war?«

»Glück ist nicht das Wichtigste«, erklärte Len mit Grabesstimme. »Viel wichtiger sind Ruhe und Frieden. Ich will nicht sagen, daß Vicky nicht für ihn taugt; aber sie ist mir nicht seriös genug. Sie will nur ihren Spaß mit ihm treiben.«

»Unsinn! Gerade so ein bißchen Spaß hat er dringend nötig. Vicky würde nie jemanden kränken wollen. Sie wird ihn aufmuntern, und er wird vergessen, was gewesen ist.«

»Aber sie könnte auch sterben! Dann wäre er noch schlimmer dran als zuvor«, meinte Len und legte dem Delphin einen hellgelben Zügel an.

»Du kannst einen wirklich zum Wahnsinn treiben, Mann! Vicky ist kerngesund; sie arbeitet den ganzen Tag und ist abends noch so vergnügt wie ein Vogel.«

»Sie ist zu lebhaft«, grunzte Len und nahm den Zügel wieder ab. »Solche Menschen machen sich selbst kaputt. Und dann diese zarte Haut! Bekanntlich ist das ein Anzeichen von Schwindsucht. Im Geiste sehe ich schon, wie Mr. Seymour sie mit gebrochenem Herzen in einem Tuberkulose-Krankenhaus besucht.«

Mit dieser Prophezeiung über Vickys Schicksal stimmte Len mit Mr. Sheldon überein. Mr. Sheldon war mit seiner neuen Sekretärin nicht zufrieden und ertappte sich gelegentlich dabei, wie er in der Zeitung die Todesanzeigen überflog.

Zweifellos war James Seymour glücklicher, als er seit Jahren gewesen war. Er genoß das freundschaftliche Verhältnis zu den beiden Mädchen; er bewunderte Lucy sehr; am liebsten hätte er sie in seiner Kanzlei gehabt. Bereitwillig half er ihr bei der Buchhaltung.

Mit Vicky wagte er sich nicht so intensiv zu beschäftigen, obwohl sie ihm tagsüber immer wieder in den Sinn kam. Es war lächerlich: sie besaß all die Eigenschaften, die er ablehnte. Es ging geradezu etwas Strahlendes von ihr aus. Sie war hübsch und heiter. Sie war es gewohnt, daß die Männer ihr nachliefen, und behandelte sie vermutlich alle genauso freundlich und warmherzig, wie es in ihrer Natur lag. Das wollte im Einzelfall nichts Besonderes heißen.

Deshalb hatte sie auch so viele Verehrer. Sie redete gern und mußte über alles lachen, sogar über die reine Wahrheit, die für einen angesehenen Rechtsanwalt etwas Heiliges war.

Kurzum, sie war für die Rolle der Ehefrau völlig ungeeignet, selbst wenn sie sich für ihn interessieren sollte; aber daran war natürlich nicht zu denken. Du benimmst dich wie ein Narr, sagte er zähneknirschend zu sich selbst, als er sein Frühstücksei viel zu lange hatte kochen lassen; du benimmst dich genauso idiotisch wie damals, vor vielen Jahren, als du um Anette geworben hast.

Das waren seine Empfindungen, wenn er nicht mit ihr zusammen war. Abends, in ihrer Nähe, fühlte er jedoch, wie sein Herz klopfte. Dieses Mädchen hatte ihn bezaubert, und so albern es auch war, er mochte sich diesem Zauber nicht entziehen.

Auch ihre leichtfertige Einstellung zur Wahrheit irritierte ihn. Eines Tages geschah folgendes: Sie hatten miteinander gegessen, wobei sie von Mrs. Kelstons Begeisterungsrufen über einen umherschwirrenden Nachtfalter häufig unterbrochen wurden. Anschließend saßen sie friedlich plaudernd und rauchend noch ein wenig beisammen. Lucy war nachdenklich und schweigsam. Wieder einmal überlegte Seymour, daß ein Mädchen wie Lucy das Leben eines Mannes mit Ruhe und Zufriedenheit erfüllen konnte, ohne daß sie sich viel Mühe geben mußte.

Trotzdem vermochte er für sie nur freundschaftliche Gefühle zu empfinden. Vicky hingegen, die gerade sehr lebhaft und witzig einige Mittagsgäste schilderte, brachte ihn fast um den Verstand, mochte er auch noch so viel an ihr auszusetzen haben. Er grübelte über diese Verwirrung der Gefühle nach, da tauchte Mrs. Kelston aufgeregt, aber energisch aus der Küche auf. Mit zitternder Stimme rief sie: »Ach, Vicky, mein Reformhaus-Mehl ist ja aufgebraucht! Ich habe gerade im Schrank nachgesehen; die Tüte ist leer. Sie wissen doch, daß anderes Mehl Gift für mich ist!«

Im ersten Augenblick blieb Vicky die Antwort schuldig, und Seymour erwartete, daß sie ihr Versäumnis eingestehen würde. Lucy sagte gereizt: »Mrs. Kelston, als Sie zu uns kamen, haben Sie mir fest versprochen, die Küche nicht zu betreten. Ich kann es nicht ausstehen, wenn man mir in meinen Schränken nachspioniert. Das gewöhnliche Mehl ist doch kein Gift! Unzählige Menschen essen es jeden Tag.«

Die alte Dame erschrak. Ihre Lippen zitterten, aber sie ließ sich von ihrer Überzeugung nicht abbringen. Sie behauptete steif und fest, die Gelegenheiten, wo sie gewöhnliches Mehl zu sich genommen hätte, hätten furchtbare Folgen gehabt. Sie schilderte die schrecklichen Symptome aufs ausführlichste.

Da griff Vicky lachend ein. »Kein Grund zur Aufregung, Mrs. Kelston! Ihr Mehl war beinahe alle. Man bekommt es ja so schwer; auch Len führt es nicht, wie Sie wissen. Wir müssen es immer aus der Stadt besorgen. Aber ich habe gerade vorhin eine neue große Tüte bekommen.«

Mrs. Kelston war sichtlich erleichtert. »Vicky, Sie sind ein Engel! Außer meiner Haushälterin hat noch niemand so liebevoll für mich gesorgt wie Sie!« Dann aber bohrte sie weiter. »Wie ist denn das Mehl hierher gekommen? Es war doch heute niemand in der Stadt, soviel ich weiß.«

Vicky zögerte etwas und antwortete errötend: »Von uns war keiner in der Stadt, aber Mr. Seymour war so nett, es mitzubringen.« Sie sah ihn bittend an. James Seymour öffnete den Mund und machte ihn gleich wieder fest zu. Er blickte eisern zum Fenster hinaus, als Mrs. Kelston ihm ihren Dank aussprach, und redete kein Wort, solange die alte Dame in der Nähe war. Dann brach Vicky das Schweigen.

»Mein Gott! Schaut doch nicht so feierlich und ungnädig drein, ihr beiden! Ich mußte ihr doch irgend etwas erzählen. Wenn sie erführe, daß sie schon die ganze Zeit über das gewöhnliche Mehl gegessen hat, würde sie uns heute nacht mit ihren Beschwerden aus dem Bett holen. Außerdem wäre sie todunglücklich.«

»Und das Glück ist immer wichtiger als die Wahrheit, nicht wahr?« fragte Seymour ruhig.

Vicky wurde feuerrot. »Sie sind ziemlich selbstgefällig, mein Herr! Sie wollen wohl über mich zu Gericht sitzen? Begreifen Sie denn nicht, daß der Umgang mit Mrs. Kelston nicht so einfach ist? Was wäre gewonnen, wenn sie kündigt und uns verläßt? Denken Sie doch mal an Harrys Sorgen! Hier ist sie glücklich und gut aufgehoben. Es ist die beste Manier, um mit ihr auszukommen. Sie haben ja gesehen, daß Lucy nichts erreicht hat.«

Verdrießlich gab er zu: »Sicherlich fehlt es ihr an gesundem Menschenverstand, trotzdem ...«

»Also warum nicht eine kleine Geschichte? Sie merken doch selbst, daß sie nicht in der Wirklichkeit, sondern in ihrer eigenen Traumwelt lebt, wo man sie auch, zu ihrem Glück, lassen sollte. Phantasielose Leute sind ein Greuel!«

»Wir wollen dich ja auch nicht verurteilen«, meinte Lucy lächelnd. »Ich war nur neugierig, wie du dich da herauswinden würdest; daß es dir irgendwie gelingen würde, davon war ich überzeugt. Immerhin bist du in diesen Dingen in letzter Zeit etwas aus der Übung gekommen.«

»Wahrhaftig, ich habe mich mächtig gebessert! Trotzdem kommt es mir oft albern vor, sich krampfhaft an die Wahrheit zu klammern, während man die Menschen mit einer kleinen Notlüge viel leichter besänftigen kann. Sehen Sie mich nicht so ungnädig an! Haben Sie niemals geschwindelt?«

»Vermutlich ebenso oft wie andere Leute auch. Aber niemals gegenüber jemandem, an dem mir etwas lag.«

»Da tue ich's ja auch nicht. Lucy belüge ich nie. Stimmt's Lucy? Sogar als du damals so böse auf mich warst, als ich Daddys Haus verkauft hatte, blieb ich dabei.«

»Ihres Vaters Haus?« Er konnte sein Interesse nicht verbergen, und sie berichtete von ihrem heimlichen Brief an den Anwalt, und wie Lucy damit gar nicht einverstanden gewesen sei.

Er äußerte sich nicht weiter, aber ihm fiel ein, daß das ja erst ein paar Monate zurücklag. Vicky hatte dieses Opfer gebracht, damit der volle Kaufpreis gezahlt werden konnte. Er hatte das Geld nicht gebraucht, für sie aber war es alles gewesen, was sie besaß. Plötzlich war er gerührt.

»Das war zwar kein gutes Geschäft, aber immerhin sehr moralisch«, war alles, was er dazu vorbrachte. »Jetzt muß ich leider gehen. Ich habe Len versprochen, ihn heute abend zu besuchen. Er ist verzweifelt über seine Geldangelegenheiten.«

»Ist er vielleicht in Schwierigkeiten?« fragte Lucy erschrocken. »Er ist ein seltsamer Kaufmann. Eigentlich will er nichts verkaufen. Es wäre wohl besser, wenn er uns nicht soviel Rabatt einräumte. Es ist mir immer peinlich, ihn anzunehmen. Nun hat er gewiß festgestellt, daß er nichts verdient hat.«

»Ganz im Gegenteil! Er hat einen sehr guten Abschluß erzielt, und darüber ist er deprimiert«, sagte Seymour. Sie lachten alle, und er verabschiedete sich.

Beim Aufwaschen sagte Vicky plötzlich: »Er ist doch ein schrecklicher Moralpeter! Als ob es von solcher Bedeutung wäre, wenn ich Mrs. Kelston mal ein bißchen anschwindele!«

»Eigentlich kannst du es als einen Erfolg buchen.«

»Was meinst du um Gottes willen damit?«

»Na, vor einiger Zeit hätte er sich überhaupt nicht darum gekümmert, was du sagst. Die Tatsache, daß er jetzt etwas mißbilligt und Einwendungen macht, zeigt sein Interesse.«

Einige Minuten lang scheuerte Vicky eine Pfanne mit großer Intensität. Dann sagte sie: »Ein Segen, daß er endlich auftaut; das sollte ich ausnutzen.«

»Warum? Er ist nicht der Mensch, der mit sich spielen läßt.«

»Das weiß ich. Deshalb tu ich's ja so ungern.«

»Was willst du denn machen? Ach, du denkst an den verflixten Dan! Meinst du wirklich, daß du da deine Nase hineinstecken sollst?«

»So darfst du die Sache nicht ansehen. Es klingt, als ob ich eine von den siebengescheiten Frauen wäre, die überall mitmischen wollen.«

»Nein, so bist du nicht; aber du willst immer allen unter die Arme greifen.«

»Hier handelt es sich nicht um alle, sondern um Nan. Ich hab sie gern, und du hast selbst gesagt, daß sie elend aussah, als sie heute morgen hier war. Dan selbst weiß auch nicht mehr aus und ein.«

»Dan schadet das nichts. Die beiden sollten selbst sehen, wie sie mit ihren Angelegenheiten fertigwerden. Mach nichts – nichts Dummes, Vicky!«

Deutlicher mochte Lucy nicht auf das anspielen, was ihrer Meinung nach hier heranwuchs: Vickys erste große Liebe.

Am nächsten Morgen sagte Vicky: »Ich gehe zu Nan hinüber, um telephonisch eine große Tüte Mehl für Mrs. Kelston zu bestellen, damit ich sie nicht mehr anzuschwindeln brauche.«

Nan war allein. Vicky fragte absichtlich so ganz nebenher: »Wie geht's denn? Wir haben Dan seit Tagen nicht mehr gesehen.«

»Ich weiß. Er geniert sich wahrscheinlich. Er erzählte, daß du ihm gründlich die Wahrheit gesagt hättest. Du hast schon recht. Er arbeitet aber wirklich, soviel er kann. Es ist trotzdem zwecklos; wir bringen das Geld nicht rechtzeitig zusammen.«

»Wie lange habt ihr noch Zeit?« fragte Vicky. Ihre Hoffnung schwand dahin. Sie würde nun doch wohl ihr Versprechen einlösen und mit Seymour reden müssen.

»Nur noch drei Tage. Ich wollte schon zu euch gehen und dich bitten, ob du nun nicht doch, wie du es vorgeschlagen hast, für Dan ein gutes Wort bei Seymour einlegen könntest. Er ist so oft bei euch, da müßt ihr euch doch schon mit ihm angefreundet haben. Für dich oder Lucy wird er es vielleicht tun.«

»Ach, du kennst ja Lucy. Sie befaßt sich nicht mit anderer Leute Angelegenheiten. Seymour kommt zwar ziemlich regelmäßig zum Dinner, aber das ist eigentlich mehr eine geschäftliche Abmachung. Er scheint etwas umgänglicher geworden, aber ich weiß nicht, ob das viel zu sagen hat.«

»Bitte, bitte, frag ihn doch! Nicht einmal Mr. Seymour könnte dir etwas abschlagen.«

»Dessen bin ich nicht so sicher, aber ich kann's versuchen.«

Sollte sie es nun schnell hinter sich bringen und gleich heute abend mit ihm sprechen? Als er aber recht vergnügt, bepackt mit einer großen Tüte, erschien, dachte sie: Nein, heute nicht. Morgen ist auch noch Zeit!

Das paßte eigentlich gar nicht zu einer Persönlichkeit, die mehr zu voreiligem Tun neigte.

»Hier bringe ich Ihnen Mehl für die alte Dame, damit Sie ihr nichts mehr vorzumachen brauchen.« Damit überreichte er seine Tüte.

Sie strahlte ihn an. »Das ist wirklich rührend von Ihnen! Aber ich wollte auch selbst nicht länger flunkern und habe mir deshalb eine Tüte Mehl mit dem Bus kommen lassen. Wie schön! Nun ist ja für lange Zeit vorgesorgt.«

Er sah sie prüfend an. »Sie halten sich also auch lieber an die Wahrheit?«

»Natürlich schwindelt niemand gern. Aber wenn man dadurch jemandem einen Kummer ersparen kann, wäre es doch egoistisch, wenn man's nicht tut. So denke ich wenigstens.«

»Sie tun es also auf Kosten Ihres Gewissens? Ich weiß nicht, ob es das wert ist. Sie laufen dabei Gefahr, daß das Schwindeln Ihnen zur zweiten Natur wird.«

»Früher war es bei mir eine reine Angewohnheit. Solange ich klein war, habe ich immerzu gelogen. Ich erinnere mich noch gut, wie ich zum ersten Male dahinterkam, eine wie gute Sache das sei. Das war im Kindergarten. Ein kleines Mädchen hatte den Tisch verschmiert. Die Kindertante zankte, und die Kleine hatte große Angst. Mir machte es nicht soviel aus; deshalb sagte ich, ich sei es gewesen. Von da an hatten mich alle Kinder gern.«

»Und das wollten Sie? Sie wollten geliebt werden?«

»Sehr! Besonders nach Mutters Tod, als ich so allein war.«

»Waren Sie das einzige Kind Ihrer Eltern?« Er wußte so wenig von ihrem bisherigen Leben, und jetzt erzählte sie ihm davon!

Die schweren Zeiten überging sie möglichst; dafür verweilte sie um so länger bei den guten Zeiten. »Und schließlich kam das Allerbeste: Wir kauften dieses Haus, an dem mein ganzes Herz hängt.«

Das war Balsam für ihn, und sie wußte das ganz genau.

Als er gegangen war, meinte Lucy trocken: »Das war wohl die besänftigende Vorbereitung; wann steigt denn aber das große Bittgesuch?«

»Morgen abend. Du brauchst nicht über mich zu lachen, Lucy! Mir graut davor!«

Auf einmal wurde Lucy ernst. Warm sagte sie: »Ich wünschte, du ließest es sein.«

Lucy sprach selten so liebevoll zu ihr, und plötzlich wußte Vicky, daß ihre Freundin ihre Gefühle für diesen Mann erraten hatte. Sie konnte nicht einschlafen, und als Lucy sie um Mitternacht immer noch rumoren hörte, stand sie auf, um einen Tee zu kochen.

»Ich glaube, du arbeitest zuviel. Es paßt gar nicht zu dir, nachts wach zu liegen.«

»Nein, ich bin nicht übermüdet. Du weißt ja: sonst falle ich ins Bett und schlafe bis zum Morgen durch. Ich weiß selbst nicht, warum ich heute nicht schlafen kann.«

Sie plauderten über alles mögliche, und schließlich sagte Lucy: »Mach dir nicht so viele Gedanken! Bring's hinter dich! Er kann höchstens nein sagen. Er ist doch kein solches Ekel, wie Dan ihn hinstellt.«

Am nächsten Abend schien Seymour guter Laune zu sein. »Wenn das Essen noch nicht fertig ist, gehe ich in den Garten. Ich habe dort etwas zu tun; es dauert nicht lange.«

Vicky war mit der Vorbereitung für ein besonders köstliches Mahl beschäftigt und fragte nicht weiter. Bald darauf hörte man Mrs. Kelston laut schreien: »Nicht doch! Nein, nein! Mörder! Hilfe! Lucy, Vicky! Kommen Sie schnell!«

Sie rannten in den Garten und fanden die alte Dame, wie sie mit aller Kraft Seymours Arm umklammerte. Er hielt eine Spraydose auf einen großen Ameisenhaufen gerichtet, und sie versuchte mit Gewalt, ihn am Sprühen zu hindern.

»Vicky, er darf sie nicht umbringen! Wer sie tötet, ermordet Geschöpfe Gottes! Für alles Leben, das ein Mensch vernichtet, wird er zur Rechenschaft gezogen, und...«

Seymour hatte einen Widerwillen gegen Ameisen; er war fest entschlossen, diesen Ameisenhaufen zu vernichten. Jetzt verlor er die Beherrschung und riß sich los. »Zum Teufel, wissen Sie denn nicht, daß Ameisen Ungeziefer sind? Über kurz oder lang kommen sie ins Haus. Das ist hier schon einmal passiert. Es hilft nur eins: man muß den ganzen Haufen vernichten.«

Aber Mrs. Kelstons Protestschreie wurden nur noch lauter; die Szene spitzte sich zu.

Lucy unterdrückte einen Lachanfall und sagte besänftigend: »Es ist sehr freundlich von Ihnen, daß Sie uns von den Ameisen befreien wollen. Ich kann sie auch nicht ausstehen. Aber vielleicht könnten Sie noch ein wenig warten...« Und Vicky flüsterte ihm zu: »Lassen Sie's, bis sie fort ist! Es gibt sonst einen furchtbaren Krach.«

Er war enttäuscht und gekränkt. Er hatte den Spray eigens aus der

Stadt mitgebracht und war Feuer und Flamme für die gute Tat, die er zu vollbringen gedachte. Diesem alten Weib nachzugeben hielt er für einen groben Fehler. Das war wieder einmal so ein Beispiel für Vickys Friedenspolitik!

Mit ihren lachenden grauen Augen blickte sie ihn bittend an: »Für den Frieden muß man Opfer bringen! Es dauert gewiß nicht mehr lange.«

Er zuckte die Achseln. »Wie Sie wollen. Aber wenn es bald in Ihren Schränken von Ameisen wimmelt, bin ich nicht schuld!« Verdrossen stellte er die Spraydose in seinen Wagen zurück.

Das war ein schlechter Auftakt für die Mahlzeit, die Vicky so sorgfältig vorbereitet hatte. Mrs. Kelston freilich sonnte sich im Bewußtsein ihres Sieges und verbreitete sich ausführlich über die Heiligkeit jedes Lebens.

Als Vicky den Pudding vor Seymour hinsetzte, raunte sie ihm zu: »Ärgern Sie sich nicht! Sie sehen ja, wir alle müssen Opfer bringen.« In diesem Augenblick schwirrte ein großer Käfer durch das offene Fenster herein und bumste gegen die Wand. Vicky stieß einen erschreckten Schrei aus. Spinnen konnte sie nicht leiden, vor solchen Brummern aber hatte sie richtige Angst. Diese scheußlichen Tiere lebten in alten, abgestorbenen Bäumen. Sie drangen ins Haus ein, prallten gegen Wände und Fenster und krochen einem mit besonderer Vorliebe in den Halsausschnitt. Mit letzter Kraft stellte Vicky den Puddingteller vor Mrs. Kelston hin und sagte halblaut zu Seymour: »Bitte, bitte, fangen Sie ihn! Ich habe eine Todesangst davor!« Doch ehe sie in die Küche entwischen konnte, flog das Untier auf sie zu. Sie duckte sich – zu spät! Es gab ein wildes Durcheinander. Lucy, die im Grunde genausoviel Angst vor diesen Käfern hatte, erhob sich heldenhaft und bewaffnete sich mit einer Serviette. Mrs. Kelston schnurrte förmlich vor Aufregung und Wonne. James Seymour zeigte sich völlig ungerührt und lächelte höhnisch. Vicky schrie verzweifelt: »Er sitzt in meinen Haaren! Er beißt mich in die Kopfhaut! Holt ihn weg und bringt ihn um!«

»Umbringen? Nein, nein! Er muß gerettet werden! Das arme Geschöpf hat Angst. Ich werde es befreien und in die Nacht hinausfliegen lassen.«

Mrs. Kelston bewies aber nicht viel Geschick bei ihrem Rettungsmanöver. Außer sich vor Angst klammerte sich Vicky an Seymour. »Bitte, holen Sie ihn raus, sonst werde ich wahnsinnig!«

Seymour mochte diese Käfer ebensowenig leiden wie andere Leute, aber jetzt zeigte er sich als echter Retter in der Not. Er teilte Vickys blondes Haar auseinander und löste das Tier von ihrer Kopfhaut. Er hielt es widerwillig an den Flügeln auf Armes Länge von sich weg und präsentierte es Mrs. Kelston. Diese nahm es dankbar in Empfang und ging auf die Veranda, um ihm dort die Freiheit zu schenken. Vicky schloß schleunigst die Fenster; durch ihr zerzaustes Haar hindurch lächelte sie Seymour entschuldigend an und sagte beinahe demütig: »Ich danke Ihnen! Vielen, vielen Dank! Es war gräßlich!«

»Ich meine, Sie waren diejenige, die behauptete, wir müßten Opfer bringen können«, entgegnete er nur. Da mußten sie alle drei lachen.

Aber ihr Ausdruck, als sie hilfeflehend zu ihm lief, und die Berührung ihres blonden Haares hatten ihre Wirkung getan. In diesem Augenblick wurde er sich bewußt, daß er das Mädchen liebte. Es hatte keinen Zweck, dagegen anzugehen. Es war natürlich Wahnsinn – trotzdem beschloß er, alles zu tun, um ihre Liebe zu erringen.

Leider konnte die große Szene, die Vicky geplant hatte, nun nicht mehr über die Bühne gehen. Sie hatte sich vorgestellt, wie sie ihm im Mondschein unter seinen geliebten Bäumen ihre Bitte vortragen würde. Doch der Angriff des Brummers hatte sie aus dem Konzept gebracht, und ihre Stimmung war dahin. Morgen ist auch noch ein Tag, sagte sie sich. Morgen ist Samstag, und vor Montag kann er gegen Dan nichts unternehmen. Er will morgen kommen, um Lucy bei der Buchhaltung zu helfen. Da werde ich ihm auflauern. Natürlich ist es nicht so poetisch wie im Garten bei Mondschein, aber das hilft nun nichts...

Sie wartete bereits auf ihn, als er am nächsten Nachmittag kam. Unter dem Vorwand, nach weiteren Ameisenhaufen zu suchen, lockte sie ihn in den Garten. Das war allerdings keine romantische Beschäftigung, und die helle Nachmittagssonne war längst nicht so stimmungsvoll wie der sanfte Mondenschein, aber – hier und heute mußte es nun einmal sein.

Sie fanden keine weiteren Ameisenhaufen; er betrachtete mißbilligend den ersten und meinte: »Sobald die Alte weg ist, werde ich den beseitigen.«

Vicky antwortete nicht. Er sah sie forschend an; sie schien heute nicht so heiter wie sonst. Er überlegte, ob sie etwas auf dem Herzen hätte. Warum war sie plötzlich so schüchtern? So gefiel sie ihm besonders gut. Sie schien in der letzten Zeit ernster geworden zu sein; sosehr er ihren Frohsinn liebte, war es ihm doch recht, daß sie gelegentlich auch besinnlich sein konnte. Er dachte an den gestrigen Abend, und wie sie ihn in ihrer Angst um Hilfe angefleht hatte. In den schlaflosen Stunden der letzten Nacht hatte er Klarheit über seine Gefühle gewonnen. Er wagte zu hoffen, daß auch er ihr nicht gleichgültig wäre. Doch dann verließ ihn sein Selbstvertrauen: er maß wohl solch einem Augenblick der Panik zuviel Bedeutung zu. Wahrscheinlich war es noch zu früh. Aber vielleicht später?...

Plötzlich brach sie das Schweigen. »Haben Sie es recht eilig? Oder haben sie ein wenig Zeit für mich?«

»Aber selbstverständlich!« erwiderte er überrascht.

Vicky hatte das, was sie ihm sagen wollte, fast auswendig gelernt; sie hatte sogar die Absicht gehabt, ein paar Tränen zu vergießen. Doch jetzt war sie so aufgeregt wie nie zuvor. Ihre Kehle war wie ausgetrocknet, und sie brachte kein Wort heraus.

»Na, wo fehlt's denn?« fragte er. »Ist das Leben so schwer? Sie haben sich aber auch viel aufgeladen – all die Arbeit mit dem Kochen und Backen und dem Servieren! Außerdem wollen Sie auch noch alle glücklich machen. Es ist wirklich viel verlangt von einem Mädchen in Ihrem Alter! Und nun müssen Sie auch noch für mich kochen! Wird es Ihnen zuviel?«

»Aber nein, das macht mir überhaupt keine Mühe! Darum geht es nicht. Ich bin kräftig genug und viel älter, als Sie denken.«

»Genau gesagt, um Ihren Lieblingsausdruck zu gebrauchen: ich schätzte Sie auf neunzehn Jahre, bis Sie mir neulich Ihre Lebensgeschichte erzählten.«

»Ich bin viel älter! Ich bin dreiundzwanzig!«

»Und ich bin sogar noch zehn Jahre älter«, stellte er bedauernd fest. Die stillschweigende Folgerung war unüberhörbar: Ich bin zu alt für dich.

»Dreiunddreißig ist nicht alt für einen Mann«, versetzte sie rasch.

»Aber ich weiß gar nicht, wie wir auf dieses Thema gekommen sind. Ich habe etwas ganz anderes auf dem Herzen. Wollen Sie mir einen großen Gefallen tun?«

Er konnte sich nicht vorstellen, daß es etwas gäbe, was er nicht für sie tun würde, wenn sie ihn so ansah. Doch er sagte nur: »Ich will's versuchen.«

Abermals wurden sie unterbrochen. Aus der Tiefe des Gartens kam Mrs. Kelston auf sie zugeschossen. Ihr weißes Haar flatterte im Wind, und sie kreischte förmlich mit schriller Stimme: »Die Bienen! Die Bienen schwärmen!«

»Kreuzdonnerwetter!« brummte James Seymour halblaut; aber sie hörte ihn nicht. Ganz außer Atem fuhr sie auf ihn los: »Sie sind hier – Gott sei Dank! Wir brauchen unbedingt Hilfe. Vor allem brauchen wir eine Leiter. Vicky, holen Sie einen großen Karton! Ein großer Bienenschwarm hängt an der einen Eiche. Wir müssen ihn einfangen. Dann haben wir unseren eigenen Honig!«

Vicky sah Seymour ängstlich an und drängte sich an ihn. Dan samt seinen Schwierigkeiten war vergessen. Ein einziger großer Käfer war schon schlimm, und nun gar ein ganzer Bienenschwarm!

»Schnell, Vicky, einen Karton! Wir müssen sie fangen! Wir haben dann unseren eigenen Bienenstock. Und massenhaft Honig! Und die Bienen werden dann glücklich durch den Garten summen! Schnell, einen Karton!«

Mit Entsetzen dachte Vicky an den Bienenschwarm; sie schluckte zweimal und entgegnete energisch: »Es tut mir leid, Mrs. Kelston, aber das geht einfach nicht. Es ist unmöglich.«

Die alte Frau traute ihren Ohren nicht. Außer bei den großen Insekten hatte Vicky stets soviel Verständnis gezeigt. »Aber weshalb denn nicht?« fragte sie. »Sie haben doch nicht etwa Angst? Ihren Freunden tun die Bienen nichts.«

Seymour konnte ein Lächeln nicht unterdrücken, kam jedoch dem jungen Mädchen zu Hilfe.

»Vielleicht ist Miss O'Brian keine Bienenfreundin, oder die Bienen wollen nichts von ihr wissen.«

»Dann müssen wir beide sie fangen, Mr. Seymour! Wenn sie die Leiter holen und hinaufsteigen, halte ich den Kasten.«

Jetzt wurde es spannend. Seymour sah schon etwas bedenklicher drein, und Vicky sagte schnell: »So geht das nicht. Wir können uns nicht einfach einen Bienenstock anschaffen, Mrs. Kelston. Man braucht dazu eine behördliche Genehmigung. Sonst verstößt man gegen das Gesetz.«

»Das Gesetz? Wieso hat das Gesetz über unser Verhältnis zur Kreatur zu entscheiden?«

»Es ist aber so«, improvisierte Vicky drauflos. »In dem Gesetz über Insekten, Seite neun, Paragraph sieben, ist das alles festgelegt.« Sie begegnete Seymours fragendem Blick und mußte kichern.

»Da muß das Gesetz verbessert werden! Das ist ja nackte Gewalt! Ich werde an die Zeitung schreiben. Sie sind ein einflußreicher Mann, Mr. Seymour! Sie müssen an den zuständigen Abgeordneten schreiben. Das Gesetz muß unbedingt geändert werden.« Doch dann verließ Mrs. Kelston der Kampfesmut, und sie sagte betrübt: »Aber dann ist es zu spät! Zu spät für diesen Schwarm. Von jeher habe ich davon geträumt, einen Bienenstock zu besitzen, und nun...« Sie wandte sich ab und ging niedergeschlagen davon.

Die beiden Verschwörer sahen einander an, und Vicky meinte: »Die arme Alte! Nun ist sie ganz enttäuscht. Aber das könnte ich nicht. Beim besten Willen nicht. Ich mußte einfach eine Ausrede finden.«

»Das war eine echte Eingebung«, stellte er trocken fest. »Ich darf nicht vergessen, in dem Insekten-Gesetz nachzulesen. Das Gesetz war das einzige Mittel, sie von weiteren Unternehmungen zurückzuhalten. Ich bin Ihnen sehr zu Dank verpflichtet. Ohne Ihren Einfall hätte ich bestimmt auf die Leiter steigen müssen. Die Bienen betrachten mich nicht als ihren Freund; sie können mich nicht leiden.«

»Und mich hassen sie geradezu. Sie fallen mich sofort an wie gestern abend dieser gräßliche Käfer. Jetzt habe ich Sie gerettet, wie Sie mich gestern. Zum Glück sind wir sie jetzt los. Im Geist sah ich mich schon mit völlig verschwollenem Gesicht den Kasten halten.«

»Ich suchte noch nach einem vernünftigen Grund für meine Ablehnung.«

»Für Sie ist das ganz einfach; Sie können zu allem nein sagen. Ich kann das leider nicht. Das ist mein ärgster Fehler.«

»Wenigstens ein netter Fehler. Aber Sie wollten mich doch vorhin etwas fragen?«

Doch der richtige Augenblick war vorbei, und Vickys Mut war verflogen. Nur mühsam konnte sie stammeln: »Es ist eine ganz große Bitte. Versprechen Sie, lieb und großzügig zu sein?«

Er sah sie lächelnd an. »Ich mache keine vorschnellen Versprechungen. Ich bin nicht wie Sie. Ich kann auch gut einmal nein sagen, wie Sie richtig bemerkten. Aber wenn ich etwas für Sie tun kann...«

»Nicht für mich. Für Dan Ireland.«

Er war wie vor den Kopf geschlagen. Soeben war sie ihm noch so nahe gewesen, so vertraut! Aber ihr ging es nicht um ihn, sondern um Dan Ireland! Welches Interesse hatte sie an diesem Lümmel? Ihm fiel ein, daß er ihn oft durch die Hintertür hatte hinausschlüpfen sehen, wenn er selbst über die Veranda ins Haus kam. Er wußte, daß Ireland ihnen geholfen hatte, den Rasen in Ordnung zu bringen. Hatte sich da etwas angesponnen, was er nie vermutet hätte? Eine grimmige Eifersucht stieg in ihm hoch... Und er hatte sich eingebildet, daß sie für ihn das gleiche zu fühlen begann wie er für sie. Welch ein Narr war er doch! In allen Dingen, in denen es um Frauen ging, war er ein Tor.

All das hörte man in seiner Stimme, sah man in seinen Zügen, die plötzlich hart und abweisend waren. »Für Ireland? Ich verstehe nicht.« Als er das sagte, verstand er sie wirklich nicht. Sicherlich waren Vicky und dieser Grünschnabel ineinander verliebt. Er war wohl sehr charmant, außerdem hübsch und witzig und in Vickys Alter, während er selbst ein langweiliger, um zehn Jahre älterer Rechtsanwalt war. Kein Wunder, daß der andere sie fesselte. Er hatte allerdings gemeint, daß sie mehr Urteilskraft besäße; doch schließlich war sie noch sehr jung. Wenn ihr dieser freche Dachs nicht am Herzen läge, würde sie kaum so ernst für ihn bitten.

»Ich weiß, daß er eine große Dummheit gemacht hat. Er wollte das Geld aber nicht stehlen; er wollte es nur ausleihen und wieder zurückgeben.«

»Ja, wenn er das Geld beim Rennen gewonnen hätte. Natürlich hat er Ihnen und sich selbst eingeredet, daß er es nur ausleihen wollte. So machen es alle. Aber es war Diebstahl, und er hatte bei mir eine Vertrauensstellung.«

Es war schrecklich! Sein Ton war eiskalt, und sein Gesichtsausdruck so streng wie an jenem ersten Nachmittag. Vicky fühlte die

Aussichtslosigkeit ihres Beginnens. Trotzdem zwang sie sich weiterzusprechen. Sie erzählte ihm von Nan und ihren Anstrengungen, dem Vetter zu helfen; sie berichtete, wie die junge Frau aus diesem Grund die Nacht hindurch genäht hatte. Doch sie merkte, daß das alles nicht überzeugend klang, sondern eher wie eine ihrer Fabelgeschichten. Und das schlimmste war, daß sie für solche Geschichten bekannt war.

Als sie geendet hatte, sagte er: »Es ist wirklich ein Jammer, wenn sich eine so nette junge Frau für solch einen Windhund so abquält.«

»Oh, Dan ist kein Windhund! Das ist zu hart!«

»Warum hat er dann das Geld ausgerechnet für Rennwetten unterschlagen?«

Vicky fielen viele Gründe ein. Es wäre so einfach zu erzählen, Dan habe eine kranke Mutter, die operiert werden müßte; oder eine Schwester, die sich und ihre Kinder mühsam durchbrachte, weil ihr Mann an der Schwindsucht gestorben war. Oder Dan hätte das Geld genommen, um ihr selbst zu helfen, weil sie Schulden hätte. Alle diese Entschuldigungsgründe gab ihr ihre blühende Phantasie ein, doch sie verwarf sie alle wieder, wenn auch mit einem gewissen Bedauern. Noch vor drei Monaten hätte sie solche Ausreden ohne Hemmungen vorgebracht und Seymour dabei treuherzig und bekümmert angeschaut. Jetzt aber brachte sie das nicht fertig; sie konnte ihn nicht anlügen. Wohl zum erstenmal in ihrem Leben gestand sie sich ein, daß diese Ausreden, und mochten sie hier auch einem guten Zweck dienen, im Grunde einfach Lügen waren.

So sagte sie nur: »Ich weiß nicht«, und senkte traurig den Kopf.

Mit unergründlichem Ausdruck sah er sie an und fragte in völlig verändertem Ton, weich und liebevoll: »Es liegt Ihnen wohl sehr viel daran?«

Vicky dachte an Nan und ihre Tränen, an Jack und sein unglückliches Gesicht, als sie ungestüm antwortete: »Ja! Sehr viel!« Er schwieg, und sie dachte schon: Jetzt sagt er bestimmt ja. Er liebt mich doch so, daß er es mir nicht abschlagen kann. Und sie stellte sich vor, wie schön es sein würde, wenn sie zu Nan sagen könnte, sie habe es geschafft.

Sie blickte zu ihm auf und wiederholte: »Sehr viel, Mr. Seymour! Ich habe selbst ein bißchen Geld auf der Bank.« Den stolzen Unterton konnte sie nicht unterdrücken; nur selten hatte sie Geld auf der Bank gehabt! »Es ist von dem Kaufpreis für mein Elternhaus übrig. Wollen Sie es annehmen und damit einen Teil von Dans Schulden decken?«

Nun war er seiner Sache sicher. Für ihn als Rechtsanwalt war das der Beweis. Wenn sie auf diese Weise dem jungen Gauner helfen wollte, mußte sie ihn lieben. Es war zwar unfaßbar, daß Vicky mit ihrem gesunden Menschenverstand sich so täuschen ließ; aber die Frauen waren nun einmal so, sagte er sich, und der Bursche verfügte wohl über eine Menge Charme. Ruhig entgegnete er: »Das wird nicht nötig sein.«

»Sie räumen ihm also noch eine weitere Frist ein?« rief sie freudig.

In einer törichten und zugleich hoffnungslosen Aufwallung erwiderte er: »Wenn Sie es so gern wollen und wenn Ihnen soviel daran liegt...«

Vickys Innerstes war in Aufruhr. Was meinte er nur? Er konnte doch nicht, wie Lucy ihr prophezeit hatte, annehmen, daß sie Dan liebte! Wenn er das glaubte, kannte er sie nicht. Also liebte er sie auch nicht. Das hatte sie sich wohl nur eingebildet. Keiner, der sie liebhatte, konnte glauben, daß sie solch einen Grünschnabel, solch einen charakterschwachen Kerl... Freilich, Seymour war viel älter, er war ein gesetzter Mann, er mußte sie für ein albernes, oberflächliches Geschöpf halten. Diese Vorstellung demütigte sie tief; sie wußte nicht, was sie erwidern sollte. Zornig fühlte sie, wie ihr die Tränen in die Augen stiegen, und sie wischte sie ungeduldig weg. Sie wollte ihm gerade erklären, daß sie für Dan nicht das geringste übrighabe, daß sie nur Nan, voreilig wie sie nun einmal war, ihren Beistand versprochen hätte.

Doch er ließ ihr keine Zeit. Er sah ihre Tränen und sagte ruhig: »Ich verstehe. Wir wollen nicht weiter darüber sprechen. Machen Sie sich keine Sorgen. Ich werde ihn nicht anzeigen.« Damit wandte er sich um und ging mit langen Schritten zu seinem Wagen. Daß er eigentlich gekommen war, um Lucy bei ihrer Buchhaltung zu helfen, hatte er ganz vergessen.

Langsam ging Vicky durch den Garten; um die Eiche, an der noch immer der Bienenschwarm hing, machte sie einen großen Bogen. An einer Stelle, wo sie vom Haus aus nicht gesehen werden konnte, setzte sie sich ins Gras und ließ ihren Tränen freien Lauf. Alles war verdorben! Schlimmer noch! Sie hatte einen törichten Traum geträumt. Nicht einmal ein freundliches Gesicht würde er ihr in Zukunft zeigen. Sie riß sich zusammen und gestand sich: Ich dachte, er fühlt noch etwas anderes als Freundschaft für mich. Aber ich habe mich geirrt. Ich bin eine dumme Gans. Aus ihrer Kehle kam ein Schluchzer, über den sie selbst erschrak.

Da sah sie durch die Bäume, wie ein Auto vorfuhr, und hörte eine Stimme: »Das ist ja ein herrliches Fleckchen! Ich habe mächtigen Durst. Wir wollen hineingehen und schauen, ob es hier einen guten Tee gibt!«

Eine fünfköpfige Gesellschaft kam plaudernd und lachend den Weg herauf. Vicky erhob sich seufzend. Wenn man einen Tea-Room betreibt, ist der Kunde König!

12

Nur kurz hatte Lucy Seymours Gesicht gesehen, als er zu seinem Auto ging, und sie vermied es, Vicky anzuschauen, die jetzt in die Küche kam. Drei Minuten später tauchte sie aus dem Badezimmer wieder auf. Alle Tränenspuren waren verschwunden; heiter sagte sie: »Unser lieber James war schlechter Laune. Ich nehme an, er kommt ein andermal, um dir zu helfen.«

Lucy beschäftigte sich mit ihrem Servierbrett; sie nickte nur und fragte: »Gute Aussichten für Dan?«

»Er hat so ungefähr angedeutet, daß Nan sich keine Sorgen zu machen brauche. Da wird sie heilfroh sein.«

»Sag es ihr nur bald!«

»Mir hängt die Sache zum Hals heraus! Sei du doch bitte so gut und erzähle es ihr heute abend.«

Der Ton in ihrer Stimme sagte genug. Irgend etwas war schiefgegangen. Als später der Tea-Room geschlossen war, nahm Lucy einen neuen Anlauf und fragte: »Erzähl doch, was mit Seymour los war. Du hast ihn doch nicht etwa angeschwindelt?«

»Nein, aber jetzt tut's mir fast leid, daß ich's nicht getan habe. Ich habe nämlich eine schreckliche Wut auf ihn. Er hat die verrückte Idee, daß ich in Dan verliebt sei. Ausgerechnet in Dan! Schon der Gedanke an ihn verursacht mir Magendrücken.«

Über diesen hitzigen Ausbruch mußte sie selbst lachen. »Ach, Lucy, ich rede daher wie eine dumme Gans! Natürlich ist Dan mir nicht zuwider, aber es ist eben alles ein ziemlicher Mist! Außerdem hat sich Seymour idiotisch benommen.«

»Was hat er denn getan?«

»Er hat mich gefragt, ob mir viel an Dan läge. Ich war so überrascht und … na, so enttäuscht, daß ich zuerst keine Antwort fand. Weißt du, ich merkte, daß ich alles falsch gemacht hatte, so daß er wirklich glauben konnte … Na ja, Schwamm drüber! Es ist eben so: wenn er das von mir glaubt, dann kennt er mich nicht, und dann – dann liebt er mich auch nicht. Ich riß mich zusammen und wollte ihm gründlich Bescheid sagen, aber da stakste er schon davon. Er ließ mir einfach keine Zeit, dieser schreckliche Mensch. Jetzt ist er wieder genauso unausstehlich wie am Anfang. Ich wünschte nur, ich hätte nicht...« Sie brach ab, um von Mrs. Kelston und ihren Bienen zu erzählen.

Doch Lucy fand die Geschichte keineswegs komisch. Ungehalten sagte sie: »Das geht zu weit von der alten Dame. Allmählich wird sie richtig lästig. Sie unterbricht deine Gespräche mit Seymour, und in den Schränken hat sie auch wieder herumgesucht. Sie ist wirklich ein bißchen konfus. Heute hat sie einen jungen Mann angehalten und zu ihm gesagt, er röche nach Schnaps. Das traf zwar zu, aber es ging sie ja nichts an. Dann hielt sie ihm eine lange Predigt über die Gefahren des Alkohols.«

Vicky lachte. »Wie gut, daß ich das Etikett von der Kognakflasche abgekratzt habe! Sie würde sich sonst einbilden, wir wären heimliche Säufer!«

»Noch kann man darüber lachen, aber ich hoffe doch, daß ihre Haushälterin bald wieder ihren Dienst antritt. Ich möchte Harry nicht sagen, daß sie uns allmählich auf die Nerven geht. Er ist so dankbar, und er bezahlt auch gut; aber ich will froh sein, wenn seine Mutter abzieht... Doch jetzt muß ich gehen und der dummen kleinen Nan sagen, daß sie nicht mehr zu jammern braucht.«

Unterwegs fiel ihr ein, daß Vicky den früheren Besitzer ihres Hauses noch immer »Mr. Seymour« nannte. Lucy selbst war nicht darauf erpicht, die Leute beim Vornamen zu nennen, aber es war doch seltsam, daß Vicky jemanden mit »Mister« anredete. Lucy konnte sich nicht erinnern, daß ihre Freundin einen Mann unter fünfzig so bezeichnet hätte, auch wenn sie ihn erst drei Tage kannte. Vickys Empfindungen mußten in diesem Fall ernsthafter sein als je zuvor. Und jetzt war da etwas schiefgegangen! Ein heftiger Zorn über Nan stieg in ihr hoch.

An Nans Haustür blieb sie stehen und blickte durchs Fenster. Es bot sich ihr ein friedliches, aber kein glückliches Bild. Nan blätterte gleichgültig in einer Zeitung, und Jack war in ein Buch vertieft. Sie hatten keinen Streit, aber innerlich schienen sie meilenweit voneinander entfernt zu sein. Ärgerlich dachte Lucy an Dan, der jetzt vielleicht einen kleinen Einsatz beim Rennen riskierte oder mit einem Mädchen in einer Bar flirtete. Er fragte kaum danach, wieviel Kummer er über drei Menschen gebracht hatte. Er ist es einfach nicht wert, sagte sie sich. Er wird immer wieder in Schwierigkeiten geraten, sich ungestraft davonmachen und die anderen für sich zahlen lassen.

Damit war sie freilich im Unrecht; denn in Wirklichkeit saß Dan Ireland auf seinem Bett in seinem ärmlichen Zimmer und überlegte, was er noch verkaufen oder versetzen könnte.

Lucy klopfte an die Haustür der Chisholms und trat ein. Eine halbe Stunde verbrachten sie in mühsamem Geplauder. Es kann äußerst anstrengend sein, wenn zwei Partner es vermeiden, sich gegenseitig anzusprechen, und sich nur an den Dritten wenden. Eigentlich war das alles lächerlich. Unmutig verabschiedete sich Lucy schließlich, ohne ihre Botschaft ausgerichtet zu haben. Wie sie erwartet hatte, sagte Nan: »Ich begleite dich bis zum Tor. Es ist so ein schöner Abend, und ich war den ganzen Tag noch nicht an der Luft.«

Voller Spannung fragte sie draußen gleich: »Gibt es etwas Neues? Hat Vicky mit Mr. Seymour gesprochen?«

»Ja. Sie läßt dir ausrichten, daß er nicht bis zum Äußersten geht und daß du dir keine Sorgen mehr zu machen brauchst.«

»Gott sei Dank! Wie hat sie das nur fertiggebracht?« Ihre Erleichterung war rührend, aber Lucy war nicht zum Mitleid aufgelegt. Sie war wütend über diese törichte kleine Person, die ihre Kümmernisse bei Vicky abgeladen hatte. Sie hätte doch wissen müssen, daß Vicky keiner Bitte widerstehen konnte und daß ihre Hilfe für sie selbst ein Opfer bedeuten würde. Es war ihr einfach unmöglich, einen Menschen, den sie gut leiden mochte, in Schwierigkeiten zu sehen. Und nun war sie selbst in Not.

»Wie sie das fertiggebracht hat? Ich habe nicht nach Details gefragt, aber es ist alles in Ordnung, zumindest für dich und Dan.«

»Ach, bin ich froh! Vicky ist doch eine schlaue Person! Sie ist die einzige, die so etwas hinkriegen kann.«

»Sie ist die einzige, die sich dazu hergibt.«

Der Vorwurf war nicht zu überhören. Nan blieb stehen und fragte: »Lucy bist du böse auf mich? Du meinst, ich hätte selbst mit Mr. Seymour reden sollen, nicht wahr?«

Lucy hatten stets die Menschen imponiert, die offen ihre Meinung sagten. Darum platzte sie heftig heraus: »Du hättest zu deinem Mann gehen und ihm alles erzählen sollen. Oder du hättest das Geld von uns borgen sollen. Es war nicht fair, alles Vicky zu überlassen.«

»Aber es hat ihr doch nichts ausgemacht! Sie nimmt doch alles so leicht. Sie hat mir ihre Hilfe ja sogar angeboten.«

»Hast du noch immer nicht gemerkt, daß sie für ihre Freunde alles tut? Natürlich hat es ihr etwas ausgemacht. Sie war ganz verzweifelt.«

»Ich dachte, sie wäre Dans wegen so bekümmert. Sie ist doch so innig mit ihm befreundet.«

Das war zuviel! Lucy explodierte. »Befreundet? Er bringt sie zum Lachen, das ist alles. Sie ist ja nicht dumm. Sie kennt ihn ganz genau und weiß, daß kein Verlaß auf ihn ist. Aber er tat ihr leid, und du hast ihr noch viel mehr leid getan. Sie hat so ein lächerlich weiches Herz; sie kann es nicht sehen, wenn andere traurig sind. Das alles solltest du schon längst wissen.«

So zornig hatte Nan Lucy noch nie gesehen. Sie war richtig erschrocken. Plötzlich wurde ihr bewußt, wie egoistisch und feige sie gewesen war. Mit zitternder Stimme sagte sie: »Das ist ja furchtbar. Hat sie es wirklich so ungern getan?«

»Freilich. Welches Mädchen geht gern zu dem Mann, den sie liebt und achtet, und bittet ihn für einen Menschen wie Dan? Was muß Seymour sich jetzt denken?«

»Meinst du wirklich? Ist es möglich, daß Vicky und Mr. Seymour...? Das wußte ich ja gar nicht. Weshalb hat sie es dann angeboten?«

»Das mußt du nicht mich fragen. Ich kenne Vicky seit zehn Jahren und konnte nie begreifen, warum sie so etwas tut. Aber diesmal hat sie sich selbst geschadet.«

»Glaubst du? Denkt Mr. Seymour jetzt, daß sie und Dan...?«

»Natürlich denkt er das. Was soll ein Mann wie Seymour glauben, wenn ein Mädchen bereit ist, die Schulden eines anderen Mannes zu bezahlen? Natürlich ist er überzeugt, daß sie Dan liebt, und er ist rasend eifersüchtig. Na ja, daran ist nun nichts mehr zu ändern. Aber es ist alles so albern und überflüssig, daß ich Dan Ireland zum Teufel wünschen könnte... Verzeih, Nan, aber du mußt doch zugeben, daß Vicky durch euch in diese Situation geraten ist.«

Nan war sehr niedergeschlagen. »Daran habe ich nicht gedacht. Ich war so bange, daß Jack alles entdecken würde. Und ich hatte solche Angst, daß Dan verurteilt werden würde, und als Vicky sagte...«

»Ja, ich weiß. Sie sagt manchmal so etwas. Da kann man nichts machen. Es ist nun einmal geschehen.«

»Ich konnte ja nicht ahnen, daß sie sich darum kümmert, was Mr. Seymour denkt.«

»Es hat sie sehr bekümmert, und als er fort war, hat sie bitterlich geweint. Vicky weint fast nie, erst recht nicht, weil sie unglücklich ist. Für einen kurzen Moment sah ich sein Gesicht, als er ging; das sagte genug. Weiß der Himmel, welchen Unsinn sie da fabriziert hat; jetzt zieht er sich vermutlich ganz zurück, weil er meint, daß sie in deinen elenden Vetter verliebt ist.«

»Auf die Idee wäre ich nie verfallen.«

»Hast du überhaupt bei dieser ganzen Sache an Vicky gedacht?«

Über Nans Gesicht rannen die Tränen. »Wie hätte ich darauf kommen sollen?« wiederholte sie. »Sicherlich hat er an Vicky geglaubt, und es heißt, er wäre schrecklich empfindlich und stolz. Seine Verlobte hat ihn seinerzeit wohl sehr enttäuscht, und jetzt meint er, Vicky wäre genauso und hätte alles nur eingefädelt, um ... Ach Gott, was kann man da nur machen?«

»Nichts. Absolut nichts. In der ganzen Sache ist schon viel zuviel geredet worden. Laß sie's nicht merken, daß ich dir alles erzählt habe. Sie gibt sich fröhlich und unbeschwert, aber wie's ihr wirklich ums Herz ist, das verschweigt sie. Sie spricht nie über etwas, was sie bekümmert. Nein, jetzt ist da nichts mehr zu machen.«

Nan holte tief Atem. »Ich war dumm und feige. Ich hatte stets das Gefühl, daß du das weißt, Lucy, obwohl du immer freundlich und teilnahmsvoll warst. Aber du hast recht. Ich bin schlapp, und ich hatte von jeher Angst vor Jack, wenn er ärgerlich war. Aber eines kann ich doch tun, und das soll gleich geschehen.« Sie machte auf dem Absatz kehrt und lief zurück ins Haus.

Lucy sah ihr nach. Was hatte sie vor? Dann aber zuckte sie die Schultern und ging ihres Weges. Sie hatte nie viel für Jammerlappen wie Nan übriggehabt, die ihr Kreuz auf anderer Leute Schultern legten.

Nan schlüpfte ins Wohnzimmer. Atemlos blieb sie mit dem Rükken zur Wand stehen. Sie mußte sofort sprechen, ehe ihr Mut sie wieder verließ.

»Jack, ich muß dir etwas sagen.«

Er blickte auf; sein Gesichtsausdruck war nicht sehr ermutigend. »Ja?«

Sie kannte diesen Blick, und sie kannte ihre Feigheit. Jetzt wäre noch Zeit zu schweigen. Schließlich hatten sie einen Aufschub bekommen, und irgendwie würden sie das Geld doch zusammenkratzen. Aber dann dachte sie an Vicky. Wie tapfer war sie, wie warmherzig und impulsiv! Es war nicht recht gewesen, sie mit ihren eigenen Problemen zu belasten, und nun hatte Vicky ihr eigenes Glück für sie aufs Spiel gesetzt.

»Es... es ist eine ernste Sache. Bitte, leg das Buch weg, Jack, und hilf mir.«

Er klappte das Buch zu und erwiderte: »Wie soll ich dir helfen, wenn ich nicht weiß, worum es geht?«

»Es handelt sich um Dan.« Jetzt war es heraus!

Seine Züge verhärteten sich, wie sie es erwartet hatte. Verzweifelt sagte sie: »Schau mich nicht so an! Du machst es mir so schwer, und es ist doch schon schlimm genug. Dan ist in Schwierigkeiten.«

»Das überrascht mich nicht. Worum geht es denn dieses Mal? Um Geld oder um Frauen?«

»Um Geld. Wegen einer Frau würde ich mich nicht für ihn ins Zeug legen.«

»Also – was hat er diesmal angestellt?« fragte er ungeduldig.

»Er hat – er hat Geld von seiner Firma genommen. Er wollte es zurückgeben...« Sie stockte. Diese Rennwettgeschichte hörte sich grotesk an.

»Natürlich wollte er das. Wahrscheinlich hat er beim Rennen gesetzt und das Geld verloren.«

»Ja, und Mr. Seymour hat das entdeckt und ihn rausgeworfen.«

»Hat er es der Polizei gemeldet?«

»Nein; er hat das Geld ausgelegt.«

»Das war sehr anständig, aber ein Fehler.«

»Bitte, Jack, sprich nicht so! Wir können Dan doch nicht verurteilen lassen! Aber Mr. Seymour machte zur Bedingung, daß die Summe bis zu einem bestimmten Termin bezahlt würde, sonst wollte er Anzeige erstatten. Dan konnte aber keine Arbeit finden. Ohne ein Zeugnis wollte ihn niemand nehmen; außerdem hat sich die Sache in Homesward herumgesprochen.«

»Ich verstehe. Diese Geschichte von dem Soldaten, der aus dem Krieg heimgekehrt ist, war eine Erfindung von Vicky. Das habe ich mir gleich gedacht. Ebenso die Sache mit den Perlen. Sie ist doch eine richtige kleine Lügnerin.«

»Sie sagte es mir zuliebe, Jack.«

»Ja, ihr hast du alles erzählt, nicht mir. Jetzt verstehe ich auch seinen Eifer bei der Gartenarbeit.«

»Und vielleicht auch meine verrückten Sparmaßnahmen. Das war mir so peinlich. Aber es kommt noch schlimmer.«

»Hast du etwa versucht, das Geld zusammenzukriegen, um es Seymour zurückzuzahlen?«

»Das mußte ich doch! Ich konnte nicht anders! Was sollte ich machen? Für mich ist Dan wie ein Bruder. Hätte ich ihn im Stich gelassen, wäre es mir wie ein Verrat an der Familie vorgekommen.«

»Dieses Gerede, Dan gehörte zu deiner Familie, habe ich satt. Deine Brüder würden sich auch nicht geschmeichelt fühlen... Deshalb also hast du die Eier an den Händler verkauft und den anderen Blödsinn gemacht?«

»Ja, und es war mir so schrecklich, weil ich dabei das Gefühl hatte, dein Geld für Dan zu verwenden.«

»Warum, zum Donner, hast du mich nicht darum gefragt?«

»Das wollte ich ja; aber ich bin doch so feige! Das war ich schon immer, und wenn du ärgerlich bist, habe ich Angst vor dir. Du bist dann so eiskalt und hart. Manchmal denke ich, es wäre besser, du würdest schimpfen wie mein Vater, obgleich ich vor dem auch schreckliche Angst hatte. Aber du wirst dann ganz still, und da komme ich mir erst recht erbärmlich vor.«

Sein Ausdruck wurde milder. Sie hatte recht. Schon immer war sie schüchtern und schreckhaft gewesen. Damals hatte er erkannt, daß es die Schuld ihres Vaters war. Gerade diese Schwäche hatte ihn seinerzeit so gerührt. Er wollte sie davon befreien, sie glücklich und zuversichtlich machen.

Versöhnlich fragte er: »Und wieviel konntest du von der Suppe auslöffeln, die sich dein Vetter eingebrockt hat?«

»Leider nicht viel. Ich hätte ja eigentlich Geld auf der Bank haben sollen, denn du warst stets so großzügig. Ich hatte aber nichts gespart. Es war so herrlich, das Geld, ohne zu überlegen, ausgeben zu können. Aber jetzt mußte ich Dan helfen, und nun kommt das Allerschlimmste.« Mit ihren dunklen, traurigen Augen sah sie ihn verzweifelt an.

»Also los! Jetzt erzähl mir in Gottes Namen alles!« rief er ungeduldig.

»Das will ich auch. Ich versuche es ja. Aber jetzt wirst du bestimmt wütend. Du weißt ja, daß ich nur auf eine Art Geld verdienen kann: mit Nähen. Mrs. Nairn bat mich, Annes Brautkleid zu nähen. Die Schneiderin war krank geworden, und die Hochzeit stand vor der Tür. Da hab ich's gemacht.«

»Und man hat dich dafür bezahlt?«

»Ja. Es war eine Menge Geld, eine große Hilfe.«

»Und wie, zum Teufel, hast du das geschafft, ohne daß ich es merkte?«

»Ich habe immer fleißig genäht, wenn du nicht daheim warst. Und einmal hab ich die ganze Nacht durch genäht, als du bei der Auktion warst.«

Er erinnerte sich, wie elend sie damals bei seiner Rückkehr ausgesehen hatte, und sie tat ihm leid. Er erhob sich und ging auf sie zu. Sie stand noch immer mit dem Rücken zur Wand, als ob sie dort Hilfe fände.

»Aber warum, muß ich immer wieder fragen, warum bist du nicht einfach zu mir gekommen und hast mich gefragt? Meinst du denn, ich hätte dir deine Bitte abgelehnt?«

Sein Ton hatte sich verändert. Sie griff nach seiner Hand. »Ach, Jack, mir hättest du nichts abgeschlagen, das weiß ich! Aber es ging um Dan, und den kannst du nicht leiden. Du hast ihn nie gemocht.«

»Ist es dir nie eingefallen, daß ich wahnsinnig eifersüchtig auf ihn hätte sein können?«

Jetzt war es heraus! Einen kurzen Augenblick lang starrten sie einander an – dann lag sie in seinen Armen und sagte leise: »Eifersüchtig auf Dan? Ach, Liebster, wie dumm!«

»Aber er war so oft hier. Er kam möglichst, wenn ich nicht daheim war. Er sieht verteufelt gut aus, ist ebenso alt wie du und immer guter Dinge. Außerdem hattest du Heimweh.«

»Das war es ja! Ich vermißte meine Leute; sie fehlten mir sehr, und Dan war doch ein Teil der Familie. Aber dieses Gefühl habe ich jetzt nicht mehr. Ich wünschte, er ginge fort von hier, irgendwohin, so daß ich nicht mehr für ihn zu sorgen brauche und es zwischen dir und mir keine Mißverständnisse mehr geben kann.«

Auf Armeslänge hielt er sie von sich ab. »Meinst du das wirklich im Ernst?«

»Ja, bestimmt! Ich habe das so satt! Durch Dan wurde alles so schwierig, auch für Vicky.«

»Vicky? Was hat sie damit zu tun?«

Sie erzählte ihm alles und schloß: »Lucy war heute abend richtig böse auf mich. Sie fand, ich hätte Vickys Angebot nie annehmen dürfen. Ich hätte wissen müssen, daß sie mir damit ein Opfer brachte.«

»Ich glaube gern, daß es eine harte Sache für sie war. Seymour kann man schwer um etwas bitten. Sie hat ihn wohl sehr verärgert?«

»Wahrscheinlich. Lucy hat sich nicht näher geäußert. Sie meint aber, daß sich zwischen Vicky und Seymour etwas angesponnen hatte. Und nun hat er sich zurückgezogen, weil er meint, sie sei in Dan verliebt.« – »Dieser Kerl stiftet überall Verwirrung!«

»Dieses Mal war's wohl eher mein Fehler. Ich war so verzweifelt, aber ich hätte Vicky damit nicht behelligen sollen.«

»Du hast wohl allen Leuten aus unserer Bekanntschaft etwas vorgejammert?«

»Nicht allen, nur Lucy und Vicky. Irgend jemandem mußte ich mein Herz ausschütten. Ich war ja so unglücklich!«

»Eine von ihnen hätte dir doch raten sollen, daß ich die richtige Person für deine Kümmernisse bin.«

»Das taten sie auch, alle beide. Aber ich hatte solche Angst.«

»Angst vor mir?«

»Leider ja. Ich dachte, du würdest furchtbar böse, weil es sich um Dan handelte. Und ehe ich mir's richtig überlegt hatte, nahm ich den Auftrag für das Kleid an, und das hätte dich doch noch mehr aufgebracht. Außerdem hat Vicky dir doch die Geschichte von dem Soldaten und den Perlen erzählt, und ich mochte sie nicht Lügen strafen... Ach, Jack, frag nicht länger, warum ich nicht zu dir gekommen bin! Ich weiß ja, ich war schrecklich dumm und feige. Das war ich schon von jeher. Irgendwie bin ich in all das hineingerutscht, und dann war's zu spät.«

»Das alles ist recht kompliziert, aber zwei Dinge sind klar: Erstens: Solch einen Unsinn machst du nie wieder! Wenn du noch einmal in die Klemme kommst, dann wende dich gefälligst an deinen Mann.«

»Das mache ich ganz bestimmt! So etwas soll nie mehr vorkommen!«

»Gut. Zweitens: Wir sollten heute bald schlafen gehen, denn morgen muß ich sehr früh aufstehen.«

»Gibt es eine dringende Arbeit auf der Farm?«

»Dringend wohl, aber nicht auf der Farm. Erst will ich mit Dan sprechen und dann mit Seymour.«

»Bitte, Jack, mach Dan keinen so furchtbaren Krach! Es führt zu nichts. Du änderst ihn damit nicht.«

»Das stimmt. Er sollte einmal richtig auf die Nase fallen. Vielleicht war das schon eine Lehre für ihn! Ich möchte es allerdings bezweifeln.«

»Vielleicht zieht er doch eine Konsequenz. Er hat oft behauptet, er möchte noch einmal von vorn anfangen, am liebsten in Kanada bei Tom, der dort so gut vorwärtskommt. Tom würde sich auch um ihn kümmern.«

Jack wurde nachdenklich. »Wäre dir das wirklich recht?«

»O ja, und wie! Er würde mich sonst doch immer wieder rumkriegen, und ich mag mich nicht mehr um ihn sorgen.«

»Dann ist ja alles ganz einfach.«

»Wie meinst du das?«

»Morgen früh gehe ich zu meiner Bank; der Direktor wird sich wundern, daß ich so eine hohe Summe abheben will, noch ehe das Geld für die Wolle eingeht.«

»Willst du vielleicht für Dan die Überfahrt nach Kanada bezahlen?«

»Bis zum Südpol, wenn es sein muß.« Fast hätte er gesagt: Bis in die Hölle, aber ohne Rückfahrkarte! Aber er bezwang sich.

»Wie herrlich! Er wird dir mächtig dankbar sein und versuchen, alles gutzumachen.«

»Vermutlich wird er keines von beidem tun, aber das schadet nichts. Du bist ja völlig erschöpft! Diese verdammte Näherei! Kein Wunder, daß du so blaß bist... und das alles für diesen Taugenichts.«

»Du wirst morgen ziemlich früh aufstehen müssen, wenn du Dan vor seiner Gartenarbeit erwischen willst. Er wird froh sein, das aufgeben zu können. Aber hast du nicht gesagt, du wolltest auch mit Seymour sprechen?«

»Natürlich. Je eher er sein Geld bekommt, desto besser.«

»Jack!« Mehr sagte sie nicht, aber ihr Anblick rührte ihn, und er lächelte. »Was für eine rührende Seele hab ich doch geheiratet!« sagte er liebevoll, und seine Stimme klang so sanft wie damals, als sie sich in ihn verliebt hatte. Nun brauchte sie keine Angst mehr vor ihm zu haben.

Am nächsten Morgen war sie ganz von neuem Mut erfüllt und sagte beim Abschied: »Jack, könntest du... vielleicht könntest du...«

»Könnte was? Sag's schnell, sonst verpaß ich den verdammten Bengel!«

»Könntest du wohl irgendeine Bemerkung zu Mr. Seymour machen, damit er merkt, daß es zwischen Vicky und Dan nicht das geringste gibt? Ich weiß, du willst dich nicht einmischen, weil du ihn zu wenig kennst. So denken alle Männer.«

»Und die Frauen haben keine Ruhe, wenn sie nicht ihre Nase in alles stecken können, wie zum Beispiel Vicky. Jene Perlen waren wohl für das Hochzeitskleid bestimmt?«

»Ja. Ich hatte ein paar fallen lassen, und Vicky sagte zur Erklärung, was ihr gerade durch den Kopf fuhr. Erinnerst du dich? Du hattest zuvor von Austern gesprochen.«

»Kann sein, bei der strengen Diät, nach der wir gelebt haben. Das war doch aber Blödsinn! Sie hatte hoffentlich nicht angenommen, daß ich darauf reinfalle.«

»Du hast es nicht geglaubt, nicht wahr?«

»Ich bin ja schließlich kein Esel! Aber ich bekam eine richtige Wut, weil ich merkte, daß ihr drei unter einer Decke stecktet und mich zum Narren hieltet.«

»Ach, Jack, wie schrecklich... Aber könntest du nicht doch eine Andeutung zu Mr. Seymour machen?«

»Liebes Kind, Männer machen nun einmal keine Andeutungen über Herzensangelegenheiten. Na, guck mich nicht gleich so verschreckt an! Vielleicht ergibt sich eine Gelegenheit.«

Als er Seymour das Geld aushändigte und ihm mit kurzen Worten für seine Geduld mit Ireland dankte, fügte er hinzu: »Wäre er nicht ein Vetter meiner Frau, es hätte mir nichts ausgemacht, wenn man ihn verknackt hätte. Er hat uns zuviel Ärger gemacht. Aber nun sind wir ihn bald los. Ich nehme für ihn eine Flugkarte nach Kanada. Sollen die auch ihren Spaß mit ihm haben.«

»Nach Kanada – das ist eine gute Idee. Dort hat er vielleicht mehr Bewegungsfreiheit. Aber ich dachte, er hätte hier... er wäre hier ziemlich gebunden?«

»Hier hat er nur meine Frau und ihre Familie. Ireland und meine Frau sind gleichaltrig und miteinander aufgewachsen. Aus diesem Grunde hing sie auch so an ihm. Aber Gott sei Dank hat er sich's durch diese letzte Sache bei ihr verscherzt. Natürlich hätte sie mir gleich alles erzählen sollen, dann hätte ich Ihnen das Geld sofort gegeben. Aber wie Frauen nun einmal sind: Sie hat statt dessen ihr Herz ihren beiden Freundinnen ausgeschüttet. Nette Mädchen, aber ein bißchen unvernünftig, wenigstens die eine. Sie kennen sie wohl; sie haben Ihr früheres Besitztum gekauft.«

»Ja, ich kenne sie. Ich hatte den Eindruck, daß sie mit Ireland sehr befreundet waren.«

»So innig nicht gerade; dazu sind sie doch zu gescheit. Aber meiner Frau zuliebe haben sie sich eingemischt. Wenn ein paar Frauen beisammen sind, kommt meistens irgendein Unfug heraus. Zum Glück haben sie Ireland durchschaut und ihm kein Geld gepumpt. Manch andere hätte das wohl getan, denn er ist ganz der Typ dafür. Er wirkt ja auf Frauen. Aber jetzt werden sie ebenfalls heilfroh sein, wenn er abhaut.«

Mit diesem diplomatischen Meisterstück verabschiedete er sich.

Auf Nans Fragen berichtete er am Abend beiläufig: »Ich ließ ihn natürlich nicht merken, daß ich etwas wüßte. Ich flocht nur so nebenbei ein, daß die Mädchen Dan durch dich kennengelernt haben und sich nicht weiter um ihn kümmern. Dabei tat ich so, als könnte ihn das gar nicht interessieren. Mit einem Mann wie Seymour kann man nicht warm werden.«

»Ich wußte ja, daß du es richtig machen würdest! Du bist wirklich der klügste Mensch von der ganzen Welt!« rief Nan stürmisch.

In diesem Augenblick war Jack bereit, Dan alles zu verzeihen.

13

Am nächsten Morgen lag ein Brief im Briefkasten des Tea-Rooms; er war an Lucy adressiert und lautete:

Sehr geehrte Miss Avery!

In den nächsten Wochen habe ich abends länger im Büro zu tun. Unter diesen Umständen ist es wohl besser, wenn ich in Homesward esse. Ich hoffe, Sie sind damit einverstanden, und begrüße Sie

mit vorzüglicher Hochachtung

J. Seymour.

Lucy las den Brief und gab ihn Vicky. Vicky lachte mühsam auf. »Typisch für den lieben James! Kurz und bündig. Kein Wort der Entschuldigung. Friß oder stirb. Von seiner Unterstützung bei der Buchführung ist überhaupt keine Rede mehr.«

Nach einer Pause setzte sie in völlig verändertem Ton hinzu: »Soll ihn doch der Kuckuck holen!«

»Du mußt seinen Standpunkt verstehen. Zumindest zeigt der Brief, daß ihm die Sache unter die Haut geht.«

»Wirklich? Ich finde, daß der Knacks, den er schon hatte, sich zu einem richtigen Bruch entwickelt hat.«

»Dafür gibt es ja auch Gründe: zum Beispiel seinen Minderwertigkeitskomplex hinsichtlich des weiblichen Geschlechts.«

»Er ließ mich ja gar nicht weiter zu Wort kommen!«

»Das stimmt. – Ach, da kommt Nan! Sie will sich wohl bei dir bedanken. Sie sieht ja ganz anders aus! Sie strahlt geradezu!«

Lucy begrüßte Nan ziemlich kühl, während Vicky freudig ausrief: »Jetzt bist du wohl froh, wie? Und hat sich dein Jack anständig aufgeführt?«

»Er ist großartig. Er ging schnurstracks zu Mr. Seymour und bezahlte die ganze Summe. Er ist der beste Mann, den man sich vorstellen kann. Ich hätte mich gleich an ihn wenden sollen.«

Vicky stimmte eifrig in ihren Lobgesang ein; augenscheinlich war Nan völlig davon erfüllt, und beide Mädchen zeigten sich von Jacks Edelmut sehr angetan.

Eines wagte Nan allerdings nicht: von ihrer Bitte zu berichten, Jack möge Vickys Beziehungen zu Dan klarstellen.

»Ich war dumm und egoistisch und habe alle in Schwierigkeiten gebracht. Aber ich habe trotzdem das Gefühl, daß noch alles in Ordnung kommt.«

Die beiden Freundinnen wechselten einen erstaunten Blick, und als sie gegangen war, sagte Vicky: »Wir wollen nicht böse sein auf sie. Sie hat ein zu gutes Herz, vielleicht dient ihr das zur Lehre.«

Plötzlich schien das Leben richtig fad geworden zu sein, obwohl beide Mädchen so taten, als wäre nichts geschehen. Sie vermißten beide die heiteren, unbeschwerten Mahlzeiten mit Seymour, der sich immer so für ihre Angelegenheiten interessiert hatte. Es schien, als hätte er sie aus seinem Leben fortgewischt und als wäre er auch noch froh darüber. Alles war nun längst nicht mehr so amüsant, und Mrs. Kelston ging ihnen auf die Nerven. Sie hatte all ihre Versprechungen vergessen. Trotz Harrys Dankbarkeit und der ansehnlichen Summe, die er für die Pension bezahlte, würde die Abreise seiner Mutter eine Erleichterung bedeuten. Froh waren sie auch über einen anderen Abschied: Jack hatte keine Zeit verloren; schon nach wenigen Tagen machte Dan seinen Abschiedsbesuch. Er war in bester Stimmung und kam mit keinem Wort auf die überstandenen Schwierigkeiten und die Aufregungen zu sprechen, die er seiner Umgebung verursacht hatte.

»Das Wunder, das Sie bewirkt haben, soll Ihnen der liebe Gott vergelten, Sie Engel!« sagte er fröhlich zu Vicky. »Wer könnte aber auch einer so hübschen Zauberin widerstehen?« Das war die ganze Anerkennung, die er Vickys Intervention zollte. Statt dessen schilderte er seine Zukunft in leuchtenden Farben. Er versprach, umgehend zu schreiben und von seinen Triumphen zu berichten. Dann küßte er die beiden Freundinnen und empfahl sich.

»O je«, sagte Lucy, als er gegangen war, »er ist und bleibt ein verantwortungsloser Nichtsnutz. Es kümmert ihn nicht im geringsten, daß Jack soviel Geld hergegeben hat, um seine Schulden und seine Überfahrt zu bezahlen.«

»Nein, darüber macht er sich keine Gedanken. Er meint, die Welt gehörte ihm. Ich glaube, er weiß gar nicht, was Dankbarkeit ist«, erwiderte Vicky verstimmt.

»Weißt du was? Jetzt gehen wir schlafen«, schlug Lucy vor. »Morgen früh wird's uns beiden wieder besser gehen.«

Dieses Wort »beide« machte Vicky aufmerksam. Egoistisch wie sie war, hatte sie doch nur an ihre eigenen Kümmernisse gedacht! Dabei wußte sie schon längst, daß Lucy sich im stillen grämte. Da war die Gelegenheit also günstig, und sie entgegnete schnell: »Uns beiden? Um mich brauchst du dich nicht zu sorgen. Ich war dumm, aber das bin ich immer gewesen und werde es wohl für immer bleiben. Aber du, Lucy, was ist mit dir? Komm, schau nicht weg! Wir haben einander doch stets alles erzählt. Ich habe meine Gefühle für James Seymour nicht verheimlicht. Du weißt ja, daß ich mir eingebildet habe, es gäbe eine Bindung zwischen ihm und mir. Jetzt bist du dran. Heraus mit der Sprache! Laß mich nicht länger im ungewissen.«

Lucy zögerte. Sie neigte nicht zu Herzensergüssen. Doch in letzter Zeit war sie mit sich selbst uneins; sie ärgerte sich über diese nutzlosen Selbstvorwürfe. Es wäre vielleicht besser, sich einmal alles von der Seele zu reden, um so etwas mehr Distanz zu gewinnen und gleichzeitig Vicky von ihrem Kummer abzulenken.

»Es ist eine alberne Geschichte. Ich habe nicht deshalb geschwiegen, weil ich dich nicht einweihen wollte. Vielmehr hoffte ich, daß ich durch unser neues Leben in einer ganz neuen Umgebung die ganze Sache vergessen würde. Aber das konnte ich nicht. Anscheinend kann ich überhaupt nicht darüber wegkommen.« Dann gab sie sich einen gewaltigen Ruck und erzählte von Gordon Butler, von ihrer Liebe und dem törichten Streit, der alles beendet hatte.

»Bist du davon überzeugt?«

»Felsenfest. Seit jenem Abend habe ich von ihm nichts mehr gehört oder gesehen.«

»Das kann ich einfach nicht verstehen. Irgendwo ist da ein Haken. Kein Mensch, der dich liebhat, kann sich so von dir trennen.«

»Er anscheinend doch. Du siehst daraus, daß du nicht die einzige bist, die Dummheiten macht und sie später bereut. Wir sind halt zwei schwache Weiber und sollten uns samt unseren gebrochenen Herzen schlafen legen.« Sie versuchte zu lachen.

Vicky schwieg. Sie stellte keine bohrenden Fragen, dafür war Lucy sehr dankbar. Sie schimpfte nicht auf Gordon; sie behauptete nicht, daß er Lucys nicht wert sei; sie machte keine phantastischen Vorschläge, was man vielleicht unternehmen könnte, keine Pläne wie sie ihr früher eingefallen wären. Die neue Vicky war ein richtiger Kamerad, dem man alle seine Sorgen anvertrauen konnte.

Aber als sie dann im Bett lagen, rief sie durch die Wand: »Lucy, findest du es nicht auch abscheulich von James Seymour, so einfach anzunehmen, ich hätte etwas mit Dan gehabt?«

»Man kann es ihm eigentlich nicht verübeln. Du hast ja alles getan, um den armen Kerl auf diesen Verdacht zu bringen.«

»Er hat mir gar keine Zeit für weitere Erklärungen gelassen. Außerdem müßte er mich gut genug kennen, um mir auch etwas gesunden Menschenverstand zuzutrauen. Er ist doch reichlich dumm.«

»Vermutlich ist er ebenso unglücklich.«

Es folgte eine nachdenkliche Pause, dann rief Vicky: »Schläfst du schon? Nein? Gut, ich komme für eine Minute zu dir hinüber. Sonst wecken wir noch Mrs. Kelston auf, wenn wir uns so laut unterhalten.«

Sie machte es sich auf dem Fußende von Lucys Bett bequem. »Lucy, eine Frage: sollte Gordon doch noch einmal auftauchen, würdest du dann stolz und ablehnend sein und ihn wieder fortschikken?«

Mit einem Ruck richtete sich Lucy im Bett auf und sagte entsetzt: »Ihn fortschicken? Ich bin doch nicht verrückt! Mit beiden Händen würde ich ihn packen und festhalten!«

»Gut. Ich freue mich, daß du so denkst. Ich habe mir das gerade überlegt.«

»Wegen James? Nun, ich rate dir – und du weißt ja, daß ich im allgemeinen nur ungern Ratschläge erteile – ich rate dir: Du mußt auch zupacken! Er hat dich lieb, seit Wochen habe ich das bemerkt. Ein Mann wie er ändert nicht von heute auf morgen seine Gefühle. Das tut er auch nicht, sonst hätte ihn die Sache mit Dan nicht so irritiert.«

Vicky seufzte erleichtert und befriedigt auf. »Gut. Ich werde mich daran halten. Ich will nicht zimperlich und schüchtern sein. Irgendwie werde ich ihn schon rumkriegen.«

»So ist's recht. Ein Mädchen, das sich so zimperlich stellt, ist dumm. Ich war eine richtige Gans. Ich hätte Gordon gleich anrufen oder ihm schreiben sollen. Ich hätte nicht warten dürfen, bis er den ersten Schritt tut. Mach du nicht den gleichen Fehler, Vicky!«

»Nein! Ich will tun, was du sagst: ich werde ihn packen!« Da mußten sie beide lachen.

Doch gleich wurden sie wieder nachdenklich, und Lucy fragte forschend: »Du bist dir doch im klaren über deine Gefühle? Ich meine, daß du gerade solch einen Mann heiraten möchtest. Er ist ein komplizierter Charakter, und das wird er bleiben. Wer mit ihm lebt, ist nicht auf Rosen gebettet.«

»Das weiß ich. Aber wer will denn auf Rosen gebettet sein? Ich ziehe eine Herausforderung vor. Ja, es stimmt, er ist schwierig, viel schwieriger als alle, die ich gekannt habe. Darauf bin ich gefaßt.«

»Und er reizt dich nicht nur deshalb, weil er deine Kräfte herausfordert? Weil er der erste ist, der dir Widerstand leistet?«

Vicky lachte. »Du drückst es sehr delikat aus! Nein, so ist es auch wieder nicht. Er gefiel mir sehr, wenn wir uns gut verstanden, und jetzt, wo alles schiefzugehen scheint, habe ich ihn noch viel lieber. Aber ich mache mir nichts vor. Es könnten Tage kommen, wo das Leben mit ihm höllisch schwer ist. Ich müßte mich noch sehr ändern; ich müßte sehr zuverlässig und seriös werden; und das würde mich sauer ankommen. Aber dafür ist er ein Mensch, auf den man sich verlassen kann. Ich habe schon genug andere Erfahrungen gemacht. Jetzt gibt es nur noch die eine Frage: Wie soll ich ihn zu pakken kriegen?«

Abermals mußten sie lachen, dann gingen sie endlich schlafen.

Am nächsten Morgen kam die Ernüchterung. Es ist leicht, zu nächtlicher Stunde, unterstützt von der verständnisvollen Freundin, große Pläne zu schmieden. Aber auch die mutigsten Entschlüsse können nicht zu Taten werden, wenn die Tage vergehen und nichts geschieht. Wie soll man einen Mann kapern, der sich versteckt hält? Wie einen widerstrebenden Verehrer an sich fesseln, der einen vergessen zu haben scheint? Die Tage gingen dahin, und Seymour tauchte nicht wieder auf.

Lucy kämpfte mit einer neuen Depression; sie hatte das Gefühl, durch ihr Geständnis Vicky gegenüber unter die ganze Affäre einen Schlußstrich gezogen zu haben. Sie versuchte sogar, sich für einen anderen jungen Mann zu interessieren, den Architekten des Neubaus in Homesward. Er war neuerdings zur Lunchzeit ständiger Gast in ihrem Tea-Room. Das dunkelhaarige aparte Mädchen mit der ruhigen Stimme und der schlanken Figur gefiel ihm sehr. Sie ließ sich sogar von ihm ins Kino einladen. Aber ihr Interesse verflog rasch, als er äußerte, sie besitze »eine altmodische Anmut, die seiner lieben Mama riesig gefallen würde«.

Vicky ihrerseits ging jeder Ablenkung aus dem Wege, sooft sich ihr die auch anbot. Immer mehr Gäste besuchten das alte Haus unter den schönen Bäumen. Zum erstenmal in ihrem Leben ermutigte sie die jungen Männer nicht zu einem Flirt. »Ich mag mich einfach nicht mit ihnen abgeben«, wunderte sie sich. »Ich verstehe mich selbst nicht mehr.«

Das Geschäft ging immer besser. Viele Leute kamen ganz regelmäßig, um eine Mahlzeit im Frieden der alten Bäume auf dem gepflegten Rasen einzunehmen.

Dan hatte zwei Ansichtspostkarten aus Kanada geschrieben; er war begeistert von diesem Land und verglich das Leben dort mit dem eintönigen Dasein in Neuseeland. Auch der Abschied von Mrs. Kelston rückte heran; die beiden Mädchen bedauerten das keineswegs, obwohl Vicky sich an die Zubereitung ihrer besonderen Speisen gewöhnt und Lucy sich mit den riesigen Spinnweben an den Wänden im Schlafzimmer der alten Dame abgefunden hatte. »Aber keine Wespen!« mahnte sie ihre alte Pensionärin. »Die morden nur Ihre geliebten Spinnen und stechen Vicky und mich. Es werden immer mehr; wir haben vielleicht ein Wespennest im Garten.«

Leider wurde das ein Ansporn für Mrs. Kelston, die ab sofort Stunden damit zubrachte, das Wespennest aufzuspüren. »Wenn sie es findet, werde ich es sofort ausräuchern«, sagte Lucy energisch. »Es ist mir gleich, ob sie darüber zetert oder nicht. Erst gestern lagen zwei Wespen in der Marmelade, die ich für die Gäste hinausgestellt hatte. Ein paarmal habe ich gesehen, wie die Leute sich duckten, als die Biester herumschwirrten. Nichts kann die Besucher schneller vertreiben. Wenn wir uns zwischen dem Tea-Room und Mrs. Kelston entscheiden müssen, wird sie wohl den kürzeren ziehen. Einstweilen sprühe ich jeden Morgen das ganze Haus aus.«

Das war schwierig genug, aber sie nutzte die Zeit, wenn sich Mrs. Kelston im Badezimmer aufhielt. In diesem Falle hielt Vicky eine kleine Notlüge für gerechtfertigt und behauptete, der seltsame Geruch rühre von dem neuen Spülmittel her.

»Wieso gebrauchen Sie das Spülmittel in meinem Schlafzimmer?« fragte die alte Frau argwöhnisch. Vicky beteuerte, man habe es zum Fensterputzen benutzt. Im stillen mußte sie dabei an Seymours Worte denken: »Ich hasse Lügen.« Sie konnte sich nur an ihre Erinnerungen halten, denn für ihn schienen Lucy und sie gestorben.

Eines Morgens sagte Lucy: »Ich habe wieder mal einige Probleme mit der Buchführung; es ist ein rechtes Durcheinander. Eines ist sicher: Die Hypothekenzinsen für Seymour sind fällig. Soll ich nach Homesward fahren und persönlich das Geld abliefern? Das könnte den Kontakt wiederherstellen.«

Vicky überlegte und schüttelte dann zu Lucys Überraschung den Kopf. »Tu's lieber nicht. Es nutzt nichts, wenn er nicht von selbst kommt. Er muß wohl zuerst all den Blödsinn verdauen.«

»Ich dachte, du wärest entschlossen, ihn zu packen.«

»Das will ich auch, aber wie soll man einen Aal zu packen kriegen! Ich will lieber den richtigen Augenblick abwarten. Ich bin nicht schüchtern oder zaghaft. Ich werde ihn schon herumkriegen. Aber wie soll man einen fangen, der unbedingt entwischen will? Solange er solche Gefühle hegt, wollen wir ihn lieber sich selbst überlassen. Jetzt ist er verschnupft, obwohl er sicher außer sich wäre, wenn ich ihm das vorwürfe. Wenn er sich beruhigt hat, wird ihm klar werden, daß er mir keine Zeit ließ, mich zu verteidigen.«

Also schickte Lucy ihm einen Scheck; er bestätigte schriftlich den Empfang.

In der Tat war sich Seymour, der seine eigenen Schwächen sehr wohl kannte, bewußt, daß er sich kindisch benahm. Aber die alte Wunde von einst war wieder aufgebrochen, und Jacks wohlgemeinte Erklärungen hatten die Schmerzen nicht so schnell vergessen lassen können. Im ersten Augenblick war er erleichtert, daß sich Vicky nicht für Dan interessierte. Doch dann fragte er sich: Warum hat sie mir das nicht selbst gesagt? Warum hat sie mich so zum besten gehalten? Doch nur deshalb, damit sie um so leichter ihren Willen durchsetzen kann. Sie mußte doch fühlen, was sie für mich bedeutete!

Aber sie hatte ihn an der Nase herumgeführt, war dann wohl zu Lucy gelaufen und hatte sich mit ihrer Schläue gebrüstet. Kurzum, es war genauso wie bei Annette: Ein alter Narr ist der größte Narr!

Bei ruhiger Überlegung gab er zu, daß sie ihn nicht angelogen hatte; aber sie hatte sich auch nicht genauer erklärt. So verführerisch hatte sie ausgesehen, als sie da vor ihm stand! Sogar eine Krokodilsträne hatte sie vergossen, die ihn, den Idioten, zutiefst rührte. Am nächsten Tag, als Chisholm ihn über den wahren Sachverhalt aufklärte, hatte er sich nur darüber geärgert, daß er sich hatte täuschen lassen. Das würde ihr nur neuen Stoff für eine lustige Geschichte geben. Solche amüsanten Erzählungen hatte er öfters von ihr gehört. Sein Stolz war verletzt. Es war vielleicht lächerlich – aber er fühlte sich gekränkt.

So grübelte er nachts, wenn er nicht schlafen konnte. In der Klarheit des erwachenden Tages gestand er sich ein, daß er sich wie ein verwöhntes Kind aufführte. Trotzdem blieb er dabei.

Eines Abends meinte Lucy: »Wir benehmen uns so albern wie zwei verlassene Jungfern.«

Vicky wurde ganz wild. »Nicht um alles in der Welt will ich mir um eines Mannes willen graue Haare wachsen lassen. Soll er doch bleiben, wo der Pfeffer wächst! Komm, wir wollen zu den Chisholms gehen und uns selbstlos an ihrem wiedergefundenen Glück ergötzen!«

Lachend zogen sie los.

Aber Nans kindlicher Stolz auf ihren Mann, der diese Bewunderung wohlgefällig hinnahm, ging ihnen auf die Nerven. Sie waren auch etwas in Unruhe wegen Mrs. Kelston; sie hatte zwar erklärt, sie sei in Gesellschaft der schönen Nachtfalter restlos glücklich; es war aber zu befürchten, daß sie im dunklen Garten umherstreifte oder gar zu der großen Hauptstraße ging, um weitere Insekten aufzuspüren. Sie gingen daher bald wieder nach Hause. Dabei fiel ihnen gar nicht auf, daß nicht weit von der Einfahrt ein Auto parkte. Als sie sich dem Hause näherten, erblickten sie im Zwielicht einen Mann, der auf den Stufen der Veranda hockte. Vicky rief erschrokken: »Du meine Güte, das wird doch nicht Dan sein, der aus Kanada zurück ist?«

Dann gab's plötzlich ein Durcheinander: Der Mann, der ganz still dasaß, hatte ihre Schritte gehört. Er blickte hoch und wurde gleich sehr aktiv. Er sprang auf, stieß Vicky rücksichtslos zur Seite und packte Lucy gebieterisch bei den Schultern. Vicky versuchte, ihrer

Freundin beizustehen: Das mußte wohl so ein gefährlicher Kerl sein, vor denen einsam lebende Mädchen stets gewarnt wurden. Aber wie sollte sie Lucy helfen, wenn diese sich dem Menschen so völlig überließ! Sie versuchte nicht etwa zu fliehen, sondern stürzte sich geradezu in die Arme des Fremden und lehnte sogar ihr Gesicht an seine Schulter! Vicky war fassungslos. Dann hörte sie ein Wort: »Gordon!« und entwich schleunigst ins Haus.

Gordon! Also war Gordon doch noch gekommen! Und Lucy hatte Wort gehalten: sie war ihm einfach um den Hals gefallen! Vicky ließ sich auf dem nächsten Stuhl nieder; sie war überrascht und verwirrt. Nicht ein einziges erklärendes oder entschuldigendes Wort war gewechselt worden! Lucy ist glücklich, dachte sie. Aber was sie kann, kann ich auch. Was hätte es für einen Sinn, da die Gekränkte zu spielen?

Sie hatte viel Zeit zum Nachdenken. Sie ging auch in Mrs. Kelstons Zimmer und stellte fest, daß die alte Dame schon schlief. Die beiden kamen noch immer nicht. Vicky platzte fast vor Neugier. Warum war Gordon nicht schon früher aufgetaucht? Aber schließlich war er doch gekommen, und das war die Hauptsache. Denn was sollte ein Mädchen tun, wenn der geliebte Mann nicht erschien, wenn er um keine Erklärung bat, ja, wenn er gar nichts tat?

Endlich kamen sie, Hand in Hand, als ob nichts geschehen wäre. Wahrscheinlich hatte Gordon einen besseren Charakter als Seymour.

Aber als sie dann alles wußte, mußte sie zugeben, daß es wirklich nichts zu verzeihen gab als ihre eigene unnötige Ausrede. Gordon schien sie ihr nicht nachzutragen; er lächelte allerdings spöttisch, als Lucy die beiden einander vorstellte. Er sagte: »Das ist also die Unheilstifterin, die zwei Liebende monatelang getrennt hat?«

Das war ja lächerlich! Sie wollte gerade einwenden, daß sie mit alledem nichts zu tun gehabt hätte, daß ja alles schon passiert gewesen wäre, ehe sie Lucy wiederfand, daß es seine, Gordons, eigene Schuld gewesen wäre. Da legte Lucy sich ins Mittel. »Du darfst sie deshalb nicht ärgern! Es war eben eine Kette von Mißverständnissen. Ach, Vicky, jetzt ist alles wieder gut – eigentlich war gar nichts zwischen uns.«

»Aber was... aber wieso... aber warum ist Gordon nicht eher gekommen?«

»Erinnern Sie sich der kläglichen Stimme am Telefon, die nach Miss Avery fragte? Und Sie antworteten klar und deutlich, Miss Avery sei nach England zu ihrer Mutter übersiedelt und jeder weitere Anruf sei überflüssig?«

»Natürlich erinnere ich mich. Aber das war doch der lästige Brent Windro!«

»Du dachtest, es wäre Brent, weil dieser Dummkopf schon so oft angerufen hatte. Aber gerade dieses Mal war er's nicht. Da war es Gordon. Du kannst nichts dafür, denn du glaubtest, seine Stimme zu erkennen.«

»Na ja, ich hatte ihn ja schon öfters abgewimmelt; dieses Mal kam mir freilich die Stimme angenehmer vor als sonst... In Wirklichkeit waren das immer Sie?«

»Nicht immer. Nur dieses einzige Mal. Aber dafür konnte ich nichts.«

»Erzähl ihr doch die ganze Sache, Gordon.«

»Also, wir hatten uns tüchtig gestritten; ehrlich gesagt, ich war einfach sauer. Aber das dauerte nicht lange. Nur vierundzwanzig Stunden. Trotzdem wollte ich noch einen weiteren Tag warten, um Lucy den ersten Schritt zu überlassen... das war dumm von mir. Dann gab's eine Panne nach der anderen.«

»Welche Pannen denn? Wieso hielten die Sie vom Schreiben ab?«

»Zunächst bekam unser Chef eine akute Blinddarmentzündung. Er mußte schleunigst ins Krankenhaus. Er hätte aber am nächsten Tag nach Sydney zu einer Besprechung kommen sollen. Von Lucy wissen Sie wohl, daß ich bei einer Erdöl-Gesellschaft beschäftigt bin, die ihre Angestellten ohne lange Vorbereitung mal dahin, mal dorthin schickt. Also mußte ich statt des Chefs nach Sydney.«

»Konnten Sie denn nicht wenigstens telegrafieren?«

»Das hätte ich tun können, und ich habe mich später auch mächtig geärgert, daß ich's nicht getan hab. Aber ich war vermutlich immer noch ziemlich sauer und dachte mir, so ein paar Tage Warten könnten nichts schaden. Ich war überzeugt, schon ziemlich bald, spätestens innerhalb einer Woche, zurück zu sein.«

»In einer Woche«, sagte Lucy gepreßt. »Mir kam es vor, als hätte es Jahre gedauert.«

»So ging's mir auch. Dann kam nämlich der nächste Zwischenfall. In der zweiten Nacht wurde mein Taxi von einem betrunkenen Fahrer gerammt. Ich wurde nicht gerade schwer verletzt: einige Rippen und das Fußgelenk waren gebrochen. Aber ich hatte eine saftige Gehirnerschütterung und kam ziemlich lange nicht zur Besinnung. Als ich wieder so weit war, wollte ich gleich heim zu Lucy, um ihr hartes Herz zu erweichen.«

»Aber Lucy hat doch kein hartes Herz!«

»Das weiß ich jetzt auch! Aber damals, als ich wieder zum Leben erwachte, guckte ich täglich nach einem Brief, der mir ihre Verzeihung verkünden würde.«

»Ich habe ja nichts gewußt! Nicht alle Verkehrsunfälle, die in Sydney passieren, stehen in unserer Zeitung.«

»Auch das weiß ich jetzt. Aber ich stellte mir vor, daß du bei meiner Firma nach mir fragen würdest. Es kam kein Brief, also wartete ich auf das Wiedersehen.«

»Und Sie kamen zurück und riefen an, und ich schwindelte Ihnen vor, Lucy sei nach England abgereist... Und sie war so unglücklich!... Anscheinend bringe ich allen Leuten nichts als Unglück! Eins kommt zum andern.«

Beinahe kamen ihr die Tränen, und die beiden gaben sich alle Mühe, sie zu trösten. Jetzt sei ja alles vorbei, meinten sie. Eigentlich hätte es ihnen beiden nichts geschadet, setzte Lucy hinzu; denn auf diese Weise hätten sie einen Denkzettel bekommen.

»Ich auch«, meinte Vicky niedergeschlagen. »In letzter Zeit habe ich viele Lektionen lernen müssen, aber das war die härteste. Ich werde ein Gelübde ablegen, niemals mehr zu schwindeln. Das wird mir nicht schwerfallen, denn immer, wenn es mich doch einmal überkommt, werde ich mir sagen: Denk daran, daß du ums Haar Lucys Glück zerstört hättest.«

Sie mußten über ihren tragischen Ton lachen, und Gordon sagte versöhnlich: »Zum Glück kam es nicht soweit; denn sobald ich konnte, setzte ich alles daran, sie zu finden.«

»Und weshalb gelang Ihnen das nicht? Sie brauchten ja nur zu Mr. Sheldon zu gehen. Er hätte Ihnen gesagt, wo wir sind.«

»Was hätte das für einen Sinn gehabt? Ich war doch der Meinung, sie wäre in England. Ich rief Sheldon zwar an, fragte ihn aber nur nach der Adresse ihrer Mutter. So albern das auch war – ich saß halt immer noch auf dem hohen Roß. Mein Mädchen war nach England gegangen, ohne mir auch nur eine Zeile zu hinterlassen. Ich schrieb trotzdem an die Adresse von Lucys Mutter. Eigentlich war das eine Demütigung; es kostete mich einige Überwindung.«

»Warum hat Lucys Mutter den Brief nicht an sie weitergeschickt?«

»Das verstehe ich auch nicht«, warf Lucy ein. »Aber sie war zu dieser Zeit in Amerika, und der Brief blieb wohl in England liegen. Bei ihrer Rückkehr – na, du weißt ja, wie genial Mutter in solchen Dingen ist! Sie kümmerte sich zuerst einmal gar nicht um all die liegengebliebene Post; dann schrieb sie die Adresse hinten drauf und ließ den Brief aus unerfindlichen Gründen an Gordon zurückgehen.«

»Und als er bei Ihnen eintraf...?«

»Da lief ich schnurstracks zu Mr. Sheldon; er berichtete, was inzwischen geschehen war. Er erzählte, er habe die Kündigung von Miss Avery sehr bedauert; sie habe ihrer kleinen Freundin zuliebe, der sie von Herzen zugetan sei, diese Veränderung auf sich genommen. Diese Freundin habe wohl nicht mehr lange zu leben; das war aus seinen Worten herauszulesen.«

Vicky errötete. »Ach Gott, das hatte ich ganz vergessen! Das ist ja schrecklich!«

Gordon betrachtete sie neugierig. »Es ist doch seltsam, daß ein so nettes Mädchen wie Sie sich so etwas angewöhnen konnte.«

»Jetzt verstehe ich das auch nicht mehr. Aber als ich damit anfing, war ich noch sehr klein.«

»Aber jetzt sind Sie erwachsen, wenn auch nicht besonders groß; es wäre an der Zeit, diese Angewohnheit wieder abzulegen.«

»Das tue ich ja auch. Genau gesagt, ich habe nicht...«

Doch Lucy hatte Gordon schon von dem Ausdruck »genau gesagt« berichtet, und die beiden platzten so laut heraus, daß Vicky ihren Satz nicht beenden konnte.

Es wurde ein vergnügter Abend. Es war typisch für Vicky, daß sie anscheinend ihren eigenen Kummer vergaß und ganz und gar in Lucys Glück aufging. Trotz ihrer Fehler war sie eben ein selbstloser Charakter. Als Lucy das jedoch aussprach, wehrte sie erschrocken ab. »Wie kannst du nur so reden, Lucy, wo ich doch so etwas Dummes gemacht habe und dich fast ins Unglück gebracht hätte. Ich wollte das Richtige tun, aber es war das Falsche. Anscheinend will mir das Rechte nie gelingen.«

Die beiden Mädchen saßen, als Gordon gegangen war, noch in Lucys Zimmer beisammen und plauderten so unbeschwert wie seit langem nicht mehr.

»Da ihr einander nun endlich gefunden habt, werdet ihr wohl bald heiraten?« fragte Vicky.

Sie überlegte sich offensichtlich, was dann aus dem Tea-Room und ihrem gemeinsamen Leben werden würde. Deshalb erwiderte Lucy schnell: »Daran haben wir noch gar nicht gedacht. Das eilt ja nicht.«

Dieser kleine Schwindel hätte von Vicky selbst stammen können; denn in Wahrheit hatte Gordon gesagt: »Jetzt habe ich das Warten satt. Wir haben schon viel zuviel Zeit verloren. Sieh zu, daß du das Haus und den Tea-Room so bald wie möglich los wirst, und dann wird geheiratet.«

Damit müßten sie noch etwas warten, hatte sie ihm entgegnet. Sie beide seien ja jetzt glücklich, da komme es auf ein paar Wochen oder Monate nicht an. Das ärgerte ihn; am nächsten Tag kam er wieder darauf zurück. Aber Lucy blieb fest.

»Das geht jetzt nicht. Natürlich möchte ich dich auf der Stelle heiraten, aber wir müssen auch an Vicky denken. Gemeinsam mit ihr habe ich das Grundstück gekauft; sie hat noch zusätzlich ihr ganzes Geld hineingesteckt.«

»Dann soll sie es doch übernehmen. Oder wenn das nicht geht, verkauft ihr es eben wieder; dann kriegt ihr beide euer Geld zurück. Es ist ein hübsches altes Haus, und der Tea-Room scheint zu florieren. Du könntest gleich morgen ein Inserat in die Zeitung setzen.«

»Jetzt noch nicht! Bitte, Gordon, sei nicht so ungeduldig! Du mußt mir ein wenig Zeit lassen, damit man sieht, was aus Vicky wird und wie sie zurechtkommt. Sobald ich das weiß, tue ich alles, was du willst.«

»Gut, ich nehme dich beim Wort! Aber was soll denn schon aus ihr werden? Steckt da etwa ein Mann dahinter?«

»Ja.«

»Sie ist eigentlich der Typ, der mit achtzehn heiratet.«

»Du kennst Vicky nicht. Sie hatte immer eine Menge Verehrer, aber sie wollte nur einen heiraten, den sie wirklich liebt. Und den gibt es jetzt.«

»Na also.« Er gab sich einen gewaltigen Ruck. »Wenn du sie im Augenblick absolut nicht allein lassen willst, dann soll sie in Gottes Namen einstweilen bei uns wohnen! Eine Zeitlang soll's mir recht sein.«

»Sei nur nicht gar so selbstherrlich«, lächelte sie. »Als ob Vicky das wollte! Sie ist sehr selbständig und unternehmungslustig. Erst gestern abend hat sie mir den Vorschlag gemacht, dich sofort zu heiraten. Aber das mußt du doch einsehen: Wir haben dieses Unternehmen gemeinsam begonnen, und nun...«

»So ein Blödsinn«, schnitt ihr Gordon das Wort ab. Er war fest entschlossen, seine Lucy nicht wieder entwischen zu lassen. »Erst streitest du mit mir und gibst mich auf, dann fängst du ein neues Leben an, das gar nicht zu dir paßt... Was für Leute kommen eigentlich in euren Tea-Room?«

»Sehr nette Leute«, gab Lucy zurück, ihrerseits fest entschlossen, sich nicht unterkriegen zu lassen. »Einige sehr gebildete junge Männer haben sogar versucht, mit mir anzubändeln.«

»Und du bist natürlich darauf eingegangen?« fragte er gereizt.

»Hast du eine Ahnung, wozu ein armes, verlassenes Weib fähig ist?« lächelte sie versöhnlich und liebevoll.

14

»Gordon wird mich verfluchen, weil ich ein Hemmschuh für seine Pläne bin«, meinte Vicky unter vier Augen zu ihrer Freundin. »Ich bitte dich, nimm keine Rücksicht auf mich! Eure Hochzeit kann ich schon gar nicht mehr erwarten. Meine eigenen Pläne stehen auch schon fest: Ich werde den Betrieb hier noch eine Zeitlang weitermachen, und wenn ein gewisser Mr. Seymour nicht bald von selbst auftaucht, werde ich meinerseits etwas unternehmen.«

»Wie lang willst du ihn eigentlich noch mit ›Mr. Seymour‹ betiteln?«

»Wahrscheinlich bis wir verheiratet sind. Ja, natürlich werde ich ihn heiraten... Klingt ›Mr. Seymour‹ nicht herrlich altmodisch? Vielleicht werde ich ihn auch später noch so anreden, wie es die braven Ehefrauen im vorigen Jahrhundert taten. Es klingt doch so lieb und demütig.«

»Du als demütiges Eheweib – das kann ich mir kaum vorstellen.«

»Allzu häufig werde ich auch kaum demütig sein. Aber es ist vielleicht ein ganz brauchbarer Trick, wenn er mal wieder seinen Rappel hat. Mit Demut läßt er sich sicher am ehesten besänftigen.«

»Du bist deiner Sache ja sehr gewiß! Aber was willst du denn unternehmen, damit er wieder auftaucht? Er scheint nicht leicht zu erwischen zu sein.«

»Es kann nicht mehr lange dauern. In den nächsten Tagen müßte er sich eines Besseren besinnen, sobald er nämlich erfährt, daß Dan in Kanada ist und ich hiergeblieben bin.«

Sie konnte ja nicht ahnen, daß Seymour von Jack unterrichtet worden war. Nan hatte ihren Mann zwar gebeten: »Ich möchte es ihr so gern erzählen, Jack! Sie wäre bestimmt froh darüber.«

Aber Chisholm hatte das abgelehnt. »Unsinn! es ist schon viel zuviel geredet worden. Seymour ist durchaus in der Lage, seine Angelegenheiten selbst zu ordnen. Und was die liebe Vicky betrifft, so geschieht es ihr ganz recht, wenn sie ein bißchen unglücklich ist. Warum steckt sie auch ihre Nase in anderer Leute Sachen. Vermutlich hat sie Seymour schon ein paarmal angeschwindelt. Wenn es stimmt, daß sie sich mögen, kann mir der arme Kerl nur leid tun. Sie wird ihn ganz schön an der Nase herumführen.«

»Diese Männer! Immer halten sie zusammen! Mir tut im Gegenteil Vicky leid. Mr. Seymour mag alle möglichen Vorzüge haben, er ist doch ein rechter Griesgram.«

Nan wollte zwar für ihre Freundin eintreten, doch im Grunde fühlte sie sich gleichfalls geschmeichelt, wie die meisten Frauen, wenn ihr Mann von einer viel schöneren Frau unbeeindruckt bleibt, selbst wenn es um die beste Freundin geht.

Auch Len und Amy Swales hatten gemerkt, »daß etwas schiefgelaufen war«, wie Amy sich ausdrückte. Seymour besuchte sie oft, und sie stellten fest, daß er jetzt entweder in der Stadt speiste oder daheim sein einsames Abendbrot einnahm. Amy war ganz verzweifelt. »Gerade jetzt, wo alles so glattging! Sie ist nämlich genau die Richtige für unsern Mr. James, so lebhaft und lustig und dabei so herzensgut!«

Len saß murrend über seinen Rechnungen. »Lebhafte Frauen können einem auf die Nerven gehen«, knurrte er. »Mr. James hat schon genug Aufregungen gehabt. Die reichen für den Rest seines Lebens.«

»So ein paar Aufregungen sind besser als das Dasein, das er jetzt führt.«

»Sein jetziges Dasein ist nun mal sein Schicksal; er trägt's mit Fassung... Wozu, zum Teufel, brauchen die Leute all diesen Konservenkram! Lauter Luxus und Geldverschwendung!«

»Aber Vicky ist ein prima Mädchen!«

»Vor der Heirat sind sie alle prima«, brummte Len. »Es ist einfach schändlich, wie die Menschen ihr Geld zum Fenster hinauswerfen. Es geht einem direkt gegen den Strich, diese Rechnungen zu schreiben.«

»Dir geht es seit je gegen den Strich, etwas zu verkaufen«, erwiderte Amy vorwurfsvoll. »Du brauchst dich wirklich nicht zu beklagen. Aber ich finde es schon schlimm, daß Mr. James so unglücklich ist.«

»So ist das Leben nun einmal«, gab Len düster zur Antwort. »So ist es stets gewesen, und so wird es auch bleiben. Und ich habe das Rechnungenschreiben jetzt gründlich satt!« Damit knallte er sein Hauptbuch zu.

Die nächste Woche ging vorüber; Gordon wurde immer ungeduldiger. Schließlich mußte ihm Lucy doch Näheres über Vickys Probleme erzählen. Gordon kam zu dem Schluß, dieser Seymour müsse ein rechter Esel sein. »Wenn er das Mädchen gern hat, warum kommt er da nicht her und sagt es ihr? Es ist doch zu blöd, sich im Schmollwinkel zu verkriechen, statt reinen Tisch zu machen.«

»Ich finde es auch albern, aber so ist er nun mal.«

»Zum Ehemann ist er da aber nicht geeignet.«

Im stillen war Lucy seiner Meinung, aber sie hielt sehr viel von Vickys diplomatischem Geschick. »Sie weiß, was sie will; sie wird ihn schon zur Vernunft bringen, ohne daß er es merkt. Du mußt auch bedenken, daß ihm sein eigenes Mißgeschick und später das seines Bruders einen gehörigen Schock versetzt hat.«

»Ein Mann, dem jahrelang ein paar Frauen im Magen liegen, die es gar nicht wert sind, ist ein Narr!« erklärte Gordon im Brustton der Überzeugung.

Vicky arbeitete viel und redete wenig. Sie versorgte Mrs. Kelston und ertrug geduldig die Spinnen bei Tag und die Brummer am Abend; aber immer stärker sehnte sie die Abreise der alten Dame herbei. Der Tea-Room war gut besucht; im Laufe des Sommers hatten sie ganz hübsch verdient.

»Und ehe der Winter kommt, hole ich diesen Menschen entweder aus seinem Versteck heraus, oder ich gehe ins Kloster«, versicherte sie.

Samstags und sonntags gab es die meiste Arbeit. Da fuhren die Leute aus der Stadt hinaus aufs Land und kehrten gern zum Tee in dem schönen alten Haus ein. Zum Wochenende hatten sie oft ebenso viele Gäste wie an den fünf übrigen Tagen zusammen. Im allgemeinen freilich hielt sich die Arbeit in erträglichen Grenzen. Beide hatten eine gewisse Routine gewonnen, wobei ihnen Seymours Tiefkühlschrank oft genug zustatten kam.

»Obgleich ich einen gehörigen Zorn auf ihn habe, werde ich ihm doch nicht aus beleidigtem Stolz seine Gefriertruhe zurückgeben«, erklärte Vicky. »Sie ist wirklich praktisch. Wer weiß, vielleicht bringt sie uns wieder zueinander«, setzte sie mit einem gezwungenen Lächeln hinzu.

An einem Samstagabend brach die Katastrophe herein. Im Tea-Room ging es lebhaft, aber friedlich zu. Zwölf Gäste saßen in dem großen Raum, weitere vier auf der Veranda. Lucy setzte gerade ein vollbeladenes Tablett nieder, da entstand plötzlich eine Panik: Die vier Gäste drängten von der Veranda nach drinnen. Die beiden Männer und die beiden gutaussehenden Damen, die kurz zuvor so unbeschwert miteinander geplaudert hatten, verhielten sich auf einmal ziemlich rücksichtslos. Sie stießen und schoben sich, um nur ja schnell genug durch die Tür zu kommen. Lucy fragte mißbilligend: »Was ist denn los?«

Im selben Augenblick erschien Vicky mit einem Aufschrei in der anderen Tür; die Gäste, die ruhig bei ihrem Tee saßen, blickten sich um. Eine Frau begann zu kreischen, eine andere rief: »Wespen! Wespen in hellen Scharen!«

Die Flüchtlinge von der Veranda hatten die Tür nicht schnell genug hinter sich geschlossen; ein Schwarm zorniger Wespen war ihnen gefolgt, und weitere Schwärme drangen durch die offenen Fenster in den Raum.

Im Nu brach die Hölle los. Ein Mann rief laut, man solle die Ruhe bewahren, dann werde man nicht gestochen. Aber niemand hörte auf ihn. Zwei Frauen krochen unter die Tische, eine andere schob das Geschirr weg, packte das Tischtuch und wickelte sich hinein. Vier Gäste stürmten in die Küche, aber auch sie wurden von den behenden Wespen verfolgt. In ihrer Not flüchteten sie weiter ins Badezimmer und verbarrikadierten sich dort. Das ganze Haus schien von angstvollen Menschen und bösartigen Wespen erfüllt zu sein.

Mit einem erstickten Klagelaut setzte Vicky ihr Tablett nieder, um den Kampf aufzunehmen. Es sei die tapferste Stunde ihres Lebens gewesen, sagte sie später; denn jetzt drangen die Wespen, vor denen sie solche Angst hatte, in richtigen Schwärmen durch die Fenster herein. Sie bahnte sich einen Weg durch die aufgeregten Gäste und schloß die Fenster; dabei schlug sie sich immer wieder verzweifelt auf die Haare. Dorthin hatte sich nämlich eine wild stechende Wespe verirrt. Mit letzter Kraft rief sie: »Nur Ruhe! Die Fenster sind zu! Es kann keine mehr hereinkommen!«

Aber der Kampf gegen die bereits eingeflogenen Tiere ging weiter. Lucy war die einzige, die einen klaren Kopf behalten hatte. Sie sprühte mit einer Spraydose den ganzen Raum aus. »Das wird sie betäuben«, erklärte sie ruhig. »Wenn sich niemand mehr so wild bewegt und keiner nach ihnen schlägt, wird auch niemand gestochen.« Als schließlich ihre Spraydose leer war, gaben die Wespen den Kampf auf. Überall lagen die toten Tiere herum, die Gäste kamen unter den Tischen hervor und warfen die Tücher ab. Ein paar waren gestochen worden, die einen mehr, die anderen weniger. Doch Lucy hatte sich schon vor einiger Zeit aus der Apotheke eine Salbe zur Behandlung von Insektenstichen besorgt; damit pflegte sie nun die armen Opfer, während Vicky die Tische säuberte und alles Genießbare wegräumte. »Denn angesprühten Kuchen und Tee, in dem tote Wespen herumschwimmen, mag niemand«, meinte sie verständnisvoll.

Sie rückte die Tische wieder zurecht und bereitete frischen Tee. Erst als sie und Lucy in der Küche ein wenig Atem schöpfen konnten, sagte sie: »Eine sitzt immer noch in meinen Haaren; ich habe sie totgeschlagen, hol sie doch bitte heraus, ehe ich völlig verrückt werde. Eine andere ist mir durch den Ausschnitt den Rücken hinuntergekrochen, soweit es ging. Aber ich habe mich ganz fest hingesetzt und sie zerquetscht. Sie hat mich noch gestochen, aber jetzt ist sie tot.« Lucy holte die Wespe aus den Haaren heraus und lachte: »Du hast dich benommen wie ein Held! Ich habe nur ein paar kleine Stiche, sie stören mich nicht weiter. Aber wie konnte das nur passieren?«

Darüber unterhielten sie sich auch mit den Gästen; ein junger Mann, der auf der Veranda gesessen hatte, sagte: »Im Garten muß ein Wespennest sein. Unter den Bäumen stand eine alte Frau; sie stocherte mit einem Stock in der Erde herum und redete vor sich hin. Und plötzlich war alles voller Wespen.«

Vicky und Lucy blickten sich erschrocken an. »Mrs. Kelston! Jetzt hat sie es doch noch entdeckt! Aber was ist mit ihr geschehen?« flüsterte Lucy ihrer Freundin zu.

»Entsetzlich! Wahrscheinlich liegt sie irgendwo! Vielleicht ist sie an dem Wespengift gestorben!« antwortete Vicky. »Ich muß gleich nach ihr sehen. Nein, das ist meine Sache, Lucy, das muß ich tun.« Ohne auf Lucys Proteste zu achten, ging sie mutig zur Tür. Doch dann fiel ihr ein, daß es besser war, keine weiteren Wespen in ihrem Haar zu riskieren. Sie wollte sich schnell aus ihrem Zimmer ein Kopftuch holen. Im Vorübergehen warf sie einen Blick in Mrs. Kelstons Zimmer. Zu ihrer Überraschung und Erleichterung lag die alte Dame friedlich mit geschlossenen Augen auf ihrem Bett. Sie hatten sie also falsch verdächtigt! Sie war nicht an dem Unglück schuld. Vicky trat leise näher. Sie war so froh, daß sie sich nicht aufs neue zu den Wespen wagen und eine Tote unter den Bäumen suchen mußte. Mrs. Kelston schlief nicht. Sie öffnete die Augen und schwatzte gleich drauflos: »Denken Sie nur, ich habe das Wespennest gefunden! Ich habe ein bißchen in der Erde herumgestochert, und auf einmal waren sie da!«

»Aber – aber sind Sie jetzt nicht furchtbar zerstochen?«

»Ach nein! Ein paar freche Kerlchen haben mich aus Spaß ein bißchen gezwickt, aber was macht das schon! Ich habe ihnen erzählt, daß ich ihr Freund bin, da sind sie gleich davongeflogen. Haben Sie eine gesehen? Ich wollte ihnen nach, aber die Aufregung hat mich ein wenig müde gemacht, und deshalb habe ich mich ein bißchen hingelegt.«

Sie sprach sehr leise, und Vicky sah sie genauer an. Sie war sehr bleich, die Lippen bläulich verfärbt. Harry hatte einmal gesagt, seine Mutter neige dazu, sich zuviel zuzumuten. Außerdem sei ihr Herz nicht ganz in Ordnung. »Sie sind gewiß zu schnell gelaufen«, meinte sie. »Sie hatten wohl auch große Angst!«

Mrs. Kelston war gekränkt. »Angst? Wovor sollte ich Angst haben? Kein einziges Geschöpf unseres Herrn kann mich in Schrecken versetzen. Ich brauchte ihnen nur zu sagen, daß ich es gut mit ihnen meine, und gleich flogen sie davon. Ich bin nur ein wenig schläfrig. Es ist heute sehr heiß!«

»Sie sehen aber nicht gut aus! Lassen Sie mich mal die Stiche sehen!« sagte Vicky energisch und erschrak, als sie die zahlreichen Schwellungen auf Mrs. Kelstons Händen und Armen erblickte. Sehr freundlich schienen sich die Wespen nicht benommen zu haben.

»Man kann sie deshalb nicht tadeln«, verteidigte das Opfer ihre Lieblinge. »Es ging so schnell, daß ich keine Zeit hatte, ihnen alles zu erklären.«

Vicky machte keine Einwendungen; sie holte den fast geleerten Salbentopf und rieb die Stiche sorgsam ein. Aber Mrs. Kelston war noch immer beängstigend blaß. Zu ihrer Erleichterung fiel Vicky die Kognakflasche ein, von der sie das Etikett entfernt hatte.

»Sie sind sehr müde«, sagte sie. »Ich gebe Ihnen etwas von unserer Medizin; das wird Ihnen gut tun.«

»Aber keinen Alkohol! Für mich ist Alkohol Gift, das wissen Sie doch!«

»Es ist ja Medizin«, versicherte Vicky und beruhigte ihr Gewissen damit, daß das keine echte Lüge sei.

Sie kam mit dem Kognak, einem Krug Wasser und einem Glas zurück. Sie goß ein reichliches Quantum Schnaps in das Glas und wollte gerade das Wasser hinzugießen, als im Tea-Room ein neuer Tumult losbrach. Sie setzte den Wasserkrug ab und sagte: »Gießen Sie noch etwas Wasser hinzu! Es kann Ihnen bestimmt nicht schaden. Es ist völlig harmlos. Viele Leute trinken es wie Wasser!« Damit lief sie davon.

Irgend jemand hatte die Tür zum Garten geöffnet, und so waren einige neue Wespen eingedrungen. Lucy betäubte und tötete sie, und alsbald war die Ruhe wiederhergestellt.

»Was ist mit Mrs. Kelston?« flüsterte sie Vicky zu.

»Alles in Ordnung. Aber sie ist schuld. Sie hat das Nest entdeckt und aufgestöbert.«

»Ist sie nicht arg gestochen worden?«

»Sie hat schon eine ordentliche Anzahl Stiche. Sie liegt jetzt auf ihrem Bett, ziemlich erschöpft von all den Aufregungen. Ich habe ihr einen Schnaps gegeben.«

»Aber sie rührt doch keinen Alkohol an?«

»Sie weiß nicht, was es ist. Ich habe ihr gesagt, das wäre Medizin, und es ist ja auch eine Art Medizin. Übrigens hatte ich das Etikett abgekratzt.«

Im Tea-Room hatten sich die Verhältnisse normalisiert. Hier und dort stieß eine Wespe gegen die Fenster, die die Gäste jedoch nicht mehr öffneten. Es hatte sich eine Art Kameradschaftsgeist herausgebildet; die Verletzten zeigten stolz ihre Stiche vor; die Männer, die davongelaufen waren, suchten ihre Schwäche hinter lauten Reden zu vertuschen; die Mädchen, die von ihren Begleitern zur Seite geschoben worden waren, hänselten das »starke Geschlecht«. Lucy ging vom einen zum andern und vergewisserte sich, daß es den Verletzten besser ging. Sie versprach ihren Gästen, daß man das Nest noch am selben Abend ausräuchern werde. Es würden dann keine Wespen mehr in den Tea-Room kommen; das könnten sie all ihren Freunden berichten. Bald waren auch die letzten Insekten von den Fenstern verschwunden, und die Leute wagten sich ins Freie zu ihren Autos. Sie schieden in bester Stimmung und erklärten, das Ganze sei ein richtiges Abenteuer gewesen. Zurück blieb ein schauerliches Durcheinander von beschmutztem und zerbrochenem Geschirr, toten Wespen, vergossener Milch und zerknautschten Tischtüchern. Vicky machte sich an den Aufwasch, und Lucy kehrte die Scherben, Insektenleichen und Kuchenkrümel zusammen. Erst als das Gröbste getan war, fiel ihnen Mrs. Kelston ein. Sie wollten nachschauen, ob die vielen Stiche, die die alte Frau für harmlos hielt, ihr noch zu schaffen machten. Wütend über all die Arbeit und Aufregung betrat Lucy das Zimmer. Sie wollte ihrem Gast ein für allemal beibringen, daß sie sie nun nicht mehr hierbehalten könnten. »Mrs. Kelston«, begann sie, »Sie haben wirklich...« Sie hielt inne und betrachtete entsetzt die reglose Gestalt auf dem Bett. Mrs. Kelston schien bewußtlos zu sein. Ihr zuvor so bleiches Gesicht war jetzt dunkelrot, der Mund stand offen, die Augen waren geschlossen, und sie atmete schwer. Lucy erschrak und rief nach Vicky. »Sie muß einen Anfall gehabt haben. Sie ist anscheinend ohne Bewußtsein. Ich wollte sie wecken, aber sie rührt sich nicht. Vielleicht ist sie allergisch gegen Wespengift. Wir müssen sofort einen Arzt holen. Ich habe mal gehört, daß man binnen kurzer Zeit daran sterben kann.«

Vicky war starr vor Schreck. Dann nahm sie Mrs. Kelston bei den Schultern und rüttelte sie vorsichtig. »Wachen Sie auf, Mrs. Kelston!« bat sie flehentlich. »Bitte, bitte, wachen Sie doch auf! Wir haben solche Angst um Sie!« Mrs. Kelston öffnete ein Auge, stöhnte leise und machte das Auge wieder zu. Voller Entsetzen blickten sie sich an, dann sagte Vicky: »Wir müssen telefonieren! Ich laufe zu Nan hinüber und rufe den Notdienst in Homesward an. Ich verlange, daß sofort jemand kommt. Irgendein Arzt hat doch zum Wochenende Dienst. Deck du sie nur gut zu und laß sie ruhig liegen. Ich beeile mich, sosehr ich kann.«

Auf dem Weg zur Tür drehte sie sich noch einmal um und sagte mit zitternder Stimme: »Ich werde auch Harry anrufen. Er soll sofort herkommen, für den Fall, daß – daß...« Sie konnte nicht weitersprechen.

Sie stürmte über den Rasen. Einige Wespen waren zu dem Schauplatz ihres Triumphes zurückgekehrt, aber sie beachtete sie nicht. Die Hauptsache war jetzt, Zeit zu gewinnen. Düstere Berichte aus der Zeitung fielen ihr ein und ließen sie noch schneller laufen. Sie kam zu der großen Fernstraße und wäre ums Haar in ein vorbeifahrendes Auto gerannt. Sie achtete nicht auf das zornige Gesicht und die lauten Flüche des Fahrers, der ihr gerade noch hatte ausweichen können.

Aber als sie sich dem Farm-Haus näherte, sank ihr das Herz. Sie hatte ganz vergessen gehabt, daß Nan in der vergangenen Woche zu ihr gesagt hatte: »Wir fahren zum Wochenende fort und besuchen meine Leute. Wir bleiben über Nacht dort. Es wird herrlich!« Jetzt sah sie, daß Haustür und Fensterläden geschlossen waren. Sie dachte kurz daran, eine Fensterscheibe einzuschlagen, um so ans Telefon zu gelangen. Doch dann machte sie kehrt und lief zur Straße zurück. Sie wollte das nächste Auto stoppen und sich zu den Swales bringen lassen. Dort war der nächste Fernsprechapparat. Amy konnte ihnen vielleicht auch einen guten Rat für die erste Hilfe geben, bis der Arzt kam. Gerade als ein Wagen in hohem Tempo daherkam, lief sie auf die Straße. Die Bremsen kreischten, das Auto rutschte noch ein Stück weiter und kam genau vor Vicky zum Stehen. Sie erkannte soeben, wem es gehörte, da wurde die Tür aufgerissen, und James Seymour sprang heraus.

»Vicky, zum Donnerwetter, was machen Sie denn da?«

Sogar in diesem verzweifelten Augenblick fuhr es ihr durch den Sinn, daß er sie tatsächlich zum erstenmal bei ihrem Vornamen genannt hatte.

»Schnell, schnell, ich muß telefonieren! Ich brauche einen Arzt!« stammelte sie.

Er wandte sich schon zum Auto zurück, hielt aber inne und sagte: »Das hat keinen Zweck. Vor fünf Minuten ist der Arzt in entgegengesetzter Richtung an mir vorbeigefahren. Dieses Wochenende hat nur einer Dienst. Sie werden keinen sonst erwischen. Wo fehlt's denn eigentlich? Ist jemand krank?«

»Mrs. Kelston«, erwiderte sie verzweifelt. »Ich glaube, sie stirbt. Die Wespen haben sie gestochen.«

»An Wespenstichen stirbt kein Mensch«, sagte er ruhig. »Aber Sie selbst hätte es beinahe erwischt, als Sie so unvorsichtig auf die Straße liefen!«

»Aber manche Leute sterben doch durch Wespengift! Neulich stand so etwas in der Zeitung. Sie ist bewußtlos, und ihr Gesicht ist feuerrot. Was soll ich nur machen?«

Er war wieder eingestiegen, und sie dachte schon, er würde sie einfach stehenlassen. »Ich werde mir das ansehen«, sagte er kurz. »Wenn sie wirklich so schlimm dran ist, werde ich versuchen, einen anderen Arzt aufzutreiben. Steigen Sie ein!«

Sie gehorchte, und er wendete. Wie anders verlief dieses Wiedersehen, als sie es sich ausgemalt hatte! Sie hatte davon geträumt, er würde auf einmal in der Tür stehen, die Arme öffnen, sie anlächeln, und sie würde an seine Brust sinken. Jetzt aber sah er sie kaum an, und sie war viel zu aufgeregt, um an eine Umarmung denken zu können.

Er hielt vor dem Gartentor und ging mit schnellen Schritten zum Haus; Vicky folgte ihm. Lucy kam ihnen entgegen; sie war sehr blaß und sagte: »Ihr Zustand ist unverändert. Sie gibt so seltsame Töne von sich. Hast du einen Arzt gesprochen?«

»Nein. Ich hatte vergessen, daß die Chisholms übers Wochenende verreist sind. Ich hielt das erste Auto an, das daherkam; es war – es war Mr. Seymour.«

Sie hatte »James« sagen wollen, aber im letzten Moment fehlte ihr der Mut dazu. Es ist so ein vornehmer Name, dachte sie trotzig. Wenn er nur Peter hieße oder David ... Aber es tat nichts zur Sache; er hörte gar nicht auf sie. Es schien ihm auch keinen Eindruck zu machen, daß dies das erste Wiedersehen seit vierzehn Tagen war.

Statt dessen betrachtete er die reglose Gestalt auf dem Bett; dann ging er nahe an sie heran, beugte sich über sie und drehte sich um.

»Liegt sie im Sterben?« Vicky wagte kaum zu atmen.

»Sie ist sinnlos betrunken«, antwortete James Seymour.

Die Mädchen waren sprachlos. Lucy trat an das Bett, beugte sich darüber und zog die Luft ein. Das genügte! Die alte Dame roch nach Schnaps.

Da berührte Seymour mit dem Fuß einen Gegenstand, der halb unter das Bett gerollt war. Er bückte sich rasch und hob ihn auf. Es war die Flasche, die Vicky vorhin in der Eile abgestellt hatte, deren

Inhalt »manche Leute wie Wasser trinken«. Mrs. Kelston hatte ihn wie Wasser getrunken. Sie war zu einem Viertel gefüllt gewesen, nun war sie leer.

Plötzlich kehrte das Leben in die Patientin zurück. Sie öffnete die Augen und lächelte Vicky selig an. »Ein bißchen hat's in der Kehle gekratzt. Es ist doch nicht so ganz wie Wasser... Die armen kleinen Wespen haben es nicht böse gemeint.« Mit diesen Worten schloß sie die Augen und schlief zufrieden weiter.

15

Seymour brach das Schweigen und fragte gereizt: »Ist diese schwierige alte Frau vielleicht auch noch Alkoholikerin?«

Lucy mußte lachen. »Natürlich nicht! Im Gegenteil! Sie hatte gegen geistige Getränke so viel einzuwenden, daß wir nur im Badezimmer gelegentlich einen Schluck Sherry trinken konnten. Außerdem kratzten wir von allen Flaschen das Etikett ab, damit sie nicht auf die Idee käme, wir feierten hier Orgien.«

»Wie in aller Welt...«

»Es war wieder mal meine Schuld, wie immer«, erklärte Vicky niedergeschlagen. »Ich habe ihr die Flasche hingestellt, da gab es eine neue Aufregung im Tea-Room, ich lief hinüber und dachte nicht mehr daran.« Sie stockte und fuhr dann tapfer fort: »Ich habe ihr weisgemacht, es handelte sich um Medizin.«

»Schon wieder geschwindelt, ja?« Seymour war empört.

»Macht doch kein so feierliches Gesicht, ihr beiden!« lachte Lucy. »Vicky war im Recht: Alkohol *ist* Medizin, wenn er in Maßen genommen wird, aber...« Sie konnte nur noch kichern und sagte dann erschöpft: »Verzeihen Sie, das klingt so hysterisch! Es ist die Reaktion. Wir dachten wirklich, sie müßte sterben! Sie hat ein schwaches Herz, hat uns Harry erzählt. Deshalb hat ihr Vicky Kognak zu trinken gegeben; sie muß ziemlich viel davon getrunken haben. Kein Wunder, daß sie einen Rausch hat. Ich weiß, es ist nicht zum Lachen, aber Vicky wollte Harry schon an ihr Sterbebett rufen. Der Nachmittag war schon furchtbar genug gewesen, besonders für Vicky.«

»Wieso furchtbar? Was hat Vicky denn durchgemacht?« Man sah ihm an, daß er sich Vicky von verliebten Jünglingen umringt vorstellte.

Sie zogen alle drei in die Küche, und die Freundinnen erzählten abwechselnd von den Ereignissen des Nachmittags. Vickys Bericht klang sehr erheiternd, aber Seymour lachte nicht. Er schien heute unnahbar und sogar auf räumlichen Abstand zu Vicky bedacht zu sein. Als die Wespengeschichte beendet war, sah Lucy vom einen zum anderen und meinte dann rasch: »Ich muß mich doch noch mal um Mrs. Kelston kümmern.«

»Sie sollten sie lieber ihren Rausch ausschlafen lassen!« fand Seymour. Er wollte sie anscheinend nicht gehen lassen, und das ärgerte Vicky, die sich auf den Großangriff vorbereitete.

Da fuhr wieder ein Wagen vor, und Gordon sprang heraus. »Hallo, wie geht es euch beiden?« Dann bemerkte er die Unordnung und pfiff durch die Zähne. »Hat hier eine Schlacht stattgefunden? Vielleicht gab es Ärger mit den gebildeten jungen Leuten?«

Lucys Gesicht erstrahlte bei seinem Anblick, und Vicky dachte: Wie sehr kann das Glück einen Menschen verändern! Lucy sah schon immer gut aus, jetzt aber ist sie schön. Und gleich kam ihr der Gedanke: Hoffentlich macht das Unglück nicht häßlich! Vielleicht schaut James Seymour mich deshalb so unfreundlich an. Sie ging zu dem kleinen Spiegel an der Küchenwand und blickte hinein.

»Ach, Gordon, es war schrecklich!« sagte Lucy. »Ich sollte eigentlich aufräumen, aber wir wollen erst ein bißchen in den Garten gehen; da kann ich dir alles erzählen.« Sie schob ihren Arm in den seinen und zog ihn fort.

Die beiden anderen hörten noch seine Worte: »Was war denn hier los, und wer ist dieses Mannsbild?... Waaas? Das ist er? Da hat sich Vicky aber was ausgesucht! Der sieht ja zum Fürchten aus!«

Hitzig wandte Vicky sich Seymour zu. »Er hat recht! Sie sehen wirklich furchterregend aus!«

Mit aufreizender Ruhe nahm er diesen Vorwurf hin; er fragte nur: »Und was sehen Sie im Spiegel?«

»Mein eigenes Gesicht. Ich wollte nämlich sehen... Ich hatte Angst...«

»Was wollten Sie sehen? Wovor hatten Sie Angst?«

Jetzt war der große Moment gekommen! Vicky holte tief Atem; sie blickte ihn schmachtend an und sagte in rührendem Ton: »Ich wollte nachschauen, ob mich das Unglück häßlich gemacht hat.« Schon verlor sie wieder den Mut; rasch plapperte sie weiter. »Lucy ist so hübsch, weil sie jetzt so glücklich ist. Gordon ist wieder aufgetaucht, und nun wollen sie heiraten. Das Glück hat sie so verschönt, und ich dachte, mich hätte das Unglück vielleicht häßlich gemacht. Das möchte ich aber doch nicht sein!«

Er konnte ein Lächeln nicht unterdrücken, und sie schöpfte neuen Mut. Doch er sagte nur: »Sie kommen mir nicht gerade wie ein unglücklicher Mensch vor, eher wie das Gegenteil.«

Jetzt oder nie, dachte Vicky. Fort mit der jüngferlichen Bescheidenheit! »Natürlich war ich unglücklich, seit Sie damals davonmarschierten, ehe ich noch etwas erklären konnte.«

Das mußte ihn doch überzeugen! Ein anderer Mann würde jetzt bestimmt auf sie zukommen. Aber Seymour blieb wie angewurzelt stehen und antwortete nur: »Sie hatten ja schon alles gesagt, oder besser, man konnte alles aus Ihren Worten schließen.«

Vicky fuhr auf. »Nun seien Sie doch nicht so selbstgerecht, während ich versuche...«

»Was versuchen Sie?«

Sie weinte beinahe vor Aufregung. »Sie sind so schlau – das kommt wahrscheinlich daher, daß Sie Rechtsanwalt sind. Sie stellen eine Menge Fragen und setzen mich dabei ins Unrecht. Ich wollte doch alles wiedergutmachen, und ich war so unglücklich, weil Sie sich so lange nicht blicken ließen... So, jetzt wissen Sie alles, nun können Sie aufhören mit Ihrem Kreuzverhör! Das Haus hätte ja abbrennen und wir in den Flammen umkommen können, ohne daß Sie es wußten!«

Wieder mußte er lächeln. »Das wäre mir beim Vorbeifahren bestimmt aufgefallen... Warum sollte ich überhaupt kommen? Aus Ihren Worten hatte ich geschlossen... Sie hatten so getan...«

»Nichts hatte ich getan. Sie meinen, ich hätte Ihnen etwas vorgetäuscht. Aber Sie ließen mir ja keine Zeit, Ihnen alles zu erklären. Übrigens: Wenn Sie so töricht sind zu glauben, ich wäre in Dan Ireland verliebt, hätte es doch keinen Sinn gehabt, Ihnen noch etwas erklären zu wollen.«

»Aber Sie behaupteten, daß Ihnen die Sache sehr am Herzen läge. Sogar Tränen haben Sie vergossen!«

»Ich weiß. Ich war auch nahe am Weinen. Wenn Sie nur ein bißchen Geduld gehabt hätten, hätte ich Ihnen alles erzählt. Aber wie soll man jemandem etwas erzählen, wenn man ihn nicht zu Gesicht bekommt.«

»Später wurde mir klar, daß Sie nicht in Ireland verliebt sind. Aber ich war gekränkt, weil Sie mich zum Narren gehalten hatten, wie Sie es mit so vielen Leuten tun. Sie haben sich so aufgeführt, als ob Ihnen die Angelegenheit naheginge, denn Sie wußten, daß mich das dem jungen Kerl gegenüber milder stimmen würde.«

»Es ging mir ja auch nahe, aber Nans wegen. Ich habe sie gern, und diese Sache schien ihr an die Nieren zu gehen. Nur ein Blinder konnte das nicht begreifen. Natürlich mochte ich Dan Ireland gut leiden. Er ist ein lustiger Kerl, und es hätte mir leid getan, wenn er ins Zuchthaus gekommen wäre, wo er mit niemandem seine Späße machen kann. Aber Sie – wie konnten Sie nur so verständnislos sein?«

»Diese Tränen...«

»Ich weiß. Ich habe mich auch geschämt, denn ich finde solche Mädchen, die auf diese Weise einen Mann bestricken wollen, schrecklich.«

»Bestricken?«

»Natürlich... Ach, warum sind Sie nur so schnell davongelaufen?«

»Ich dachte, das wäre wieder mal so ein Trick von Ihnen. Sie würden anschließend gleich zu Lucy laufen, ihr alles berichten und kräftig über mich lachen. So haben Sie ja auch die alte Frau an der Nase herumgeführt mit Ihren Geschichten von dem Mehl und den Bienen und...«

Sie seufzte. Warum mußte er bloß diese alten Sachen wieder ausgraben? Er war ein schwieriger Mann und würde es immer bleiben. Ihr fiel ein, daß schon Lucy das einmal festgestellt hatte. Sie hatte vollkommen recht damit gehabt. Das Leben an der Seite dieses stolzen und mißtrauischen Mannes würde nicht leicht sein. Aber das war ihr gleich; es war das Leben, nach dem sie sich sehnte. Gerade diesen Mann wollte sie nun einmal haben. Also vorwärts!

Leise sagte sie: »Ich habe nicht gelacht. Ich habe sehr geweint.«

Auf einmal änderte sich der Ausdruck seiner Augen; er sah sie liebevoll an, und das machte ihr neuen Mut. »Sie müssen doch zugeben, daß ich Sie nie belogen habe. Ich wollte Ihnen auch nichts vormachen, was nicht stimmte. Einen, den ich liebhabe, würde ich nie anlügen.«

»Auch nicht einen, der *Sie* liebhat?«

Da war es heraus, dieses Wort! Sie hatte es ihm wirklich abgerungen. Aber er blieb immer noch stehen wie ein Stock. Sie lächelte schüchtern und sagte: »Auf keinen Fall würde ich Sie jemals anlügen. Aber sind Sie eigentlich dort angewachsen, wo Sie jetzt stehen?«

Mit zwei großen Schritten war er bei ihr und nahm sie in seine Arme. Reuevoll gab er zu, daß im Grunde alles seine Schuld sei; sie müsse Geduld haben mit seinem albernen Stolz. Als er sie endlich losließ, meinte sie herausfordernd: »Ich dachte, du hättest einen Haß auf alle Lügner! Aber du weißt doch genau, daß ich von jeher geschwindelt habe; damit wirst du dich wohl oder übel abfinden müssen.«

»Ich hasse Schwindeleien und nicht die Schwindler! Ich habe auch nicht die Absicht, mich mit Schwindeleien abzufinden, denn du wirst dich bessern. Dieses ›Genau gesagt‹ soll's nicht mehr geben, wenigstens nicht mir gegenüber.«

»Nein, nein, dich will ich nie anschwindeln, und die anderen Leute nur ganz selten. Allmählich werde ich es schon lernen.«

Sie hörten Mrs. Kelston mit kläglicher Stimme rufen. Rasch machte sich Vicky aus seinen Armen los. »Die Ärmste! Sie fühlt sich gewiß recht elend!« Sie lief hinüber, und er hörte sie sagen: »Geht's Ihnen jetzt besser? Kann ich Ihnen helfen?« Er bewunderte wie schon oft die Geduld und Güte, die sie der alten Frau erwies – was ihn betraf, so hätte er sie am liebsten erwürgt.

Eine zitternde Stimme erwiderte: »Ach, Vicky, mir ist so komisch zumute! Ich bin so weit weg! Nicht wahr, ich gehe doch nicht an der Decke spazieren?«

Vicky lachte. »Nein, nein, Sie liegen sicher in Ihrem Bett!«

»Hat die Medizin das bewirkt?«

»Ich fürchte, ja. Sie ist Ihnen nicht gut bekommen. Aber bald wird es Ihnen wieder besser gehen.«

Als sie zurückkam, sagte er: »Diese Person ist einfach unerträglich! Wann werdet ihr sie endlich los und den Tea-Room-Betrieb dazu?«

»Es wird bald so weit sein; aber das Haus geben wir nicht mehr her. Ich möchte hier bleiben; denn für Kinder ist es hier einfach ideal.«

»Für Kinder?« Er machte ein verdutztes Gesicht.

»Freilich! Wir wollen doch viele, viele Kinder haben!«

Als sie seine Verwunderung sah, mußte sie lachen. »Genau gesagt, vier!« Und er nahm sie wieder in seine Arme.

Als er aber dann noch einmal auf Mrs. Kelston zu sprechen kam, meinte sie: »Du solltest nicht so böse auf sie sein! Wenn sie nicht zuviel Schnaps getrunken hätte, hätte ich dich nicht an der Straße angehalten. Und von selbst wärst du noch lange nicht gekommen.«

»Aber einmal wäre es doch passiert«, entgegnete er liebevoll.

»Ja, einmal hätte ich dich schon dazu gebracht! Genau gesagt, da nun einmal mein Plan feststand, blieb dir ja gar nichts anderes übrig, mein armer Liebling!«